ro
ro
ro

Sebastian Glubrecht kam 1976 in Hannover zur Welt und wurde später leidenschaftlicher Wahlberliner. Noch vor seinem dreißigsten Geburtstag zog er nach München, wo er, allen Prognosen trotzend, immer noch wohnt und schreibt. Für seine journalistische Arbeit wurde er 2007 mit dem Theodor-Wolff-Preis ausgezeichnet. «Na servus!» (rororo 24533), sein erstes Buch, wird fürs Kino verfilmt. «Ja mei» ist sein zweiter Roman.

«Was für eine lustige und kluge Geschichte! Sie erfahren alles über Bayern und die Liebe. Mehr kann man von einem Buch mit diesem Titel nicht erwarten.»
Jan Weiler über «Na servus!»

«Ein urkomisches Buch.» *Amica*

SEBASTIAN GLUBRECHT

Ja mei

Wie ich lernte, die Ehe zu schließen

Roman

ROWOHLT TASCHENBUCH VERLAG

Originalausgabe

Veröffentlicht im Rowohlt Taschenbuch Verlag,
Reinbek bei Hamburg, Juni 2010

Umschlaggestaltung any.way,
Barbara Hanke/Cordula Schmidt
(Foto: ullstein bild)
Satz aus der Palatino PostScript, InDesign,
bei hanseatenSatz-bremen, Bremen
Druck und Bindung CPI – Clausen & Bosse, Leck
Printed in Germany
ISBN 978 3 499 25264 8

Für die Jungs

ANMERKUNG DES AUTORS

Seit meiner Jugend behaupten die Leute, ich würde bei Erzählungen «ganz schön was dazuerfinden».

Das stimmt. Aber manche Begebenheiten in diesem Buch sind tatsächlich so geschehen. Von anderen wünschte ich mir im Nachhinein, dass sie so geschehen wären, und bei sehr vielen bin ich froh, dass sie überhaupt nicht geschehen sind. Ich behaupte auch, dass der Sebastian in diesem Buch ein völlig anderer Mensch ist als ich. Meine Frau dagegen sieht durchaus Parallelen.

Da wir uns also nicht mal über die Identität meiner Person einig sind, erkläre ich hiermit alle Menschen und Ereignisse in diesem Roman für frei erfunden – vor allem meine Eltern. Sollten zufällig Ähnlichkeiten mit Verwandten, Bekannten oder Unbekannten bestehen, sind diese rein zufällig und nur gut gemeint.

Derart abgesichert, kann ich eines mit absoluter Gewissheit sagen: Heiraten ist echt aufregend.

NOCHTROG

(hochdeutsch: Nachträglich eingereichter Antrag)

In letzter Sekunde schaffe ich den Absprung. Hinter mir, auf der Bühne des Rockkonzerts, höre ich einen Roadie «Hoit» rufen, aber erstens bin ich da schon in der Luft, und zweitens verstehe ich immer noch kein Bairisch.

Vor meinem inneren Auge ziehen die vergangenen zwei Jahre vorbei: Ich fliehe vom Land ins coole Ostberlin, werde Journalist, bekomme keinen Job, muss deshalb ins uncoole München ziehen, verliebe mich dort und vermassele blöderweise meinen Heiratsantrag.

Aber sie lassen mich nicht fallen, die Bayern. Auch nicht an diesem warmen Frühlingstag auf dem «Spring in den Mai»-Festival am Chiemsee. Hunderte Hände fangen mich auf, greifen mir an Bauch, Beine, Po, bugsieren mich über Köpfe hinweg nach hinten und stellen mich dort auf die Füße. Das tat gut, ich fühle mich wieder jung und wild. Jetzt muss ich nur noch Roni wiederfinden. Denn eigentlich ist sie es, die ich heute auf Händen tragen will.

Beim letzten Antrag habe ich nämlich ihren Vater um Erlaubnis gebeten, aber völlig vergessen, sie selbst zu fragen. Jetzt kann ich nicht mehr mit so etwas Banalem wie Flugzeugbannern, bemalten Bettlaken, die vom Kirchturm herabhängen, oder Sternschnuppen auf Capri kommen. Deshalb trage ich wohl als einziger Besucher dieses Rockfestivals einen Diamantring in der Tasche. Hoffentlich klaut mir den keiner der Halbstarken hier und tauscht ihn gegen Dosenbier ein.

«Haben Sie Feuer?», fragt mich ein junger Typ mit Nasenring und Dreadlocks.

Frechheit, mich einfach zu siezen! Schnell stecke ich die Hand in die Tasche, schließe sie um den Ring und schüttele stumm den Kopf.

Die meisten Leute um mich herum sehen aus, als seien sie halb so alt wie ich, also sechzehn. Und was bestimmt ihr Teenagerleben? Genau: die freie, von Herzen kommende Liebe. Darum geht es auch bei mir und Roni.

Gleich spielt unsere Lieblingsband, die sich vor zehn Jahren getrennt hat und nun wieder zusammen ist. Na gut, wahrscheinlich nicht aus Liebe, sondern wegen des Geldes, aber immerhin sind sie wieder zusammen.

«Hallo, Schatz, wie war dein Flug?», höre ich Roni hinter mir fragen. Ich drehe mich um. Sie trägt wieder das *Ramones*-Shirt, das sie an dem Tag anhatte, als wir uns kennenlernten. Ihren Bob hat sie kürzer geschnitten und rotbraun gefärbt. Sie drückt mir einen Kuss auf die Wange und reicht mir einen Konzertbecher Bier. «Dazu gibt's ein Bussi als Pfand. Will ich aber wiederhaben.»

Ach Roni, ohne dich wäre ich nie in Bayern gelandet. Eine so natürliche, ehrliche und eigensinnige Frau habe ich zuvor nie getroffen.

«Du schaust mich an, als wolltest du mir unter die Wäsche gehen», meint Roni. Sie nimmt einen großen Schluck, leckt sich den Schaum von der Oberlippe und nickt anerkennend. «Glück gehabt, die haben ein neues Fass angestochen.»

Als Doktorandin der Brauereiwissenschaften schmeckt sie so was. Ein Lächeln huscht über ihre Lippen, ein kleines, schüchternes, wie man es an guten Tagen von guten Menschen in der S-Bahn geschenkt bekommt. Roni beherrscht etliche Spielarten: das beiläufige, das verträumte, das traurige, das alberne, das enttäuschte, das schadenfrohe, das verliebte, das besorgte oder das Okay-ich-gebe-dir-noch-eine-Chance-Lächeln. In den vergangenen zwei Jahren habe ich sie alle gesehen – die meisten davon galten mir. Roni kann sogar so breit grinsen, dass Julia Roberts bei ihrem Anblick Minderwertigkeitskomplexe bekommen würde und Dr. Best Frühlingsgefühle. Ich übrigens auch. Es wird höchste Zeit, unsere Beziehung auf die nächste Stufe zu stellen.

Ich atme tief durch und konzentriere mich auf meinen Plan: Sobald die Roadies die Bühne umgebaut haben, treten die Pixies auf. Sie werden ein, zwei schnellere Stücke spielen, dann ein paar neuere, aber nicht das, worauf alle warten. Erst im letzten Moment, wenn die Eiligen schon ihre Pfandmarken eintauschen, bringen die Pixies ihren großen Hit: «Where is my mind?» – den Song, der meine Generation aus der Kuschelrock-Zeit in die Pubertät geführt hat. Den Song, der die riesige Wiese in ein Feuerzeugflammenmeer verwandeln wird. Den Song, zu dem ich Roni fragen werde, ob sie meine Frau werden will.

Irgendein Depp hinter mir brüllt aus vollem Hals: «Motörhead! Motörhead!» Weiß der denn nicht, dass die schon gestern gespielt haben? Auf der dunklen Bühne bewegen sich schemenhafte Gestalten. «Motörhead!», schreit der Typ jetzt direkt in mein Ohr. Ich rieche seinen Bieratem. Roni lehnt sich an mich. Ich mache meine Schultern so breit wie möglich.

Der Irre hat offenbar noch ein paar andere Deppen inspiriert, denn nun grölt es von hinten mehrstimmig: «Motörhead! Motörhead!»

Sehr witzig. Gerade will ich mich umdrehen und ihnen die Meinung geigen, da geht das Licht auf der Bühne an. Ich höre die unverwechselbare Stimme von Black Francis; er ruft: «Okay.» Bandkollegin Kim Deal intoniert den Basslauf von «Debaser». Ich lege meinen Arm um Roni. Die Gitarre setzt ein, und wir nicken mit dem Kopf im Takt.

«Motörhead! Motörhead!», grölt der Idiot hinter mir.

«Was hat der denn für ein Problem?», fragt Roni laut.

«Ach, vergiss es. Das ist irgendein Besoffener», rufe ich zurück und versuche, mich nicht ablenken zu lassen.

«Motörhead!», brüllt der Typ.

Jetzt reicht es. Der versaut mir echt noch die Tour.

Ich drehe mich um und sehe ihm direkt ins Gesicht. Ein Gesicht außer Rand und Band. Ein Gesicht, das ich gut kenne. Das Gesicht von Jochen, meinem alten Kumpel aus Berlin.

«Jochen?»

«Motörhead?»

Ich bin baff. Mein daueradoleszenter, bester Freund und ehemaliger Mitbewohner steht in seiner ganzen entsicherten Persönlichkeit vor mir. Dabei kommt er eigentlich nie nach Bayern. Ist ihm zu spießig.

«Jochen, was machst du denn hier?»

«Blöde Frage – wenn Motörhead spielen, bin ich immer dabei! Rock'n'Roll, Alter! Weißt du noch in Berlin? 98, oder so?»

Manchmal kann ich echt nicht glauben, dass Jochen älter ist als ich. Ihn hat bestimmt noch nie ein Teenager gesiezt.

«Jochen, das da sind die Pixies.»

«Was? Die Pixies? Ist ja geil. Die habe ich noch nie live gesehen.» Er überlegt kurz. «Dich habe ich auch schon länger nicht mehr live gesehen. Was treibst du denn so?»

Gute Frage, zum Glück ist Jochen ein Typ, den so schnell nichts aus den löchrigen Socken hauen kann. Also frei von der Leber weg: «Ich will Roni nochmal einen Heiratsantrag machen.»

Jochen öffnet den Mund zu einer Unmoralpredigt, klappt ihn aber gleich wieder zu, als Roni sich umdreht, um zu schauen, was ich mit dem Rocker zu diskutieren habe.

«Oh. Servus, Jochen.»

«Hallo, Roni.»

«Was machst du denn hier?»

«Stimmung», antwortet Jochen wahrheitsgemäß. Einen Augenblick stehen wir schweigend nebeneinander: Roni links, Jochen rechts, ich in der Mitte. Zwischen Berlin und München. Zwischen meinem alten Kumpel und der Frau, die ich liebe. Alle beisammen und die Pixies auf der Bühne. Besser geht es eigentlich nicht. Das zweite Lied: «Here comes your man.» Jochen beugt sich vor und ruft: «Sagt mal, wo schlaft ihr eigentlich?»

«Im Zelt: ganz romantisch, zwischen leeren Bierbüchsen und vollen Teenagern. Und du?»

Er grinst.

«Ich schlafe auch im Zelt. Weiß nur noch nicht, in welchem.» Roni schaut ihn zweifelnd an. «Na ja, ursprünglich hatte ich eins dabei, aber das habe ich in dem Auto von dem Typen von der Mitfahrzentrale vergessen. Und dann dachte ich mir: Scheiß drauf, Motörhead hatten auch nie ein Zelt dabei.»

Roni dreht sich demonstrativ zu den Pixies um. Ich auch. Jochen auch.

Eigentlich ist alles genauso wie eben und doch ganz anders. Wie versteinert starre ich auf die Bühne und sehe Black Francis die Akustikgitarre vom Ständer nehmen. Er spielt die ersten Takte von «Where is my mind». Jetzt schon?

«Fuck!», rutscht es mir raus.

«Ich mag den Song», bemerkt Roni.

«Ich doch auch, ich ...», beginne ich und spüre, dass die Zeit zu reden vorbei ist. Ich knie nieder. Alle anderen springen hoch. Von unten sehe ich Jochen. Er ruft: «Sie spielen *unser* Lied, Alter!»

Roni hüpft mit der Menge auf und ab. Ich hocke hinter ihr am Boden, als wollte ich mir die Schuhe zubinden. Dann legt sich die erste Welle, und das Geschiebe beginnt. Roni wird nach hinten gedrängt, will sich wieder an mich lehnen oder besser dorthin, wo ich eben noch stand. Bloß knie ich jetzt. Roni kippt ins Leere.

Ich fange sie auf. Wie ein Geschenk liegt sie in meinen Armen. Einen Moment lang wundere ich mich, dass plötzlich doch wieder alles perfekt ist. Aus den Augenwinkeln sehe ich Jochen, der mit ausgebreiteten Armen die Hüpfenden von uns fernhält. Er nickt mir zu.

Die Hüpf-Euphorie ebbt ab, endlich lockt die Akustikgitarre die Feuerzeuge heraus: das Flammenmeer! Es wird oben hell und unten kuschelig. Der Ring ist noch da. Ich fummele ihn ungeschickt aus meiner Hosentasche.

«Roni», flüstere ich, vor lauter Rührung ganz leise. «Willst du mich heiraten?»

«Was?»

«Ob du mich heiraten willst», schreie ich.

Ein Gruftimädchen dreht sich um, schaut mich entsetzt an und schüttelt den Kopf. Ich ignoriere sie.

Roni mustert mich aufmerksam. Im Stillen zähle ich: einundzwanzig, zweiundzwanzig. Unser Lied ist fast vorbei. Die Frau, die ich liebe, wägt offenbar die Vor- und Nachteile ab, mit mir verheiratet zu sein. Hat sie Angst, ich verschleppe sie nach der Hochzeit auf die Hallig Hooge? Befürchtet sie, dass unsere Kinder «Moinmoin» statt «Grüß Gott» sagen werden?

Schließlich halte ich es nicht länger aus. «Roni? Willst du?» Sie zwinkert, als würde sie aus einem Traum erwachen. Dann schaut sie mir tief in die Augen. Ihre Lippen formen die Worte «Ja, ich will».

Ich stecke ihr den Ring an den Finger, und wir küssen uns. Dabei beuge ich mich über sie, wie der Prinz über Dornröschen. Black Francis spielt die letzten Takte unseres Lieds, und Kim Deal singt noch einmal herrlich schräg den Refrain.

Als Teenager habe ich mit meinen Eltern ein Rolling Stones-Konzert besucht. Alle haben wild getanzt und von den guten alten Zeiten geschwärmt. Sie fühlten sich wieder jung – mir dagegen kamen sie fürchterlich alt vor. Jetzt stehe ich selbst hier, knapp über dreißig, mit ergrauten Schläfen. Ich kenne die neuen Bands nicht mehr, und Musikmagazine lese ich bloß, wenn ich mal bei Jochen in Berlin bin. Und das passiert auch nicht mehr so oft. Ist das hier überhaupt noch meine Welt? Oder ist meine Welt nicht vielmehr eine neue, unbekannte Welt, in der ich mich auf einen Menschen und eine

Beziehung einlasse, wie einst auf Bayern? Beginnt jetzt ein neuer Lebensabschnitt?

Ich schaue meinen besten Freund an.

«Motörhead!», ruft er und reckt eine Faust in die Höhe.

PREISS

(hochdeutsch: Jeder, der nicht akzentfrei Bairisch spricht)

Seit unserer Verlobung leben Roni und ich in ihrem WG-Zimmer: Wir teilen ihr Bett, ihren Fernseher und ihren Mitbewohner. Leider. Seit ich Dauergast bin, lässt er sich zwar kaum noch zu Hause blicken, doch immer, wenn ich gerade völlig vergessen habe, dass er existiert, taucht er auf: Neulich etwa kam ich splitternackt aus der Dusche und traf ihn im Flur. «Was machst du denn hier?», habe ich ihn gefragt. «Wohnen», hat er geantwortet.

«Ach ja, entschuldige.»

«Kein großes Ding.»

So etwas sagt man nicht, wenn einer nackt ist! Sobald in einer Wohngemeinschaft doppeldeutige Anspielungen gemacht werden, ist es an der Zeit, etwas zu ändern. Nun könnten Roni und ich ja auch bei mir unterkommen, aber sie meint, dort sehe es aus wie bei «Saddam und Camorra».

Der Ordnung halber weise ich sie darauf hin, dass es korrekt «Sodom und Gomorrha» heißt. Doch das will sie gar nicht hören. Roni meint, Saddam Hussein und die neapolitanische Mafia hätten wohl mehr Chaos angerichtet als die Bewohner beider biblischer Städte zusammen. Gerade ich als Journalist solle gelegentlich mal darüber nachdenken, meine Redewendungen zu aktualisieren.

Bei Roni geht das offenbar automatisch. Wenn sie sich aufregt, ist sie schnell «auf zweihundertfünfzig», und wenn ich nicht verstehe, was sie will, wirft sie mir vor, ich sei «völlig verkabelt». Mir ist das egal – Hauptsache, die Physik stimmt. Und die stimmt, deshalb wollen Roni und ich in eine gemeinsame Wohnung ziehen. Wir müssen nur noch eine finden.

Als ich Jochen von meinem Plan erzähle, reagiert er entsetzt. «Du willst zusammenziehen?», keucht er ins Telefon. «Mit einer *Frau*?!»

«Nein, nicht mit irgendeiner, sondern mit meiner Zukünftigen.»

«Du bist echt komisch. In Berlin wolltest du nie mit Frauen zusammenwohnen. Du wolltest nicht mal eine Katze.»

«Roni und ich, wir heiraten doch bald. Und da wollen wir uns ein Nest bauen und ... Jochen?»

Aufgelegt.

Wahrscheinlich hätte ich die Wendung «ein Nest bauen» vermeiden sollen. Beim nächsten Mal sage ich einfach: «Wir wollen uns einen Partykeller einrichten.» Oder, noch besser, «eine Chill-Out-Lounge».

Ich rufe noch einmal an und erkläre ihm, dass man nicht ewig von einer Affäre zur nächsten tanzen kann, als wäre das Leben eine Großraumdisco.

«Jochen, ich glaube, dass es die größere Herausforderung ist, sich zu einer einzigen Person zu bekennen. Es ist doch viel schwieriger, sich einzuschränken, als all seinen Wünschen nachzugeben. Ich will dir jetzt keine Such-dir-einen-Job-und-eine-Frau-und-zieh-nach-München-Predigt halten, aber für mich war das damals genau das Richtige: Ich habe meinen größten Feinden ins Auge geblickt: der Monogamie und der Karriere. Und ich bin glücklich, dass ich Roni und einen guten Job gefunden habe. Ähm, Jochen?»

Schon wieder aufgelegt.

Kann ich verstehen. Wenn ich mich so reden höre, finde ich mich selbst unfassbar spießig. Ist doch klar, wie so was läuft: Heiraten, Kinder und irgendwann ein Doppelhaus mit den Schwiegereltern. Davor hatte ich zeit meines Lebens den blanken Horror. Habe ich immer noch. Und nicht nur davor. Kann ich wirklich versprechen, dass ich Roni ein Leben lang lieben werde? Was ist in fünf Jahren? Oder in fünfzig? Wie werden wir uns verändern? Darf ich dann überhaupt noch nach Berlin zum Feiern? Gibt es Berlin dann überhaupt noch?

Vor der Hochzeit habe ich auch ziemlichen Bammel. Wen laden wir ein und wen nicht? Wo werden wir feiern? Wer wird mein Trauzeuge? Wie schaffe ich es, am Junggesellenabend keinen Mist zu bauen? Was soll ich anziehen? Und was heißt «Ja, ich will» auf Bairisch?

Eins nach dem andern. Roni und ich wollen heiraten, weil wir uns lieben. Alles andere wird sich schon ergeben. Erst mal die Wohnung: Bei meinem ersten Telefonat mit einem Vermieter schleime ich mich nach allen Regeln der Kunst ein. Kommt bestimmt gut an, hier bei den emsigen Bayern. Ich erzähle, dass ich als renommierter Journalist für eine renommierte Zeitung schreibe, schwärme von meinen renommierten Artikeln und meinem Gehalt, sage, dass ich viel arbeite und deshalb eh kaum zu Hause bin.

«Naa», meint der Vermieter. «So an Gschaftlhuber mog i ned hom.»

«Das sagen Sie nur, weil ich Norddeutscher bin», kontere ich und lege schnell auf.

Roni hat indessen über Bekannte von einer «erstklassigen Wohnung» erfahren und gleich einen Besichtigungstermin vereinbart. Ich werfe mich in Schale: Jackett, Hemd, Lederschuhe, Jeans ohne Löcher. Roni trägt ein Kleid, was sie sonst nicht so oft macht. Schade eigentlich.

Die Wohnung liegt nur ein paar hundert Meter von der Isar entfernt, kurz hinter der Corneliusbrücke, im vierten Stock eines imposanten blassgelben Altbaus mit rotem Ziegeldach. Wir klingeln.

Eine stark geschminkte Mittfünfzigerin öffnet die Tür. Auf dem Kopf trägt sie etwas, das vor langer Zeit mal eine Dauerwelle gewesen sein muss. Die Frau ist klein, rund und blinzelt misstrauisch. Sie versucht ein Lächeln.

«Grüß Gott», sage ich und gebe mir Mühe, das «R» so landläufig wie möglich rollen zu lassen.

«Seids Preißn?», fragt sie. Ihre Mundwinkel sacken nach unten, in ihren Augen blitzt Skepsis auf, das Lächeln erstirbt.

Dafür setzt Roni eines auf. «Er scho, i ned», sagt sie.

Mir fällt auf, dass ich sie noch nie habe Bairisch sprechen hören. Ihre Mutter Regina kommt wie ich aus Hannover. Roni ist zwar in Dumbling aufgewachsen, hat ihre Jugend aber in München verbracht. Bairisch scheint ihre Geheimwaffe zu sein. Funktioniert: Das Lächeln kehrt auf die Lippen der Frau zurück.

«Kimmts eini», sagt sie.

Die Wohnung ist genau, wie wir sie uns wünschen: Dielen, Stuck, Türen mit Glaseinsatz, kurzum: alles, wie es sein sollte; ein wenig alt, ein wenig eckig, mit Charakter eben, nicht mehr neu, aber auch nicht abgewohnt.

Der größte Vorteil: weit und breit keine Mitbewerber in Sicht. Eigentlich ist fast gar nichts in Sicht, denn im Flur hängen so viele Geweihe, dass ich kaum die Wandfarbe erkennen kann: Hörner von Rehen, Hirschen, Antilopen, die gewaltigen Schaufeln eines Elchs, dazu präparierte Vögel mit anklagend aufgesperrtem Schnabel, ausgestopfte Tiergesichter und drei Dachse, die nebeneinander Männchen machen. Wie Äste in einem Märchenwald ragen die Trophäen dicht an dicht in den Raum. Der Vormieter muss Jäger und Sammler gleichzeitig gewesen sein.

«Gruselig», flüstert Roni mir zu. «Aber wenn die Totenschädel weg sind, können wir daraus eine echt tolle Bude machen.»

Für mich ist das der Immobilie gewordene Albtraum. Mein Vater ist Hobbyjäger, und wie alle Jägerkinder habe ich immer kaum Fleisch gegessen. Bis ich nach Bayern zog. Irgendwann schluckt man die Schinkenwürfel im Salat, auf den Kasspatzen und in den Quarkspeisen einfach runter, ohne sich zu beschweren. Aber noch heute bin ich passives Mitglied im Tierschutzbund. Ronis Tierliebe geht sogar so weit, dass sie Möpse «süß» findet und Ziegen im Streichelzoo stets «meine Freundinnen» nennt.

Zackig führt uns die Frau von einem Zimmer zum nächsten. «Kichn, Klo, Schlofzimma, Wohnzimma, Kindazimma. Gfoits Eana?»

Nach dem Preißn-Fiasko muss ich Punkte sammeln. «Die Wohnung sieht super aus», schwärme ich. «Am liebsten mag ich die toten Tiere. Der Vormieter muss ein guter Schütze sein.»

Ihr Gesicht hellt sich ein wenig auf.

«Die Hoifte hob i gschossn, die andre mei Mo, da Arni.»

«Ein wahrer Terminator, was?», versuche ich feixend. Es klappt.

«Des sog i aa imma. Geht's iha zwoa aa auf die Birsch?»

Ich spüre, dass von unserer Antwort ein Mietverhältnis abhängt. Aber diese Tierschlächterei kann ich nicht gutheißen.

«Um ehrlich zu sein-»

«Mia dadn scho gern», antwortet Roni rasch und lächelt treuherzig. «Da Waschtl do hat scho den ein' oder andern Bock gschossn.»

Ich traue meinen Ohren nicht. Aber es kommt noch schlimmer.

«Dea vazeit mia seit Monaten, dass en gean amoi jagen geing dad. So wia sei Bapa im Teutoburger Wald.» Sie deutet mit dem Daumen auf mich. «Waffen san eahm sei Leidenschaft.»

Wie bitte? Ich bin Kriegsdienstverweigerer und erschrecke mich, wenn es knallt.

Walli stupst Roni mit dem Ellbogen in die Seite.

«Kost ruhig hochdeitsch re'n, do versteht dei Mo uns aa.»

Roni lächelt gequält, als würde sie lieber beim Bairischen bleiben. Nach einem Seufzer fährt sie fort: «Der lernt es nie! Dabei ist er Journalist und müsste eigentlich sprachbegabt sein.»

Die Vermieterin schaut mich prüfend an. «Sogst amoi Oachkatzlschwoaf!»

«Wie bitte?»

«Oachkatzlschwoaf!» Sie sieht mich an, als wäre ich ein

dressierter Pavian. Aber was tut man nicht alles für eine Wohnung?

«Arschkatzeschorf», nuschele ich.

Die beiden brechen in schallendes Gelächter aus. Verdammt, das muss ich echt nochmal üben!

Als sie sich wieder beruhigt hat, wischt sich die Vermieterin eine Träne aus dem Auge. «Ia gfoits ma. Seids verheirod?»

«Noch nicht. Aber verlobt sind wir.» Roni zeigt stolz ihren Ring.

«So a kloaner Stoa!» Die Vermieterin kneift ein Auge zu und beugt sich wie ein Juwelier über Ronis Hand. «Hobts aich des guad überlegt?»

Wir nicken eifrig.

«I hob scho Mieda ghobt, die hom aa heirodn woin, und des is so a Gschiss gwesn, mit de Blosn, mit da Wirtschaft, mim Essn und da ganzn Organisation – die hom si oiwei in die Hoar ghobt. Zwoa Wochn vor da Hochzeit sans wieda auszogn. Oinzln!»

«Oansln!!!», wiederhole ich brav. Wir schütteln entsetzt die Köpfe. So etwas kann uns natürlich nicht passieren.

«Oiso wennst megst, kennts die Wohnung hom.»

So läuft das also hier? Die reinste Spezlwirtschaft.

«Oba lassts aich ned glei wieda scheidn. Des moch mo ned. Und fois doch, bleibts do wohna.»

Mir geht das hier alles ein bisschen zu schnell.

«Müssen wir nicht noch die Besitzer fragen? Oder die Hausverwaltung?»

Oder unser Gewissen?

«Des bin ois i», erklärt die weißhaarige Jägerin. «Und da Arni.»

«Was soll die Wohnung denn kosten?», fragt Roni.

«Sechshundatfuchzge. All inclusive. Wie im Urlaub.» Die Herzlichkeit der Vermieterin schwappt ins Vertrauliche. Aber der Preis ist unschlagbar.

«Und wann zieht der Vormieter aus?»

«An Vormieter gibs koan.» Sie deutet auf die Geweihe. «De Krickerl dad ma do lassn. Aber des is fia aich koa Problem ned.»

Als mir klar wird, dass ich von nun an unter den Köpfen toter Tiere wohnen soll, will ich das Theater beenden. Im selben Moment höre ich Roni sagen: «Nein, das ist gar kein Problem. Wir nehmen die Wohnung.»

«Aber …», bringe ich noch hervor, und diesmal ist es die Vermieterin, die mich unterbricht.

«Do kennts glei unterschreim.» Sie zieht Roni hinaus auf den Flur, von dort ins Treppenhaus und auf die Stufen nach oben. Mir wird mulmig.

«Sollen wir nicht erst einmal eine Nacht drüber schlafen?», frage ich.

«Des brauchts ned. Entweder ois passt oda ned. Und do passts.»

Hinter ihrem Rücken flüstert Roni mir zu: «Das ist ein Volltreffer. Die Totenschädel verstauen wir im Keller. Merkt eh keiner.»

Oben, an der Tür zur Dachgeschosswohnung, steht: «Hausverwaltung von Amseln-Burgheim». Die Vermieterin deutet auf das Schild und danach auf sich. «Adelig!», erklärt sie.

Ihre Wohnung sieht aus wie ein Verkaufsraum für Rokoko-Fälschungen: Vorhänge aus rotem Samt, Ölgemälde von Jagdgesellschaften, goldgerahmte Bilder von Bäumen an Seen, ein Jagdhorn, alte Gewehre und noch imposantere Geweihe als unten in der Wohnung. Würde mich nicht wundern, hier die Köpfe unserer Vormieter zu entdecken.

Im Flur deutet sie auf eine bemalte Holzscheibe. Darauf ist eine üppige Brünette im Dirndl zu sehen, in der Hand hält sie eine Scheibe, auf die zwei Herzen gemalt sind. In denen steckt ein Pfeil. Sie deutet auf die Frau. «Des bin i», sagt sie und streicht mit dem Finger über eine einschusslochartige Delle zwischen den Herzen.

Die nächste Trophäe hockt in der Küche auf einer Eckbank:

Ein dicker, halbnackter Kerl mit rundem, von der Sonne verbranntem Bauch schaut so konzentriert Fußball, dass er uns nicht bemerkt. Er trägt die gleiche Frisur wie Walli. In der rechten Hand hält er einen Bierkrug, die linke kräuselt gedankenverloren eine erblasste Strähne.

Die Vermieterin bleibt abrupt stehen, späht um die Ecke und zieht sich mit kleinen Schritten geduckt in den Gang zurück. Dort dreht sie sich kurz um und zwinkert uns zu. Dann holt sie aus ihrem Dekolleté ein daumengroßes, pfeifenartiges Stück Rehgeweih an einer Kette hervor. Sie führt es an die Lippen, holt tief Luft und bläst aus vollen Backen hinein.

Das laute Krächzen einer aufgescheuchten Krähe tönt durch die Wohnung. Der Kerl schreckt hoch und verschüttet sein Bier. «Zefix nomoi», schimpft er.

Die Vermieterin dreht sich um und erklärt stolz: «Mit am Rottumtaler Kombilocker konnst aa an Hasn oder a Anten locka.» Oder den Arni.

Der wischt seinen Bierbauch an der Gardine trocken und kommt auf uns zu. «Die blede Pfeifn», meint er und schaut finster zu seiner Frau hinüber. Dann streckt er uns die Rechte entgegen. Wir können nicht anders, als auf seine krebsrote Wampe starren. «Sonnbank foisch oagschlossa», erklärt er. «Seids ia die neia Nochbarn?»

Roni und ich zucken mit Schultern. Arnis Frau nickt, woraufhin der Gatte verkündet: «Darauf soitn ma oastoßn.»

Vier Wildbacher Magenbitter später sind wir auch mit Frau von Amseln-Burgheim per Du. Sie heißt Walburga, aber wir müssen sie «Walli» nennen.

Noch vier Magenbitter später zeigen uns Walli und Arni ihre Gewehre. Sie geben ein paar Jagdgeschichten zum Besten und schwärmen vom «Bocksfieber», dem Adrenalinstoß, der einen Jäger durchfährt, bevor er abdrückt.

Roni und mich hat hingegen das Wohnfieber gepackt. Eine innere Stimme warnt mich noch, aber sie wird mit jedem Schnaps leiser. Auch wir stehen kurz vor dem Abschuss.

Als wir die letzten Zweifel unter den Tisch getrunken haben, bin ich bereit, ein Tier zu töten und einen Mietvertrag zu unterschreiben. Wir erledigen das Schriftliche und verabreden uns mit Walli und Arni für nächsten Monat, zum Einziehen. Beute erlegt, mein Vater wäre stolz auf mich.

Als wir uns verabschieden, ist Arni auf der Eckbank eingenickt. Walli gibt Roni und mir ein Bussi links und rechts auf die Wangen.

«I bin so froh, dass i aich zwoa gfundn hob», sagt sie. «Die ondan san ois Schlawina gwen. Die hom unsre scheena Steckerln in Keller bringa woin. Do hob i's nausgschmissn, des Gschwerl.»

Roni wird blass. Ich nicht.

«Wenn du willst, kann ich sie für dich abknallen», lalle ich und drücke Walli zum Abschied ein Bussi auf die Wange, feuchter als die Schnauze eines Jagdhunds.

SAUBER BEIANAND

(hochdeutsch: In guter Verfassung)

Am ersten Juni um acht Uhr morgens stehen unsere Freunde vor der Tür, um Kisten zu schleppen: Ronis stämmiger Cousin Urs, ihre beste Freundin Nunja, deren Freund Jan und mein Ex-Schuhplattler-Lehrer James. Der ist, trotz seiner Vorliebe für kerniges Brauchtum, eher schmächtig gebaut, hat aber im Gegensatz zu meinen anderen Kumpels ein Faible für Innenarchitektur. Nunja hat ihren Fiat Panda mitgebracht, für die «sensiblen Sachen». Also eigentlich für mich. Sie und Jan sind seit zwölf Jahren zusammen und finden Heiraten spießig. «Ohne Ring ist man doch viel freier», hat Nunja mal gesagt. Ronis Trauzeugin will sie trotzdem werden.

Die Umzugshelfer hängen ihre Jacken instinktiv an die Geweihe im Flur. «I mog eia Garderobn», meint Urs. «Die is schee.»

«Die Horn von die Rindviecher haben eine Country-Club-Style», stellt James in seinem unverwechselbaren Pidgin fest. «Some people might call it spießig, I say: That's Gemutlickkeit!»

«I hob's zerscht gsogt», belehrt ihn Urs. Er ist Chiemgauer Vizemeister im Rankeln, dem traditionellen bayerischen Ringkampf, und geht keinem Konflikt aus dem Weg. Nicht mal einem Konflikt mit schweren Möbelstücken.

Die Ausnahme bilden mein Schrank und mein Bett. Beide lässt er unbeachtet im Hausflur stehen. Als ich ihn überreden will, den Schrank mit mir hochzutragen, lehnt er ab. «Naa, die Roni hod gsogt, des Glump kimmt zum Wertstoffhof.»

Glump? Das ist ja wohl die Höhe! Ich sprinte die Treppen zu unserer Wohnung hinauf und stelle Roni zur Rede. Aber die ist vollauf damit beschäftigt, die Umzugskisten in die richtigen Räume zu disponieren, und hat «echt keine Zeit für Diskussionen».

«Aber mein Bett kommt nicht weg!»

«Du hast letztes Jahr öfter in meinem Bett geschlafen als in deinem, also dachte ich, wir nehmen meins. Außerdem ist es breiter.»

«Und der Schrank stammt von meinem Vater.»

«Lass uns morgen darüber reden, okay?»

Ich ziehe mich in dem guten Gefühl zurück, meine Position deutlich gemacht zu haben.

James legt mir die Hand auf die Schulter. «Waschtl, that's peanuts! Safe your energy for die Hochzeit.»

Mittags will ich Pizza für alle bestellen, da höre ich von der Hauptstraße her laute Country-Musik. Wenige Augenblicke später biegt der rote Pick-up meines zukünftigen Schwiegervaters um die Ecke und parkt ohne überflüssige Rangiermanöver in die enge Lücke hinter dem Umzugswagen ein. Vom Beifahrersitz aus winkt Ronis Mutter Regina wie die englische Königin. Tatsächlich haben die beiden einiges gemeinsam: Regina trägt gern einen Kronschatz an Schmuck, sorgt mit ihren Kochkünsten für einen ganzen Hofstaat und hat ebenfalls einen eigensinnigen Gatten. Allerdings hätte die Queen wohl eher einen Chauffeur in englischer Livree und nicht in bayerischer Tracht.

Knoll grinst in seinen Vollbart und kurbelt das Fenster herunter. «Grüß Gott. Mia woitn a Brot und a Soiz zum Einzug bringa.» Er stemmt sich breit grinsend aus dem Auto. Sein weißes Leinenhemd spannt zwischen den Trägern der Lederhose. «Und a Bier, damits bessa rutscht», ergänzt er und zwinkert mir zu. «In Amerika nennt mo des a Construction-Beer.»

Knoll ist früher auf Montage um die halbe Welt gereist, hat in Texas Ölförderanlagen gebaut und in China Bewässerungsanlagen für Reisfelder. Trotzdem ist er immer wieder heim nach Bayern gekommen. Er ist unschlagbar darin, mit möglichst wenig Aufwand möglichst große Wirkung zu erzielen – egal, ob es um Arbeit, Worte oder Musik geht.

Mit einer Hand hievt er jetzt einen Kasten Räuber Kneißl dunkel von der Ladefläche. Regina hält in der linken und rechten Hand je einen Korb mit Fressalien. Knoll grinst in Richtung Urs. «Ois die gheat hod, dass du aa kimmst, hod's fuchzg Fleischpflanzal gmocht.»

«Das ist schließlich auch das Lieblingsessen meiner einzigen Tochter.»

«Und wos ess i?», murmelt Urs.

Nach der Mittagspause koordiniert Knoll die Umzugsarbeiten. Er bringt auch die Lampen an, ich höre, wie er zu Urs sagt: «Die Schrauben nehma ned, die san scho ausgfotzt.»

Oje, Bairisch hält Einzug in meine Wohnung. Dabei hatte mir Wallis Arschkatzeschorf eigentlich schon gereicht. Doch es kommt noch schlimmer. Als Knoll später das Fernsehkabel hinter die Couch zieht, stehe ich neben ihm und schaue zu. «Drest amoi aufi», murmelt er in meine Richtung. Keine Ahnung, was er von mir will. Ich soll das Kabel aufdrehen – also entweder aufrollen oder aber die Isolierung entfernen und die vielen kleinen Kupferfäden zu einem Wulst drehen. Das ergibt Sinn, also hole ich schnell ein Messer aus der Küche und entferne am Kabelende das Plastik. Knoll kommt hinter dem Sofa hervor.

«Wos mochstn?»

«Aufdren!», rufe ich hochmotiviert. Mein zukünftiger Schwiegervater schüttelt den Kopf.

«Aufdrehn», wiederholt er und schüttelt den Kopf. Dann Silbe für Silbe: «Her-auf-tre-ten. Domits ned rutscht.»

«Ah», sage ich, lächle wie ein Depp und stehe genau so da – anstatt wie gewünscht mit einem Fuß auf dem Kabel.

Am frühen Nachmittag verabschieden sich die Umzugshelfer. Nunja und Jan wollen zu Ikea, James muss Schuhplattlerunterricht geben, Urs hat noch einen zweiten Umzug im Anschluss und will zur Sportschau wieder zu Hause sein. Knoll und Regina bleiben noch.

Während Roni mit ihrer Mutter über Bilder, Beistelltischchen und Balkonbepflanzung diskutiert, bleibt mir Knoll als Gesprächspartner. Wie alle Bayern redet er nicht viel. Als Regina das mal beim Kaffeetrinken kritisierte, meinte Knoll: «Des Reen wea scho rechd, wenn i's Maul ned aufmacha miassad.» Seitdem stellen wir uns einfach schweigend auf den Balkon und rauchen Zigaretten – da haben wir etwas gemeinsam, und ich kann nichts falsch verstehen. Zwar habe ich längst mit dem Rauchen aufgehört, aber ich traue mich nicht, es ihm zu sagen.

Knoll gibt sich Mühe, hochdeutsch mit mir zu sprechen, obwohl man sein Hochdeutsch kaum von seinem Bairisch unterscheiden kann. Deshalb habe ich gelernt, assoziativ zu denken. Beim Kaffeetrinken nimmt Knoll gern «a Mili» in den Kaffee. Dazu isst er gern «Doadn», nein, keinen Toten. Am liebsten mag er «Zwetschgndatschi», was keine Bezeichnung für einen Ostberliner Pflaumengarten ist. Eine Serviette braucht er nicht. Wenn man ihm eine anbietet, entgegnet er: «Na, danke, i hob an Bart.»

Knoll stupst mich an und reißt mich aus meinen Gedanken. «Host an Zindheizl?»

«Nein, ich glaube, das ist eine Gasetagenheizung hier», bemerke ich fachkundig. «Aber frag sicherheitshalber mal Roni.»

«Die rachd do ned.» Er greift in seine Hemdtasche, zieht eine Packung Marlboro heraus, steckt sich eine zwischen die Lippen, hebt eine Hand vor seine Zigarette und klappt den Daumen hoch und runter. Ich nicke und reiche ihm ein Päckchen Streichhölzer aus der Schublade. Er hält mir die Schachtel hin, ich zögere.

«Host aufgheat?»

«Nee», sage ich und nehme mir eine Marlboro. «Ich doch nicht.»

Knoll hat Ronis Mutter erst vergangenes Jahr geheiratet, im Trachtlerhof von Dumbling. Aber er kennt sich auch mit ausgefalleneren Hochzeitslocations aus. Seine Spezln, erzählt Knoll, hätten in Burgen, auf Schlössern, in Almhütten, Heißluftballons oder Partykellern geheiratet. «Da warns olle scho fast fuchzge», ergänzt er.

«Vielleicht willst du ja auch in Norddeutschland heiraten?», fragt mich Regina, die gern mal wieder in ihre alte Heimat fahren würde. Doch Knoll weigert sich, Bayern für innerdeutsche Ausflüge zu verlassen. In ferne Länder reist er gern, in andere Bundesländer nicht. Als Regina mal versucht hat, ihn zu einem Mittelaltermarkt im Schwäbischen zu locken, bekam er kurz hinter der Landesgrenze Atemnot und Schüttelfrost – ein Leiden, das bei der Rückkehr nach Bayern auf wundersame Weise verschwand. Trotzdem versucht sie es immer wieder.

«Deine Eltern fänden es doch bestimmt auch gut, wenn du in Nordrhein-Westfalen feierst, oder?»

Ich zucke mit den Achseln. Meine Eltern sehe ich nur an Weihnachten. Sie wohnen noch immer in Tiefenwalde, mitten im Teutoburger Wald, zwischen Nordrhein-Westfalen und Niedersachsen. Dort leiten sie eine Beratungsstelle für «alle Probleme, außer finanziellen», so steht es an der Tür. Die beiden leben so harmonisch miteinander, wie es nur Sozialpädagogen können. Wenn ich sie einmal im Jahr besuche, haben wir genug damit zu tun, uns neu kennenzulernen. Deshalb habe ich ihnen Roni auch noch nicht vorgestellt. Obwohl sie sich bestimmt gut mit ihr verstehen würden. Leute verstehen ist ja ihr Job.

«Wann lernen wir die eigentlich mal kennen, deine Eltern?», will Regina wissen.

Ich weiß gar nicht, ob das so eine gute Idee ist. Meine Eltern lieben Klassik, spielen beide Geige, meine Mutter die erste, mein Vater die zweite. Mein Vater besitzt außerdem noch einen Bass und ein paar weitere Streichinstrumente.

Knoll dagegen spielt Trompete in der Blasmusik-Kapelle «*Die Obrigkeit*». Meine Eltern sind Pädagogen und leben glücklich in einer bis ins Detail ausdiskutierten Beziehung – Knoll und Regina reden höchstens über das Essen. Mein Vater hält sich für ein Sprachgenie; nicht nur, weil er seinen Patienten dumme Ideen ausreden kann. Ab dem dritten Bier glaubt er, jeden deutschen Dialekt zu beherrschen. Wenn Knoll sein Bairisch zu hören bekäme, würde er ihn wahrscheinlich zum «Deifi» jagen.

Regina ist Köchin in einem bayerischen Gasthaus, meine Mutter liebt Sushi. Meine Eltern haben pausenlos etwas zu tun, musizieren, Leben retten. Seit ich sie kenne, haben sie noch keinen Tag Urlaub gemacht. Knoll ist indessen durch die ganze Welt gereist, und auch Regina nimmt sich ständig für ihre Gartenarbeit frei.

Was für ein Ehepaar werden Roni und ich wohl werden? Was liegt in der Mitte zwischen den Extremen? Hoffentlich nicht gepflegte Langeweile.

«Moooment! Erst will *ich* seine Eltern kennenlernen», drängt Roni sich vor.

Oje. Jetzt kommt ganz schön was zusammen.

«Wir können ja irgendwann zu zweit nach Tiefenwalde fahren», sage ich unbestimmt.

«Nächste Woche würde mir passen», meint Regina.

«Mhm», sage ich schwach. Eigentlich meinte ich mit «zu zweit» mich und Roni.

Es heißt ja: Schau dir die Mutter an, dann weißt du, wie die Tochter werden wird. Regina ist in Dumbling für ihre Jugendstil-Porzellansammlung berühmt und auf regionalen Flohmärkten für ihr Verhandlungsgeschick gefürchtet. Sie räumt das Haus, in dem sie mit Knoll wohnt, so oft um, dass man sich nie sicher sein kann, ob man wirklich schon mal dort war. Vor kurzem wurde ihr liebevoll verwilderter Garten zum «schönsten Garten im Kreis Dumbling» gekürt. In der Zeitung stand sogar, sie habe dort Blumen, die in Europa eigentlich ausgestorben sind. Jetzt ist ihr Ehrgeiz geweckt. Projekt Nummer zwei ist der Titel «schönster Garten Bayerns». Regina hat angedeutet, Urs gehe ihr ein wenig bei den Vorbereitungen zur Hand; Genaueres wollte sie nicht verraten. Gerade steht sie mit Roni am Küchenfenster und macht so ausladende Gesten, dass man meinen könnte, sie müsse dort die Bundesgartenschau konzipieren.

Am Abend schütten Knoll und ich die letzten Flaschen Räuber Kneißl in seine Einzugsgeschenke, zwei Steingutkrüge mit Dumblinger Wappen und Zinndeckel. Auf dem einen steht *Waschtl*, auf dem anderen *Knoll*.

«Wollt ihr denn nicht wissen, was Projekt Nummer eins ist?», fragt Regina.

Ich nehme einen tiefen Schluck aus meinem Krug. Wahrscheinlich will sie bei unserer Hochzeit ordentlich mitmischen, Torten aus Zucker und Sahne backen, Geranien auf die Tische stellen und allen Verwandten mitteilen, dass wir uns Besteck wünschen. Das kann sie vergessen.

«Wir wollen ein Haus bauen. In Texas.»

Ich verschlucke mich, bekomme Räuber Kneißl in die Luftröhre, muss husten. Schaum tropft mir aus der Nase. Roni schaut ihre Mutter entgeistert an und schüttelt den Kopf. Schweigen.

«Oiso», brummt Knoll. «Wos sogts ia?»

Texas: Ölbarone, Karohemden, George Bush, Square Dance und Revolver – am besten sagen wir erst mal gar nichts. Müssen wir auch nicht, denn die beiden erzählen ausführlich von ihren Plänen.

«Af da Veranda sitza, Kolibris oschaugn, a Countrymusi hean und jen Dog an Barbecue», schwärmt Knoll.

Zuvor müssen noch Kakteen aus der Erde gerissen, Äcker umgegraben, Klapperschlangen vertrieben und ein Blockhaus gebaut werden.

«Also, das kommt jetzt ziemlich überraschend», beginnt Roni.

«Ah geh», Knoll wiegelt ab. «Des passt scho.»

Diese bairische Redewendung verstehe ich ausnahmsweise, denn Knoll hat sie mir persönlich beigebracht. «Passt scho» deckt einen Großteil der hochdeutschen Höflichkeits- und Umgangsfloskeln ab. Es bedeutet je nach Tonlage «bitte», «danke», «einverstanden», «hervorragend», «okay» und «keine Widerworte». Deshalb sage ich jetzt sicherheitshalber einfach mal nichts.

SO IS AA WIEDA NED

(hochdeutsch: Der hier vorliegende Sachverhalt gestaltet sich komplexer, als man auf den ersten Blick vielleicht annehmen würde)

Roni hat ihren Sinn für Stil in unseren Haushalt eingebracht und ich mein altes Kinderzimmer. Sie ist in der Nähe einer Großstadt (München) aufgewachsen, wo es Architekten für innen gibt, ich dagegen komme vom Dorf (Tiefenwalde), wo man seine Möbel selber schreinert und sie über Generationen weitervererbt, bis sie von allein auseinanderfallen. Wer sie vorher aussortieren will, beleidigt die Familie.

Mein Schrank ist jedenfalls ein Spitzen-Hellholzteil mit kaputter Schiebetür und halbherzig abgekratzten Fußballaufklebern von der WM Mexiko 86. Mein Opa hat ihn kurz nach dem Zweiten Weltkrieg selbst gebaut. Das Bett wiederum gehörte vorher meinem Cousin und davor dessen Vater, meinem Onkel Fritz; der wiederum hatte es von meinem Vater, und von wem der es bekam, will ich gar nicht wissen. Wahrscheinlich wurde die Hälfte meiner Familie darin gezeugt. Das würde zumindest den kaputten Lattenrost erklären.

«Das dunkle Bett passt nicht zu deinem hellen Schrank», findet Roni. «Außerdem ist es kaputt.»

«Dann passt es ja doch zu dem Schrank.»

Ich finde, Roni ist nicht objektiv bei der Beurteilung meiner Sachen. Sie behauptet dasselbe von mir. Deshalb beschließen wir, dass sie meine Kisten ausräumen soll und ich ihre. Anschließend macht jeder einen Stapel, und dieser Stapel wird abschließend gewogen, gesichtet und sachlich beurteilt, bevor wir ihn endgültig entsorgen. So kann ich mich weiterhin davor drücken, meine Berliner Kisten auszupacken.

Weil ich Roni liebe, bin ich sehr gnädig mit ihren Sachen. Ich entdecke seltsame Sonnenbrillen, Einmachgläser mit Sand aus dem Urlaub, eine Jacke aus Leopardenfell-Imitat, Bücher vom Marquis de Sade, Mini-Skelette vom mexikanischen Totentag, jede Menge Kassetten mit Musik, die ich heute noch höre, und einen Nepal-Reiseführer.

Dann fällt mir eine Schachtel mit Fotos in die Hände: Roni als junges Mädchen, mal mit kastanienbraunen Haaren, mal schwarz, mal rot oder blond, von polang bis raspelkurz. In jede dieser Ronis hätte ich mich verliebt. Manche Bilder zeigen sie auf der Tanzfläche, unter dem Tisch oder neben der Spur. Auf einigen Fotos sind auch Jungs drauf, die, zugegeben, ganz schön cool wirken. Ein paarmal frage ich: «Wer ist denn der?» Und ein paarmal zu oft antwortet Roni: «Ein Verflossener.»

Und dann kommt dieses eine Foto: ein Bild, auf dem Roni einen anderen Mann küsst, einen Typen, der fast so aussieht wie ich. Nur besser.

Schnell weiter. Doch anscheinend hat da jemand eine ganze Serie von den beiden geschossen. Die Bilder müssen draußen auf einer Sommerwiese entstanden sein. Roni hat noch schwarze Haare und trägt bloß einen Bikini. Der Typ ist bis auf die Badehose nackt, gebaut wie ein Unterwäsche-Model und grinst in die Linse. Roni schaut ihn mit ihrem Julia-Roberts-Lächeln an, in das ich mich damals verliebt habe. Die beiden sehen aus wie ein Kuschelrock-Coverpärchen.

Plötzlich sticht es in meinem Herzen. Ich reiße mich zusammen: Das alles ist lange her, längst vorbei, ich bin der Mann, der gerade mit Roni zusammengezogen ist, und wir werden heiraten. Ich schaue sie an.

Sie schaut das Bild an.

Und seufzt.

«Wer ist denn das?», will ich wissen.

«Frag nicht.»

«Wie alt warst du da?»

«Gib das her», sagt Roni und nimmt mir das Foto weg.

«Komm, sag schon!»

«Das ist Chrissie ... Christoph ... Meine Güte, ist das lange her.»

Ich erinnere mich dunkel. Roni hatte mal einen Christoph erwähnt. Er war ihre erste große Liebe – bis er mit einer Sekte nach Tibet ging oder so. Ich spüre etwas Bitteres in mir aufsteigen. Roni hält das Foto noch immer in der Hand. Und seufzt. Ihre Augen wirken dunkler als sonst.

«Er ist damals nach Nepal gegangen, weil er mit Straßenkindern eine Textilfirma aufbauen wollte. Damit sie eine Perspektive haben.»

Ein Gutmensch, und auch noch ein extrem gutaussehender. Verdammt. Gegen so einen Typen hätte ich keine Chance.

«Christoph wollte, dass ich mitkomme. Aber ich hatte schon einen Studienplatz in Weihenstephan, und den hätte ich aufgeben müssen.»

«Hast du es bereut?»

Wieder ein endlos langer Blick auf das Foto.

«Früher», beginnt sie, dann schüttelt sie den Kopf. «Es gibt doch immer so grundsätzliche Entscheidungen im Leben, Wegkreuzungen. Wer weiß, was aus mir geworden wäre, wenn ich damals mitgegangen wäre.» Sie zögert. «Ach, lassen wir das. Schwamm drüber.»

Roni legt das Bild zurück in die Kiste und klappt sie zu. Ich atme auf. Bis jetzt bin ich mir ihrer Liebe immer ganz sicher gewesen. Und das soll bitte auch so bleiben.

Den Rest des Tages entsorgen wir harmonisch unsere Sachen, stillschweigend darum bemüht, keine Missstimmung aufkommen zu lassen. Wir finden auch keine weiteren verfänglichen Erinnerungsstücke – bis auf ein paar alte Fotos von meinen Exfreundinnen. Roni mustert sie kurz, meint, dass die eine nett oder die andere niedlich ausschaut, und kramt weiter.

«Oha», ruft sie plötzlich und zieht ein Magazin aus einer Kiste. Auf dem Cover steht «Jamaica me horny» über einer dunkelhäutigen Frau, die vielversprechend in einer Hängematte liegt. Von rechts ragt ein Genital ins Bild.

«Was haben wir denn da?», fragt Roni.

«Ähm», sage ich und versuche, ihr das Heft aus der Hand zu nehmen. Das ist mir jetzt schrecklich unangenehm. «Das habe ich noch nie gesehen.»

«Nein?» Roni zieht die Augenbrauen hoch und macht eine ziemlich obszöne Bewegung aus dem Handgelenk. Dabei sieht sie mir direkt in die Augen. Mir wird heiß, natürlich nicht wegen der Frau auf dem Cover.

«Ach, dieses eine Heft, das ...», stammele ich, da klappt Roni die Kiste komplett auf und schaut hinein.

«Da sind ja noch mehr!» Sie zieht ein zweites Magazin aus der Kiste – diesmal mit zwei Blondinen darauf. Der Hintergrund ist in Ikea-Farben gehalten, der Titel: «Lasse Reinström, der Bettentester».

Ronis Gesichtsausdruck wechselt von spöttisch zu argwöhnisch. Sie wirft noch einen Blick in die Kiste. «Du hast sogar *DVDs*!»

Ich wäre jetzt gern irgendwo anders, weit weg, muss gar nicht Jamaica oder Schweden sein. Roni sieht mich aus schmalen Augen an, eine winzige Zornesfalte zerfurcht ihre Stirn. Es gibt nur einen Ausweg.

«Die Kiste gehört Jochen», sage ich fest. «Er hat sie mal bei mir abgestellt, weil seine damalige Freundin nichts davon wissen sollte. Ich habe das Zeug einfach in den Keller geräumt. Da muss ich es wohl vergessen haben.»

«Echt?»

«Klar», lüge ich. «So was würde ich mir doch nie anschauen.»

Ich bin ein Kameradenschwein, aber ein überzeugendes. Hoffe ich.

«Weißt du was?», sage ich schnell. «Lass uns die Kiste einfach wegschmeißen. Den Schrank entsorgen wir gleich mit. Und dann reden wir nicht mehr drüber.»

«Wird das ein Gang nach Cabanossi?», fragt Roni spöttisch. Dann nickt sie. «Okay. Aber das Bett kommt auch weg!»

Ich werfe einen letzten Blick darauf. Wie viele Stunden

habe ich darin verbracht? Und mit wem habe ich –? Nein, Schluss mit der Vergangenheit. Roni und ich fangen ganz neu an.

«In Ordnung. Das Bett, der Schrank und die Kiste.»

Roni nickt und klappt den Deckel zu.

«Klappe zu – Abendbrot.»

Das war knapp. Jochen wird mir die kleine Notlüge sicher verzeihen. Er hätte in meiner Situation bestimmt dasselbe getan.

«Und dann schmeißen wir auch noch die Fotos von dir und diesem Heini da weg», schlage ich vor.

«Nein», bestimmt Roni, «die bleiben hier. Ich habe eben auch eine Vergangenheit, und die gehört zu mir.»

«Wie dein Name an der Tür», ergänze ich.

«An *unserer* Tür, Mopsi.»

Ich muss mich verhört haben. «Wie bitte?»

«Na, ist doch schön, wenn man sich Spitznamen gibt. Ist ein Liebesbeweis.»

Für mich klingt «Mopsi» eher wie eine Beleidigung. Außerdem mag ich keine Spitznamen, eine alte Geschichte. «Aber das ist sachlich falsch!», beschwere ich mich.

Roni kneift mich kichernd in die Seite. «Na ja, du hast es halt faustdick an den Hüften.»

Heyheyhey! Na gut, im Moment verbringe ich mehr Zeit im Büro als im Fitnessstudio, aber das ist ja noch lange kein Grund, mir das so auf die Nase zu binden.

«Es kann ja nicht jeder aussehen wie dein tibetanisches Unterwäsche-Model.»

Verdammt, das klang jetzt total zickig.

«Nepalesisch», korrigiert Roni. «Du kannst mir auch einen Spitznamen geben. Vielleicht einen jamaikanischen? Oder einen schwedischen?» Sie grinst herausfordernd.

Gerade will ich sie packen, schultern und in die Höhle schleppen, da klingelt das Telefon. Ich gehe ran. Roni schaut mir mit Schlafzimmerblick in die Augen.

«Du hast recht», höre ich Jochens Stimme am anderen Ende der Leitung.

«Womit?»

«Ich muss mein Leben auf die Reihe kriegen. Ich laufe vor jedem Job und vor jeder Frau weg. Damit ist jetzt Schluss. Ich werde mich stellen.»

«Das ist gerade ein bisschen schlecht», sage ich, immer noch abgelenkt durch Roni, die mir mit einer Hand unter das T-Shirt fährt und zärtlich über meine Hüften streicht. In das hörerfreie Ohr säuselt sie: «Wir sind ganz alleiiin ...»

In das andere Ohr verkündet Jochen: «Ich ziehe nach München! Zu dir!»

«Du machst was?», quieke ich. Roni lässt erschrocken von mir ab.

Jochen fragt: «Freust du dich gar nicht?»

Vor meinem inneren Auge sehe ich ihn zwischen Roni und mir – auf der Couch, im Bad, im Bett. Sie sieht mich fragend an, bedeutet mir, auf Lautsprecher zu schalten. Aber wer weiß, was Jochen als Nächstes rauslässt?

«Doch, natürlich freue ich mich. Das kam nur ziemlich überraschend. Ich bin ja gerade erst mit Roni zusammengezogen.»

Jetzt drückt Roni die Freisprech-Taste. Als sie Jochens Stimme hört, zieht sie die Augenbrauen hoch und grinst.

«Ich will ja auch gar nicht lange bei euch wohnen. Nur bis ich eine eigene Bude habe.»

Roni hört auf zu grinsen.

«Einen Job habe ich schon. Ich habe bei einer Werbeagentur den Copytest gemacht: DDT heißen die, machen Werbung für Gartengeräte und Mikrowellenfraß. Die meinten, ich sei genau der Mann, den die suchen. Ich kann als Juniortexter einsteigen. Mein erster Job, Alter! Lass mich nicht hängen.»

Roni nickt ergeben. «Okay, Jochen», sagt sie.

«Roni? Geil, ihr habt so 'ne Freisprechanlage. Ein Glück habe ich nichts Blödes gesagt. Mann, tausend Dank, ich weiß das echt zu schätzen. Ich habe mir auch schon einen Slogan ausgedacht: ‹Bayern unterjochen›.»

«Toll», sagen Roni und ich gleichzeitig. Dann würde ich gern noch wissen, wann er genau kommt.

«In ein paar Wochen. Die meinen, ich könnte nächsten Monat anfangen. Ich hole mir hier einen Untermieter rein, dann düse ich los. So viel Zeug habe ich ja nicht. Und zur Not kann ich mir ja was von euch leihen.»

Roni beugt sich zum Hörer. «Eine von deinen Kisten ist schon hier.»

«Geil», sagt Jochen und legt zum Glück schnell auf.

Wir atmen ein paarmal tief durch und leeren eine Flasche Wein. Auf die letzten Tage zu zweit!

Nach ein paar Gläsern haben wir keine Lust mehr zu reden. Wir verziehen uns ins Schlafzimmer und spielen Urlaub auf Jamaica.

OIDE LIEB ROSD NED, OBA DIE LIABE OIDE SCHO

(hochdeutsch: Alte Liebe rostet nicht …
und Schatz, du siehst toll aus)

In unserem Kühlschrank stehen neuerdings kleine Einmachgläser mit einer rötlichen, gallertartigen Masse. Ich tippe auf Gelee, weil sie neben Reginas selbst gemachten Marmeladen stehen, aber Roni will mir die Sorte nicht verraten. Klar, als Studentin der Brau- und Lebensmitteltechnologie hat sie bestimmt eine vergessene bayerische Spezialität zusammengekocht. Aber Geheimnisse in meiner Küche? So weit kommt es noch! Schließlich hole ich eines der Gläser demonstrativ aus dem Kühlschrank und knalle es auf den Tisch.

«Zehn Euro, dass ich schmecken kann, was drin ist.»

Roni grinst, hält mir die Hand hin. Ohne zu zögern, bestreiche ich eine Scheibe dick mit Geheimaufstrich. Die Konsistenz ist sämig, wie Schmelzkäse. Ich trinke einen Schluck Kaffee, um meine Geschmacksnerven reinzuwaschen. Dann beiße ich hinein.

Schmeckt unerwartet ölig-ätherisch, nicht schlecht, eher nach Kräutern als nach Beeren. Da ist etwas drin, das kenne ich – «Salbei?»

Roni grinst und nickt. «Salbeiöl.»

Bin halt Profi. Ich schmecke weiter. «Bienenhonig!»

«Fast. Bienenwachs.»

«Bienenwachs? Wieso denn das?»

«Um den Balsam dicker zu machen. So lässt er sich besser auftragen.»

Ich kämpfe gegen einen plötzlich einsetzenden Würgereflex. Nachdem ich das Gekaute und den Brotrest dem Mülleimer überantwortet und Roni zehn Euro gegeben habe, erklärt sie mir, Bären-Balsam sei der große Bruder des Tiger Balms. Roni bereitet ihn nach einem alten Hausrezept aus dem Internet selbst zu – gut gegen Kopfschmerzen, Ischias und besserwisserische Lebenspartner.

In puncto Kosmetik lerne ich eh täglich dazu. Im Kühlschrank steht neuerdings Nagellack, der im Gegensatz zum Obst dort ein Anrecht auf einen Stammplatz zu haben scheint. Neben den Badezimmerspiegel hat Roni Fotos ungeschminkter Filmstars geklebt: Julia Roberts, Cameron Diaz, Scarlett Johannson hängen dort rum und sehen schlecht aus. Roni meint, so fühle sie sich morgens einfach besser. Die Ablage unter dem Spiegel ist ausschließlich mit ihren Tiegeln und Tuben bestückt.

Damit es nicht so aussieht, als würde ich gar keinen Wert auf Äußerlichkeiten legen, decke ich mich nun mit Herrenkosmetik ein und reklamiere meine Hälfte der Ablage.

Als die Vermieterin klingelt, habe ich gerade eine Gurkenmaske auf dem Gesicht. Walli will uns daran erinnern, dass wir morgen zum Essen eingeladen sind.

«Des af deim Gsicht is oba ned da Salad, den die Roni mitbringa wui?»

«Nein, nein, ich mache das hier auch nur zu Recherche-Zwecken. Bin ja Journalist. Muss immer recherchieren», plappere ich und drücke ihr ein Glas von Ronis Bärengelee als Abschiedsgeschenk in die Hand.

Am nächsten Tag sitzen wir zum ersten Mal seit Vertragsunterschrift bei Walli und Arnie zum Abendessen. Walli holt einen Rehrücken aus dem Ofen. Wir stoßen mit Sekt auf «guade Nochbaschoft» an. Walli nippt, Arni verkündet: «Schwammas obe» und leert das Glas in einem Zug. Walli schaut ihn tadelnd an. Dann wendet sie sich mit demselben vorwurfsvollen Blick an uns. «Ia glaubts ned, wos mia scho fia Leit im Häusl ghobt hom», jammert sie. «Die oan hoam soga Logisleit ghabt.»

Ich verstehe nicht.

«Na Logisleit – Un-ta-mie-ta.»

Roni wirft mir einen bedeutungsvollen Blick zu. Ich leere mein Glas ebenfalls in einem Zug.

«Oba da hob i die Bolizei gholt und die ganze Bande ozoagt. Weng Hausfriedensstörung.»

«Hausfriedensbruch.»

«I wead scho wissen, wia des hoasst. I hoab Jura studiat.»

Arnie verdreht die Augen. «Schmarrn», sagt er.

Nach diesem Einstieg mag das Wild nicht mehr so recht schmecken. Themenwechsel.

«Wie habt ihr beide euch eigentlich kennengelernt?», frage ich.

«Naa, des vazäihst ned», befiehlt Walli. Aber davon lässt Arnie sich nicht aufhalten.

«I hob s' gschossn.»

«Du hast sie angeschossen?», fragt Roni. «Das ist ja süß. Und dann hast du sie gesund gepflegt und dich in sie verliebt.»

«Naa, i hob s' beim Schiaßn gwunna.»

Arnie erklärt uns den Brauch des Hochzeitsschießens: In vielen kleinen bayerischen Orten lobt der Bräutigam, der wie alle Männer Mitglied im Schützenverein ist, zur Vermählung ein Wettschießen aus. Der Sieger bekommt eine dicke, kunstvoll bemalte Holzscheibe. Darauf ist in der Regel eine Frau zu sehen, die in der Hand eine Zielscheibe, zwei Ringe, Herzen oder etwas Ähnliches trägt, durch das sich gut schießen lässt. In Arnis Heimatort, dem oberbayerischen Schachting, dient dieser Brauch der Partnervermittlung. Modell für das Motiv steht traditionsgemäß die schönste unverheiratete Frau des Dorfes. In Schachting gibt es weder Internet-Dating noch Single-Partys – wer das Hochzeitsschießen gewinnt, bekommt die Frau von der Scheibe.

«Deshoib sogt ma aa ‹verschossn›.» Arni lehnt sich zurück. «Die Scheib'n hob i heid no», sagt er stolz. Dann seufzt er. «Die Oide aba aa.»

Walli hat inzwischen die Scheibe mit der Delle aus dem Flur geholt.

«Ach, wie romantisch», findet Roni.

«Ah geh!» Walli wiegelt ab. «Mia duan die Ehen jo ned mehr voiziehen.»

Ach du je! Die beiden sind echt ein abschreckendes Beispiel. Hoffentlich enden Roni und ich nicht eines Tages so. Wir ignorieren den letzten Satz, verstauen die Scheibe vorerst neben der Sitzbank und stoßen mit einigen Wildbacher Magenbittern auf die romantische Liebesgeschichte an. Ein paar Stunden sitzen wir noch beisammen und brechen erst auf, als Walli den Nachtisch aus der Küche bringt: ein Blech voller selbstgebackener Marmeladenplätzchen.

«Des is jetzat a Kopulation», verkündet sie. «Wallis Platzl mit Ronis Schelee. An guadn!»

SERVUS, OIDE FISCHHAUT
(hochdeutsch: Guten Tag, alter Bekannter)

Ich mache nicht mehr gern die Tür auf. Paketboten, Zeugen Jehovas oder Vermieter haben in unserem Nest nichts zu suchen. Bloß meinen unangemeldeten Untermieter muss ich reinlassen, bevor er bei Walli klingelt.

Jochen trägt einen eng anliegenden schwarzen Anzug über einem schwarzen Hemd. Er sieht aus wie eine Mischung aus Johnny Cash und Frédéric Beigbéder, nur ohne Depressionen. Anscheinend will er wirklich Karriere machen. Über der Schulter trägt er einen Seesack. «Grüß deinen Gott!», ruft er und umarmt mich herzlich.

Damit er nicht auf dem Boden schlafen muss, hat Roni meinem Bett eine allerletzte Gnadenfrist eingeräumt. Wir haben es für Jochen ins Wohnzimmer gestellt. Neben den Schrank und die Pornokiste.

Jochen schleudert den Seesack in die Ecke, dann setzen wir uns in die Küche, um von den alten Zeiten zu reden. In Berlin hat sich mal wieder alles, also nichts verändert, in Jochens Kopf schon.

«Ich will kein Schluffi mehr sein. Es wird enger im Schritt – nie wieder weite Hosen. Arbeit ist das halbe Leben. Es geht voran.»

«Jochen, noch so eine Parole und ich lasse dich einweisen.»

«Nein, im Ernst: Die letzten Jahre habe ich brutal vertrödelt. Jetzt will ich mein Leben auf die Reihe kriegen, Erfolg haben – so wie du.»

«Und heiraten?»

«Nee, mein Lieber, ich will mein Leben in die Hand nehmen, nicht aus der Hand geben.»

Puh, ich dachte schon, ich hätte Jochen aus Versehen einer

Gehirnwäsche unterzogen. Zum Glück hat er seine liebenswerte Unbekümmertheit nicht völlig verloren.

Am Abend lade ich ihn zu einer Haxe ins Isarstüberl ein. Es ist herrlich, wieder einmal mit dem alten Freund durch die Gegend zu schlendern. Aber ist er überhaupt noch der Alte? Als ich ihn nach dem Essen zu einer kleinen Clubtour überreden will, lehnt er ab: «Nee, lass mal, ich muss morgen früh raus.» Ich halte das für einen Scherz und lache. Jochen nicht. Er lacht ohnehin nicht mehr so viel wie früher.

Als wir nach Hause kommen, höre ich im Treppenhaus lautes Gezeter: «Hau ob! Vaziag di!», kreischt Vermieterin Walli. Kurz darauf stapft Arnie wütend an uns vorbei.

«Servus», schnauzt er, hält einen Moment inne, dann bricht es aus ihm heraus: «Wenn die Oide mi no amoi mit ira bledn Pfeifn weckt, na hol i mei Flintn und daschia s'. Jogdunfoi, sog i. Kimmt voa. Hätt i bloß nia gheirod!» Mit hochrotem Kopf poltert Arnie von dannen.

«Ach, der meint das nicht so», beruhigt mich Jochen und legt mir den Arm um die Schultern. «Wir tun beide das Richtige.»

Roni ist noch nicht zurück. Wir haben sturmfrei, gehen aber trotzdem früh ins Bett. Auch eine Art von Anarchie.

In den nächsten Tagen bekomme ich Jochen so gut wie nie zu Gesicht. Er geht morgens um sieben aus dem Haus, bleibt den ganzen Tag in der Agentur und kommt erst wieder, wenn ich schlafe. Einerseits bin ich froh, weil so die Wahrscheinlichkeit sinkt, dass Walli etwas von seiner Anwesenheit erfährt, andererseits sind Roni und ich jetzt einfach weniger entspannt, weil wir nie wissen, wann Jochen hereingeplatzt kommt, um von den Segnungen der 80-Stunden-Woche zu dozieren. Roni bietet mir schon verdächtig oft an, auch mal eine Nacht bei Nunja und Jan zu schlafen.

Nach zehn Tagen in der Agentur lässt Jochen mich per Mail wissen, er habe drei Claims für Internet-Flatrates verfasst («jetz ins netz», «das neue Rein-raus-Spiel» und «einen drin»), außerdem den Namen für eine positive besetzte Schinkenpizza erfunden («Pro Sciutto») und eine Radiowerbung für einen polnischen Hausmeisterdienst zur Melodie von Tina Turners «What's love got to do with it» («Vaclav's gonna deal with it»). Für seinen Einsatz hat man ihm sogar die firmeninterne Auszeichnung «Arbeitstier des Monats» verliehen, eine Plastikameise zum Anstecken.

Das Einzige, wodurch sich Jochen bei Roni und mir in Erinnerung bringt, sind seine Haare in der Dusche, sein schmutziges Geschirr auf der Spülmaschine und Zigarettenstummel in den Blumenkästen. Als er anfängt, Ronis Waschschaum unter der Dusche zu benutzen und sich danach mit ihrem Gesichtshandtuch abzutrocknen, erkenne ich, dass unsere Idylle in Gefahr ist. Ich muss mit ihm reden, aber das ist gar nicht so einfach: Er ist ja kaum da, und seine Kippen, Tassen und Haare verweigern die Aussage. Also schicke ich ihm eine E-Mail mit dem Betreff «Terminanfrage». Um acht Uhr abends ruft mich eine Frau aus der Agentur zurück, die sich als seine Assistentin Bea vorstellt. Sie erklärt mir, dass Jochen gerade ein dringendes Projekt leite, von dem «alles abhängt», weshalb sie nun seine Termine koordiniere. Es klingt, als müsse Jochen die Welt retten und sie habe die Ehre, ihn dabei als Weltrettungsassistentin zu unterstützen.

«In nächster Zeit kann er keine Termine außerhalb der Agentur wahrnehmen.»

«Das habe ich gemerkt», sage ich. «Aber wir müssen reden. Er wohnt bei mir.»

«Ach, du bist dieser Pseudo-Bayer», duzt sie mich unvermittelt. «Jayjay hat viel von dir erzählt»

«Ich kenne keinen Jayjay.»

«Na Jochen! Wir nennen ihn Jayjay. Passt besser!»

So?

«Mach dir keine Sorgen um ihn. Bis der Pitch gewonnen ist, pennt er hier im Office – auf dem Feldbett. Werbung ist ja wie Krieg, haha.»

«Jochen ist Pazifist.»

«Jayjay nicht. Ich schicke morgen einen Kurier vorbei, der holt ein paar Sachen von ihm ab.»

Weil ich einerseits erleichtert bin, das Problem jetzt aber bloß verschoben und nicht erledigt ist, sage ich: «Richten Sie Jayjay bitte aus, falls ihm etwas an unserer Freundschaft liegt, soll er mich zurückrufen.»

«Kannst du ihm dazu nochmal eine E-Mail schreiben?»

«Nein.»

Um Punkt sechs Uhr abends holt ein Fahrer Jochens Sachen ab. Wir geben ihm auch die Pornokiste mit. «Damit Jochen im Feldbett mal auf andere Gedanken kommt», meint Roni. «Das ist ja bestimmt flexibler als dein kaputtes Erbstück.»

Kaum ist der Kurier weg, putzt Roni die Wohnung, als wollte sie auch die letzte fremde DNA-Spur aus unserem Heim entfernen. Und auch ich bin irgendwie erleichtert. Endlich wieder allein! Wir beschließen, uns künftig an die Hausordnung zu halten und keine Mitbewohner mehr aufzunehmen. Höchstens Blumen.

In der kommenden Woche möchte ich täglich in Jochens Agentur fahren, ihn aus den Fängen der kreativen Kapitalisten befreien und ihm freundschaftlich erklären, dass zum Erwachsenwerden eine eigene Wohnung gehört. Doch ich werde abgelenkt: Die Post bringt einen Briefumschlag, dessen Grünton an Exkremente erinnert. Darin steckt eine Karte, auf deren Vorderseite ein Topf voll Kohl abgebildet ist. Das sieht ekelhaft aus, man erkennt gar nicht, worum es geht. Deshalb steht darunter: «Einladung zur Tiefenwalder Grünkohlwanderung 2010». Unterschrieben haben: «Mama & Papa».

Tiefenwalde hat mich gefunden.

Mein Geburtsort ist ein Dorf, friedlich, idyllisch gelegen und peinigend familiär, was nicht zuletzt damit zu tun hat, dass dort fast jeder irgendwie mit mir verwandt ist. Meine Familie ist in allen Mannschaften des FC Rot-Weiß Tiefenwalde vertreten, wer nicht spielt, steht am Rand und feuert an. Weitere wichtige Traditionen sind: Autotuning, Komasaufen und Grünkohlwanderungen. Mindestens jeder zweite Grünkohlkönig ist ein Cousin von mir. Wenn ich Weihnachten zur Stippvisite vorbeischaue, bleibe ich bei meinen Eltern, denn um alle meine Verwandten zu sehen, bräuchte ich etwa ein Jahr, und in der Zeit sind dann schon wieder neue geboren. Ein Teufelskreis.

Als ich damals nach Berlin zog, wollte ich diesem Wahnsinn entfliehen. Um ehrlich zu sein, ist meine Familie einer der Hauptgründe, aus denen ich die Hochzeitsvorbereitungen bislang vor mir hergeschoben habe. Nicht aus Angst, die aus dem Norden könnten sich mit denen aus dem Süden nicht verstehen. Von wegen! Meine Verwandtschaft ist in Sachen Geselligkeit führend. Jeder Einzelne von ihnen, und es sind viele. Zu viele. Die können unmöglich alle zu unserer Hochzeit kommen.

Als ich Knoll um seine Meinung zu dem Thema bitte, meint er, ich solle einfach alle einladen, die ich kenne. Auch die «Adabeis». Die kenne ich nicht.

«Seid ihr mit denen verwandt?», frage ich, aber Knoll schüttelt bloß in einem Anflug leiser Verzweiflung den Kopf.

Später frage ich Roni nach ihrem persönlichen Verhältnis zur Familie Adabei, von der ich noch nie gehört habe, die wir aber gern einladen können, wo Roni doch so wenig Verwandtschaft hat und ich mich über jeden Gast von ihrer Seite freue. Sie erklärt mir, dass «Adabei» auf Bairisch «Wichtigtuer» bedeute, gemeint sind all diejenigen, die immerzu «Auch dabei» sein wollen.

Also werden die Adabeis nicht eingeladen. Und die anderen? Roni kommt, alle Verwandten und Freunde eingerechnet, auf rund 40 Leute. Sie hat halt eine kleine Familie. Bei mir sind es knapp 300. Die meisten lassen zwar kaum von sich hören, zum Feiern werden sie aber trotzdem kommen wollen.

Weil wir uns nicht einigen können, ob die Berliner oder die Bayern mehr trinken, rechnen wir einfach mal mit hundert Euro pro Kopf. Das wären dann 34 000 Euro.

So viel haben wir nicht.

Wir müssen, besser gesagt *ich* muss, Leute von der Gästeliste streichen. Um irgendein Selektionskriterium zu finden, beschließe ich, nur diejenigen einzuladen, die ich in den vergangenen fünf Jahren gesehen oder gesprochen habe. Wenn wir nun aber nach Tiefenwalde fahren und meine komplette Sippe treffen, sitze ich in der Patsche. Wen soll ich auswählen? Vielleicht wäre ein Casting mit Re- und Re-Recall die Lösung? Mir wird ganz flau.

«Lass uns zu dieser Grünkohlwanderung fahren, ja?», bittet Roni abends im Bett. «Ich würde deine Familie so gern vor der Hochzeit kennenlernen.»

Mir wird noch flauer.

«Natürlich, wir fahren hin, irgendwann. Aber vielleicht nicht zur Grünkohlwanderung. Da wird bloß Schnaps getrunken, Kohl gegessen, und am nächsten Tag hat man einen Kater und fürchterliche Blähungen. Da bekommst du einen völlig falschen Eindruck.»

«Klingt doch lustig.»

«Ist es aber nicht.»

«Also, wann fahren wir?», hakt Roni nach. Da klingelt es an der Tür. Glück gehabt. Ich springe auf.

Als ich die Klinke in die Hand nehme, habe ich kurz ein mulmiges Gefühl. Ich öffne trotzdem. Vor mir steht ein Typ in meinem Alter, der mir erstaunlich ähnlich sieht; seine Haut ist nur etwas gebräunter, er hat ein paar Lachfältchen mehr im Gesicht und ein paar Kilo weniger auf den Hüften. Er trägt eine Art eng anliegenden Rentierpulli und erinnert im Ganzen an eine Andenversion von Brad Pitt.

«Oh!», sagt er, als er mich sieht, und versteckt einen Strauß roter Rosen hinter seinem Rücken.

«Kann ich Ihnen helfen?»

«Ich», sagt er zögernd, «ich wollte zu Vero.»

«Da müssen Sie sich geirrt haben», sage ich. «Hier gibt es keine Vero.» Ein unbehagliches Kribbeln schleicht von meinem Nacken rauf zur Schädeldecke.

«Wer ist denn da?», höre ich Roni aus dem Schlafzimmer rufen. Das Gesicht des Typen hellt sich auf. Er holt die Rosen wieder hervor. «Vero?»

Endlich zähle ich «Vero», «Roni» plus die Rosen zusammen und komme zu einem Ergebnis, das mir gar nicht gefällt. Ich brenne dem Typen den fiesesten Blick auf, zu dem ich fähig bin, und knalle die Tür zu. Mit klopfendem Herzen höre ich seine Schritte im Treppenhaus verklingen.

Als ich zurück unter die Bettdecke krieche, ist Roni schon fast eingeschlafen. Sie will nur noch wissen, wer da geklingelt hat.

«Ein Skandinavier mit Blumen», antworte ich. «Hatte sich in der Tür geirrt.»

Roni flüstert mit geschlossenen Augen: «Fürchte die Dänen, auch wenn sie Geschenke bringen.» Dann legt sie den Kopf auf meine Brust und schläft ein. Auch wenn sie, wie jetzt, schon nach wenigen Atemzügen in ein leichtes Schnarchen verfällt: Ich werde bis aufs Blut um sie kämpfen – ganz gleich, ob gegen Danaer, Skandinavier oder Exiltibeter.

DAHOAM IS DAHOAM

(hochdeutsch: Zu Hause ist zu Hause)

Am nächsten Morgen höre ich Roni unter der Dusche singen: «She's like the wind», aus dem Schmachtfilm «Dirty Dancing». Obwohl ich den Film nicht mag, höre ich ihr gern dabei zu. Ich beschließe, unsere Hochzeitspläne voranzutreiben. Was man hat, hat man.

«Wollen wir noch diesen Sommer heiraten?», frage ich.

Roni schiebt den Duschvorhang zur Seite und schaut mich erstaunt an.

«Was ist denn mit dir los? Hast du was angestellt?»

«Nein, wieso? Ich dachte nur, wir müssen ja nicht ewig warten.»

«Der Sommer ist bald vorbei, mein Lieber. Und vielleicht kann ich ja zuerst mal deine Familie kennenlernen? Warum machst du überhaupt so ein Geheimnis daraus? Schämst du dich, dass ihr da oben keine richtigen Berge habt?»

Frechheit! Ich erkläre Roni, dass wir durchaus Berge haben: den «schiefen Buckel», den «Schäferberg» und den «dicken Pickert». Okay, die sind vielleicht nicht so berühmt wie die Alpen, aber in unserer Gegend durchaus angesehen. Mein Problem ist vielmehr, dass ich in meiner westfälischen Heimat einfach nicht mehr zu Hause bin.

Ich habe mich schon früher nicht als Teil der Dorfjugend gefühlt. Die hatten ihren Spaß mit Wettsaufen und Autotuning. Ich dagegen trank, um Tiefenwalde zu vergessen, und mochte Autos nur, weil man mit denen aus dem Kaff rauskam.

«Aber ich will wissen, wo deine Wurzeln sind.»

«Ein paar von meinen Wurzeln sind ziemlich verschwurbelt.»

«Das sagst du einer Bayerin.»

Ich gebe auf. Am Ende setzt sie sich sowieso durch.

«Einverstanden. Wir fahren nach Tiefenwalde. Aber unter Protest.»

Roni zieht den Vorhang wieder zu und murmelt: «Wie man in den Wald hineinfährt, so fährt man auch heraus.»

Ach, sie hat ja keine Ahnung. So eine Grünkohlwanderung ist eine ganz schön harte Sache. Die Dorfgesellschaft zieht grüppchenweise durch jene Gebiete des Teutoburger Waldes, in denen um 9 n. Chr. der römische Feldherr Varus seine Legionen im Kampf gegen grünkohlgestählte Germanenhorden verlor – was, der lippischen Interpretation zufolge, den Anfang vom Ende des römischen Reiches einläutete. Da die Römer mittlerweile besiegt sind, müsste die Grünkohlwanderung eigentlich obsolet geworden sein. Darauf kommt aber keiner der beteiligten Neogermanen, weil sie sich unterwegs gnadenlos besaufen. Gegen Mittag fallen die Horden dann mehr oder weniger vollzählig in einen Gasthof ein, wo deftiges Essen serviert wird: Grünkohl mit Bregenwurst. Diese Spezialität enthält angeblich Gehirn. Davon merkt man bei ihren Anhängern leider nichts.

Der Rest ist schnell erzählt: Wer am meisten Grünkohl mit Hirnwurst verdrückt hat, wird zum König ernannt, muss einen ausgeben und im nächsten Jahr die Wanderung organisieren. Der Abend endet offiziell mit «Musik und Tanz», im Klartext: mit karnevalsähnlichen Ausschweifungen, freundschaftlichen Prügeleien und dem immergleichen Bild: betrunkene Menschen, die andere betrunkene Menschen dazu überreden wollen, den Wagen stehen zu lassen und mit ihnen im dunklen Wald nach Hexenhäuschen zu suchen.

Meine Oma erzählt immer wieder gern von jener legendären Grünkohlwanderung vor fast fünfzig Jahren, als Tiefenwalde und das weiter südlich gelegene Fahlenberg noch eine Gemeinde waren. Der damalige Wirt des Wanderertreffpunktes Forstklause, die mitten auf dem Schäferberg in der neutralen Zone liegt, hatte sich im Datum geirrt und die Reservierungen doppelt vergeben: an die Tiefenwalder und an die Fahlenberger. Auf Sportturnieren und Schützenfesten hatte es schon immer kleinere Scharmützel zwischen den Jugendlichen beider Dörfer gegeben, doch als die Tiefenwalder und Fahlenberger an jenem Tag vor fünfzig Jahren gleichzeitig beim Lokal ankamen, brachte das den Grünkohlkessel zum Überkochen. Beide Gruppen pochten erst auf ihre Reservierung und dann aufeinander ein. Von jener Prügelei spricht man nach dem dritten Pils wehmütig als der «Zweiten Schlacht im Teutoburger Wald». Wer damals gewonnen hat, ist bis heute ungeklärt. Klar ist nur, dass Tiefenwalde-Fahlenberg anschließend per Volksentscheid in zwei Gemeinden geteilt wurde und dass seitdem zwischen den Grünkohlwanderungen beider Dörfer sechs Monate Sicherheitsabstand liegen müssen: Die eine findet in der traditionellen Grünkohl-Saison im Winter statt, kurz nach dem ersten Frost, wenn das Gemüse geerntet worden ist. Die andere steigt, entgegen dem Erntezyklus, jetzt im Juli. Da muss man zwar mit eingefrorenem Kohl vorliebnehmen, aber nach sechs Stunden im Topf ist ohnehin nicht mehr zu erkennen, ob er vom Feld, aus der Kühltruhe oder dem Germanischen Museum kommt.

Doch von alldem will Roni nichts wissen. Sie meint: «Vorurteil ist selten geil.»

«Wenn wir wieder da sind, könnten wir mit der Suche nach einem Hochzeitssaal beginnen», schlage ich vor.

Roni steckt erneut den Kopf aus der Dusche.

«Warum hast du es eigentlich plötzlich so eilig? Bist wohl scharf auf die bayerische Staatsbürgerschaft, was?»

«Eher auf eine bestimmte bayerische Staatsbürgerin.»

Als ich später den Müll runterbringen will, begegne ich Walli. Sie steht auf der Treppe nach oben, blass, die Augenringe reichen bis zu den Wangen. Ihr Blick wirkt verkniffen, fast feindselig.

«Grüß Gott, Frau Vermieterin», sage ich. «Ist alles in Ordnung?»

Walli schnaubt, zieht ihre Lockpfeife aus dem Ausschnitt und fuchtelt damit vor meiner Nase herum. «Sog du's mia, du Auskauda!» Schwer atmend steigt sie die Treppen herunter, kommt auf mich zu. «Wo is die Kaneuwanzn?»

«Na, wahrscheinlich im Kanu, wenn es eine Kanuwanze ist, oder?»

Das findet sie offenbar überhaupt nicht witzig. Sie starrt mich an, als würde ich in der Wohnung heimlich angeschossene Rehe gesund pflegen.

«Walli, ich habe keine Ahnung, wovon du redest.»

«I hob dia vazäit, das i koa Logisleit ned dahoam hom wui.» Drohend führt sie ihre Pfeife an die Lippen.

«Untermieter?», stottere ich. Verdammt, wir sind aufgeflogen. «A-aber Walli, wir würden doch nie ...»

«Wos sogst? Des wui i seign. Du gehst obi.»

Gehorsam gehe ich eine Treppenstufe nach oben. Ein Fehler. Walli bläst kurz und heftig in die Pfeife. Es klingt wie der Schrei eines Kanarienvogels, der beim Frühstücksfreiflug in den Toaster geraten ist. Walli lässt die Pfeife aus dem Mund zurück in die Dunkelheit ihres Dekolletés plumpsen.

«Obi hob i gsogt, ned auffe. Jetzt geihst fiere.»

«Aber wir sind schon im vierten!»

Sie deutet mit dem Kinn auf unsere Haustür. Na, fabelhaft. Eine bayerische Razzia. Ich öffne die Tür und betrete mit Walli die Wohnung.

«Roni, ich habe Walli getroffen. Nicht erschrecken, sie hat eine Pfeife.»

Roni öffnet die Badezimmertür. «Sie hat *was*?», fragt sie. Allmählich kommt mir die ganze Situation ziemlich skurril vor.

«Walli macht Jagd auf Untermieter», erkläre ich. Roni verdreht die Augen. Unsere Vermieterin begibt sich indessen auf die Pirsch. Wie die amerikanischen Spezialeinheiten im Fernsehen marschiert sie erst ins Schlafzimmer, ins Arbeitszimmer, dann in die Küche – immer mit gezogener Lockpfeife. In jedem Raum bläst sie kurz, aber heftig hinein. Aber kein Jochen kommt aus seinem Bau gekrochen.

Beim Anblick des Bettes im Wohnzimmer stutzt sie.

«Wea schloft hia?»

Seufzend setze ich mich auf die Bettkante. «Walli, es ist … wie soll ich sagen …» Ich hole Luft, will Kraft sammeln für mein Geständnis. Doch plötzlich weicht die Anspannung aus Wallis Körper.

«Eha.» Sie räuspert sich. «Jo, des is bled, i moan, des duad mia leid. Oba i hobs aich gsogt, so a Houzaht ko oam die Liab verlein.» Sie setzt sich neben mich und schüttelt den Kopf. Dann legt sie mir tröstend den Arm um die Schultern.

«Jetzat steh ich bled do.» Sie schnieft. «I bin a bissal Ballawatsch. Da Arni und i … des laaft aa ned so guad. Mia hom die Hochzeitsscheibn obghängt.» Während der letzten Worte kullert eine Träne aus dem faltigen Winkel ihres rechten Auges.

Jetzt verstehe ich: Sie glaubt, ich schlafe im Wohnzimmer, weil es zwischen Roni und mir kriselt. Ich fühle mich unwohl bei der Lüge, aber wenigstens ist Jochen aus der Schusslinie. Sicherheitshalber seufze ich noch einmal unglücklich auf und lasse meinen Kopf an ihre Schulter plumpsen. Sie tätschelt ihn.

«Ja mei, so is des hoit manch amoi.» Dann kramt sie in ihrer Tasche und zieht einen Schlüssel heraus. «Des is da Zweitschlissl. Den brachst am End. I kehr ers amoi vor moana Dür.»

Roni ist im Bademantel ins Wohnzimmer gekommen und schaut mich fragend an. Walli steht auf und streicht auch ihr übers Haar. Ein wenig perplex lässt Roni es geschehen.

«Ned schimpfa, ea is a guada», sagt Walli beschwichtigend. «Zammhoitn miassts. Sorgts ia aich um aier Houzaht. Ois Liabe.»

Mit verschleiertem Blick kehrt Walli aus unserem Liebesnest zurück in das, was von ihrem eigenen noch übrig ist.

SPEZL

(hochdeutsch: Guter Freund)

Kurz nach der Razzia taucht Jochen wieder auf – genau wie früher in Berlin. «Alter, ich habe den Pitch gewonnen und werde fest angestellt. Jetzt kriege ich sogar ein Diensthandy», freut er sich am Telefon. «Zur Feier des Tages lade ich Roni und dich heute zum Essen ein. Da können wir reden, und ich kann endlich eure riesige Kiste auspacken.»

Den Rauswurf meines besten Freundes hatte ich total verdrängt. Die Kiste auch.

«Ich glaube, Roni hat heute schon was vor», lüge ich.

«Schade», meint Jochen. «Ich hätte sie gern dabeigehabt. Sie ist schließlich deine Verlobte.»

Vor schlechtem Gewissen wird mir flau im Magen.

«Ach, da wäre ich gern mitgekommen», sagt Roni, als ich ihr von dem Treffen mit Jochen erzähle. «Ist schließlich dein bester Freund, und wir hätten ein paar Sachen aus der Welt räumen können.» Nein, ausgeräumt wird heute nichts. «Dann macht ihr beide euch mal einen gemütlichen Männerabend.»

Jochen und ich wollen uns im Queens Club, einer Münchener In-Bar, treffen. Als ich aus dem Haus gehe, sehe ich auf der anderen Straßenseite einen Typen mit Rentierpulli und Rose lässig an der Hauswand lehnen. Meine Muskeln spannen sich an. Ein Blick zwischen Konkurrenten. Ich gehe auf ihn zu. Anscheinend deutet er meine Absichten richtig, denn er lässt die Rose fallen, nimmt die schicken Lederstiefel in die Hand und rennt davon, als hätte um die Ecke ein Outlet-Store eröffnet. Ein paar Meter spurte ich hinter ihm her, dann muss ich aufgeben. Seine Kondition ist besser, muss an der nepalesischen Bergluft liegen.

Etwas erschöpft komme ich im Queens Club an und überreiche Jochen die verwaiste Rose. Das findet er süß. Eigentlich hatte ich erwartet, dass er sie gleich an eine der hübschen Münchenerinnen weiterschenkt, aber er zeigt kein Interesse. Weil wir uns lange nicht gesehen haben, kann ich das Gespräch nicht gleich mit «Jochen, du musst bald auf der Straße leben» beginnen. Lieber langsam rantasten.

«Wie läuft es eigentlich bei dir im Privatleben?», frage ich befangen. «Hast du so etwas überhaupt noch?»

Jochen nickt nachdenklich. «In der Agentur hängst du den ganzen Tag aufeinander. Da vermischt sich Privates und Berufliches automatisch. Kann eigentlich ganz praktisch sein.»

«Das heißt?»

«Sie heißt Bea und ist meine Assistentin. Lange rote Haare, grüne Augen, super Figur. Ist aber total normal.»

«Solche Frauen sind nie normal.»

Jochen schaut mich an und holt tief Luft. «Ich muss dir auch noch etwas anderes sagen. Wahrscheinlich hast du dich schon gefragt, warum ich um dieses Treffen gebeten habe.»

Ich dachte, ich hätte um dieses Treffen gebeten. Egal.

Jochen fährt fort: «Bitte sei nicht sauer, es hat echt nichts mit dir zu tun, aber Bea hat eine große Wohnung, und wir arbeiten sowieso jeden Abend länger. Du hast ja auch schon gemerkt, dass ich nicht mehr so oft zu Hause, also bei dir, bei euch, bin.» Er räuspert sich. «Alter, ich werde ausziehen.»

Ich muss mich sehr anstrengen, nicht erleichtert aufzulachen. «Ist doch toll», sage ich, und das meine ich ehrlich. «Ich freue mich für dich.»

«Du bist nicht sauer?»

«Na ja, ein bisschen schon, aber wenn du die Drinks bezahlst, hilft mir das über den Kummer hinweg.»

Es tut gut, wieder mit Jochen draußen zu sein – auch wenn ich mich erst noch daran gewöhnen muss, dass wir es beide offenbar nicht mehr darauf anlegen, irgendwelche Mädchen abzuschleppen. Wir sagen zwar immer noch: «Hey, schau mal die an», «Alteeer» oder «Ich darf gar nicht hinsehen», aber wir würden nicht mehr unseren Platz verlassen, um eine von ihnen anzusprechen.

Eine Frage aber scheint Jochen immer noch zu beschäftigen: «Kannst du dir wirklich vorstellen, dein Leben lang nur noch mit derselben Frau in die Kiste zu steigen?»

Bei dem Wort «Kiste» läuft mir ein Schauer über den Rücken.

«Ja. Klingt vielleicht idiotisch, aber Roni ist all diesen Mädchen hier über. Okay, sie ist keine Zwanzig mehr, so wenig wie ich. Und, ganz ehrlich, was will ich denn mit einer Zwanzigjährigen?»

«Da gäbe es einiges.»

«Ich glaube, dass Roni die Richtige für mich ist.»

«Keine Zweifel?»

Gute Frage. Klar habe ich Zweifel. Aber wenn ich ihnen so viel Raum gebe, machen sie mir doch nur mein Glück kaputt. Roni zu heiraten kommt mir manchmal wie ein Abenteuer vor, aber wenn ich mich nicht darauf einlasse, werde ich nie erfahren, was mir entgeht. Außerdem ist es gut, Entscheidungen zu treffen. Dann muss man auch dazu stehen.

«Jochen», sage ich fest, «ich bin glücklich, wie es ist.»

«Auf glückliche alte Säcke», sagt Jochen. Darauf stoßen wir an. «Wann bekomme ich eigentlich die Gästeliste?», fragt er, als er sein Glas abgesetzt hat.

«Welche Gästeliste?»

«Na, die, auf der die Gäste stehen. Für eure Hochzeit. Ich muss mit denen die Spielchen, Vorträge und Lieder abstimmen. Die Einladungen sind wahrscheinlich schon raus, oder?»

«Nein, noch nicht. Eigentlich dachte ich, dass Roni und ich ...»

«Quatsch, wofür ist denn ein Trauzeuge da?»

Trauzeuge? Ausgerechnet mein chaotischster Kumpel soll meine Hochzeit organisieren? Andererseits hätte ich bei der Hochzeit keinen anderen lieber an meiner Seite. Außer Roni, natürlich.

«Alles klar», sage ich. «Die Einladungen verschicken wir, wenn wir wissen, wo wir feiern. Du bekommst eine Liste mit den Gästen.»

«Wann heiratet ihr eigentlich genau? Ich bin die nächsten drei Monate ziemlich beschäftigt.»

«Wahrscheinlich Ende September.»

«Das ist in drei Monaten.» Jochen nickt und tippt etwas in ein Handy, das sehr kompliziert und teuer aussieht.

Auf dem Nachhauseweg bleiben wir vor der Deutschen Eiche stehen, einem legendären Schwulentreff mit einer unterirdischen Saunalandschaft von angeblich riesigen Ausmaßen.

«In so einer Bar war ich noch nie», meint Jochen. «Jetzt, wo wir beide wohl nichts mehr mit anderen Frauen anfangen, sollten wir vielleicht mal da reingehen.»

«Nee, lass mal», wiegele ich ab.

Jochen gähnt. «Spießer.»

Ein kleiner bärtiger Typ, der vor der Deutschen Eiche sitzt, winkt mir zu. Ich ignoriere ihn.

«Okay, dann düse ich jetzt mal nach Hause.»

«Und ich ins Büro.»

Wir umarmen uns zum Abschied. Mir fällt ein, dass ich Jochen noch von meinem Porno-Patzer berichten muss.

«Jochen? Du hast dich vielleicht gefragt, was ich dir da für eine Kiste ins Büro geschickt habe.»

«Ja, sorry, die habe ich vor lauter Arbeit total vergessen.»

«Roni hat meine Schmuddelheftchen gefunden. Aber weil wir ja bald heiraten, habe ich gesagt, sie gehören dir.»

Das Lächeln in Jochens Gesicht erstarrt. Er läuft puterrot an. «Spinnst du?», ruft er. «Was habe ich mit deinen Pornos zu tun? Was denkt die denn jetzt von mir?»

«Ist dir das so wichtig?»

«Ja, Mann. Sie wird deine Frau», schimpft Jochen, dreht sich um und stapft wütend davon.

«Jochen», rufe ich ihm hinterher.

Er bleibt stehen, dreht sich um und kommt noch einmal zurück – mit erhobenem Zeigefinger.

«Ich habe mir seit Jahren keine Pornos mehr angeschaut, und weißt du auch, warum?»

«Nein.»

«Die lenken dich total davon ab, worum es wirklich im Leben geht.»

«Und das wäre?»

«Die wahre Liebe.»

Mir fehlen die Worte. Jochen nicht.

«Pornos sind das Gegenteil von der ganzen Heiratsnummer, auf die du gerade so abfährst. Da steckt keine Liebe drin, Alter.»

Nach diesem Schlag stehe ich endgültig da wie ein Ölgötze.

Jochen ist gegangen, ohne sich noch einmal nach mir umzudrehen. Dafür steht der Typ vor der Deutschen Eiche auf und kommt auf mich zu. Erst jetzt erkenne ich James, meinen ehemaligen Schuhplattlerlehrer, Freund und Spezl.

«Waschtl, Waschtl, listen to your heart», rät er mir. «Keiner ist dir böse, wenn du schaust ein paar nackte Frauen an und machst die old Mütze-Glatze-Game. Come on! Wir beide trinken noch eine Helles, und dann du gehst home to your lady.»

«Aber wieso regt er sich bloß so auf?»

«Vielleicht er hat gedacht, du bist better than the others.»

«Ach James, ich weiß doch auch nicht. Vielleicht brauche ich ja professionelle Hilfe.»

«Nein, Waschtl. Es ist kein gute Idee, wenn du jetzt auch noch gehst zu eine Professionelle.»

Dann lieber doch auf einen Absacker mit James. Den habe ich ja auch schon ewig nicht mehr gesehen. Seit ich heiraten will, habe ich leider kaum noch Zeit für meine Freunde. Außerdem muss ich mir jetzt erst mal beweisen, dass Jochen unrecht hat und ich kein Spießer bin. Ist ja nur ein einziges Bier.

Um vier Uhr sehe ich, dass Roni schon dreimal angerufen hat. Als ich zurückrufe, fragt sie mit halb zitternder, halb wütender Stimme, wann ich denn mal nach Hause kommen würde.

«Gleich», sage ich und bestelle mir aus irgendeinem Grund noch eine Halbe.

Als ich schließlich um fünf heimkomme, streiten wir. Roni meint, ich hätte gesagt, ich würde nur kurz bleiben, und ich werfe ihr vor, sie schränke mich ein. Sie sagt, in einer Ehe müsse man sich auch mal zusammenreißen.

Ich: «Wir sind noch nicht verheiratet!»

Sie: «Dann schlaf doch im Wohnzimmer.»

Am nächsten Tag ist ihr das alles schrecklich peinlich. Sie weint, entschuldigt sich und meint, sie habe sich kindisch verhalten. Sie hätte sich einfach Sorgen um mich gemacht.

Jetzt habe ich ein irrsinnig schlechtes Gewissen. Deshalb bin ich auch sofort einverstanden, als Roni vorschlägt, an diesem Wochenende mit der Suche nach Hochzeitssälen zu beginnen.

Am Samstag ist es so weit. Regina und Knoll kommen mit. Die beiden haben ja mehr Erfahrung mit dem Heiraten als wir und kennen sich auch besser im Umland aus.

Als Erstes besichtigen wir eine Gärtnerei. Regina hat sie ins Spiel gebracht. In den Gewächshäusern rückt ein Mann in grüner Latzhose Plastikgartenstühle an einen langen Tisch. Das Ambiente ist toskanaesk: Töpfe und Köpfe aus Terrakotta, zu Sträuchern gewachsene Kräuter und eine Bullenhitze.

«Sie kenna die Fensterl aa aufduan», gestattet uns die Gärtnerin. «Do miassans aber die Musi ausmochn. Des fanden olle bishea in Oadnung.» Roni schüttelt den Kopf.

«Da werden wir uns leider nicht grün.»

«Schade», meint Regina später im Auto. «Sie sagte, ich dürfte nach der Hochzeit die Blumen für meinen Garten mitnehmen.»

«Mama!» Roni ist sauer. «Es geht nicht immer nur um deinen Garten!»

Höchste Zeit, mit Knoll eine zu rauchen. Dabei erzählt er mir, dass die Texaspläne allmählich Gestalt annehmen. Er hat das Blockhaus gezeichnet und den Plan an seinen Spezl geschickt. Der hat Holz besorgt und mexikanische Arbeiter angeheuert, die das Haus in Knolls Abwesenheit aufbauen sollen. Regina, die gerade mit Roni aus dem Gewächshaus gekommen ist, ergänzt: «So haben wir alle Zeit der Welt, mit euch nach schönen Hochzeitssälen zu suchen.»

Ronis Gesicht verdunkelt sich wieder. «Du musst dich echt nicht überall einmischen», findet sie.

Knoll bläst einfach Rauch zwischen die Streithähne. «Wisst's scho, wannd's heirodn woit's?»

«In zwei Monaten, im September», sagt Roni.

«Mitte September findet die Endausscheidung für den schönsten Garten Bayerns statt», überlegt Regina laut.

Knoll schaut mich an.

«Gehts do in Trachtlerhof. Da hom mia aa gheirat. Des is schee, do is da Waschtl scho amoi gwesn, und do gibt's ganz a guads Essen.»

«Weil Regina da kocht», vermute ich.

«Da ko ma hoid schee heirodn.»

«Weil ihr da geheiratet habt.»

«Ja mei.»

«Knoll, das ist lieb. Du magst doch Frank Sinatra so gern. ‹I did it my way› – so will ich es auch halten.»

Die nächste Station auf unserer Hochzeitslocationssuche ist eine alte bayerische Villa. Hier hat schon König Ludwig Feste gefeiert, bei denen dressierte Schweine Eimer mit Kaviar durch die Gegend trugen. Ich bin sofort begeistert.

«Was kostet eine Hochzeit hier denn so in etwa?», frage ich die Managerin.

«Mit wie vielen Gästen?»

Ich denke an die Tiefenwalder Sippe und sage: «Dreihundert.»

«Eher fünfzig», meint Roni.

Allmählich müssen wir echt mal das Thema Gästeliste klären.

«Das hängt auch davon ab, ob Sie die Kapelle mieten möchten, welchen Aperitif Sie wünschen, welchen Kuchen ...», plaudert die Managerin und schlägt ein Buch mit Goldbrokat-Umschlag auf. Darin kleben Fotos von Hochzeitsgesellschaften, wie man sie sonst nur in Klatschzeitschriften sieht. Bloß mit mehr Prominenten.

«Nur mal so eine Hausnummer», bitte ich.

«Mit fünfzehntausend Euro sollten Sie hinkommen. Bei fünfzig Leuten», sagt die Managerin zu ihren Fingernägeln und pustet ein nicht vorhandenes Stäubchen fort. Offenbar ist sie der Meinung, dass man über Geld nicht redet. Sie versucht es mit einem frech-vertraulichen Grinsen. «Meist zahlen das ja die Eltern der Braut.»

Jetzt ist Knoll derjenige, der grinst. «Mit da vollen Hosn is leicht stinken, ge?»

Adieu, Kini-Villa. Ich hatte uns schon in einem Schwanenboot über den See treiben sehen.

«Wie wäre es mit Las Vegas?», schlägt Roni im Auto vor.

«Sauber!», meint Knoll. «Des is ned so deia!»

«Aber das ist für unsere Freunde wirklich ein bisschen weit weg», gebe ich zu bedenken. «Es gibt ja auch Menschen, die heiraten in einem Leuchtturm.»

«Ja, in Niedersachsen», freut sich Regina.

Knoll: «Aber des is fia unsre Spezln a bisserl weit weg.»

Als ich abends mit Roni nach Hause fahre, stellt sie die entscheidende Frage: «Wie wollen wir die Hochzeit eigentlich bezahlen?»

«Na ja, die Managerin meinte doch, traditionell zahlen die Eltern der Braut.»

«Hast du auch gehört, was Knoll gesagt hat?» Sie seufzt. «Vielleicht kann sich ja jeder bei seinen Eltern etwas leihen?»

«Na toll, da wollen wir endgültig den Schritt ins eigene Leben gehen und müssen dafür unsere Eltern anpumpen.»

Roni: «Wer anschreibt, der bleibt.»

HAUPTSACH IS, DOSS GSCHNACKSELT WEAD

(hochdeutsch: Es ist wichtig, dass man gut miteinander auskommt)

Roni ist bayerisch-katholisch, ich bin evangelisch-ausgetreten. Die meisten meiner Freunde sind Atheisten und glauben bloß noch an das MacBook Pro. Auch mit Roni habe ich öfter über das Fernsehprogramm als über Glaubensfragen gesprochen. Dennoch würde sie gern in einer Kirche heiraten, weil sie das romantisch findet.

Ich dagegen finde, dass unsere Liebe so einzigartig ist, dass sie wohl kaum von einem Dorfpfaffen in einer Standardpredigt beschrieben werden kann. Zudem sind der Papst, seine Mitarbeiter und ich in Liebesdingen völlig unterschiedlicher Meinung. Schon deshalb finde ich es schwierig, mit einem Priester über Liebe, Sex und Zärtlichkeit zu reden. Da ist ja heutzutage jeder Dreizehnjährige mehr im Thema!

«Aber der Dumblinger Pastor ist echt toll», schwärmt Roni. «Der hat früher den Jugendclub organisiert, die Freizeiten begleitet und sich so für die jungen Leute eingesetzt, dass sie jeden Sonntag in die Kirche kamen.»

«Liegt wahrscheinlich am Weihrauch. Da ist doch Haschisch drin, oder?»

«Lass uns doch einfach mal mit ihm reden. Kirche gehört in Bayern eben dazu.»

Im Internet hat Roni recherchiert, dass es für eine katholische Trauung genügt, wenn *einer* der Partner Mitglied der Kirche ist. Wenn der bei der Zeremonie «in Gottes Namen» nachspricht, schweigt der Konfessionslose einfach. In die Kirche muss er aber trotzdem.

«Du bist doch so schlau», schmeichelt Roni. «Und der Klügere gibt nach.»

Da hat sie auch wieder recht. Also gut, Roni zuliebe komme ich mit. Sie ist eine intelligente Frau und wird im Gespräch erkennen, dass die römisch-katholischen Dogmen total antiquiert sind. Mal schauen, wie der Priester mit einem kosmopolitischen Gegenpart wie mir fertig wird.

Wir treffen den Mann im Kirchenamt von Dumbling, einem Flachbau neben der Zwiebelturmkirche. Er hat eine erstaunliche Ähnlichkeit mit dem älteren Marlon Brando. Vielleicht ist er sogar noch ein bisschen dicker. Bin gespannt, wann er mir ein Angebot macht, das ich nicht ablehnen kann.

An der Wand über seinem Schreibtisch hängt ein Bild von seinem Boss, meinem Erzfeind: dem Papst. Und eine Holzschnitzerei von dem gekreuzigten Jesus, die ziemlich brutal aussieht. Dient wahrscheinlich der Abschreckung. Zunächst füllen wir eine Menge Formulare aus (unter anderem einen schriftlichen Heiratsantrag), dann lehnen wir uns alle erst mal zurück.

Der Priester mustert uns unbewegt. Roni lächelt, ich nicht. Die Situation gleicht einem Fernsehquiz.

Er faltet die Hände. Seine Stimme ist leise, ein bairischer Singsang, als er die Eröffnungsfrage stellt.

«Wos is fia aich da Sinn vo da Ehe?»

Spitzenvorlage, die Antwort gebe ich im reinsten Römisch-Katholisch: «Koitus.» Effektpause. «Am besten ohne Kondom. Richtig?»

Der Mann verzieht keine Miene. Stattdessen schaut er mir in die Augen, bis ich den Blick senke.

«Er ist Atheist», erklärt Roni.

«Und a Komiker, ge!», sagt der Priester und zwingt die Mundwinkel zu einem falschen Lächeln auseinander. Hinten links sehe ich kurz eine Goldkrone aufblitzen. Selbst die Zähne dieser Katholiken sind pompös!

Er schnalzt mit der Zunge, dann wendet er sich an mich. «Is da Trauzeuge katholisch?»

«Nein», antworte ich treuherzig. «Der ist Kommunist.»

Ein spastisches Zucken im linken Tränensack. Treffer! Doch da beugt Roni sich vor und sagt mit Messdienerlächeln: «Ich finde, der Sinn der Ehe ist, dem anderen nicht abzuhaun.»

Das finde ich auch.

«Und fia wie long?», hakt der Priester nach.

Ich weiß genau, was er hören will, aber: «Kann man das heutzutage noch voraussagen? Es lassen sich ja sogar Katholiken scheiden.» Mal schauen, wie er damit fertig wird.

«Des is ja ned aia Problem. Oba wennst katholisch heirodn woitst, miasts eklean, das ia an die Heiligkeit von da Ehe glaubts.»

«Ich glaube daran», sagt Roni.

Ich schweige. Der Priester beugt sich zu mir.

«Woher kimmst?»

«Aus Berlin.»

«Oha! Do geht's wuid zu.»

«Das können Sie laut sagen.»

«Do schnackselt jeda mit jedn.»

«Was macht man dort?»

«Schnackseln!»

«Praktizierte Nächstenliebe oder was?», flachse ich. Keiner lacht. Irgendwie läuft es hier nicht so, wie ich mir das vorgestellt habe. Statt wie ein intellektueller Gegenpol benehme ich mich wie ein vorlauter Siebtklässler. So kann ich Roni nie von ihrem Vorhaben abbringen. Höchste Zeit, die Taktik zu wechseln.

«Ursprünglich komme ich aus Tiefenwalde. Und ich gehe nicht fremd», sage ich ehrlich. «Ich liebe Roni.» Auch wenn sie römisch-katholisch ist und ich als Lipper aus historischen Gründen Probleme mit dem Wort «römisch» habe. Und als Berliner mit dem Wort «katholisch».

«Sie san oiso Atheist … Woins Eahna Kinda taufen lossn?»

«Ja», antwortet Roni.

«Nein», antworte ich.

«Es kann ja immer noch austreten», räumt Roni ein.

«Aber dann muss es doch gar nicht erst eintreten», finde ich. Langsam wird mir die Sache etwas zu konkret.

«Jetzt mach dich mal locker», sagt Roni.

«Ich bin locker!», rufe ich lauter, als mir lieb ist.

«Streitets ned!» Wieder ein Zucken im Tränensack. Dann ein Blick zum Kruzifix. «I moch aich a Angebot, des ia ned ablehna kennts.»

Mir rutscht ein hysterisches Lachen heraus.

Danach erklärt uns der Mann, dass für die Eheschließung bloß eines wichtig sei: Der katholische Partner müsse geloben, alles dafür zu tun, dass die Früchte seiner Ehe katholisch getauft würden. Er schaut Roni an.

«Ob Ia Mo des akzeptiert, des is a andre Sachn und wead ned ibaprieft.»

Er will, dass wir unsere Ehe auf einer Lüge aufbauen? Jetzt reicht es. Dieses Schmierentheater spiele ich nicht länger mit!

«Komm, wir gehen.»

Roni drückt mich behutsam zurück auf den Stuhl. Ich atme tief durch. Vielleicht ist das einfach der falsche Ort, um Schlachten auszutragen. Es geht Roni offenbar auch gar nicht so sehr um das fundamentalistische Christentum des Pfaffen. Das haben anscheinend sowohl der Priester als auch sie selbst erkannt. Nur ich nicht. Roni will einfach gern in einer Kirche heiraten. Jetzt fühle ich mich wie Peppone, ausgespielt von Don Camillo. Tief durchatmen.

«Einverstanden», sage ich. Und Roni sagt: «Gott sei Dank.»

Zum ersten Mal lächelt der Pate. «Des is schee. I trau aich.»

«Ich hingegen traue Ihnen nicht», gebe ich zu.

«Des is mia wurscht. I hob gmoant, i wead die Zeremonie hoitn.»

Wenn das der Preis ist, den ich für eine gute Location zahlen muss, dann soll es in Gottes Namen so sein. Der Priester reicht mir zum Abschied die Hand, und ich frage mich kurz, ob er von mir erwartet, dass ich seinen Ring küsse. Er drückt meine Rechte, bis sie weiß wird. Erst als ich «Roni!» rufe, gibt er sie frei. Dann schlägt er vor mir das Kreuz in die Luft. Bringt aber nichts.

Als ich mich noch einmal umdrehe, deutet der Priester mit einem Zeigefinger zuerst auf sein Auge, dann auf mich.

A GEH!

(hochdeutsch: Ich akzeptiere Ihre Meinung, teile sie aber nicht)

Nach Tiefenwalde fährt man von München aus sechs Stunden. Ich brauche neun. Je tiefer wir in westfälisches Waldgebiet vordringen, umso spärlicher wird der Empfang von seriösen Radiosendern. Dafür steigt das Angebot an Bürgerradios, mit deren Hilfe unterschiedlichste Interessengruppen ihre verschrobenen Botschaften über den Äther blasen. Mein Vater hatte früher selbst mal einen «Beratensender», wie er es nannte: Radio PP (Pädagogisches Programm), sprich: Radio Pepe. On Air hat er sich, wenn die Beratungsstelle geschlossen war, live um die Sorgen und Nöte der Menschen auf dem Land gekümmert. Da sowieso das ganze Dorf zuhörte, lösten sich die Probleme meist ganz von selbst.

Roni dreht den Regler von der «Heißen Welle» (örtliche Feuerwehr) über «Streifenhörnchen FM» (Polizei) zu «Radio Rot-Weiß Rackersdorf» (regionaler Fußballverein).

Kurz vor Tiefenwalde bleibt sie an einer sonoren Stimme hängen: *Hallo, liebe Freundinnen und Freunde. Ihr hört den Pädagogischen Beratensender Radio Pepe, und für alle, die nach langer Zeit zu ihren Eltern zurückkehren, hier ein kleiner Gruß.*

Schon klingt Cat Stevens' butterweiche Stimme durch das Auto: «Father & Son».

It's not time to make a change
just relax, take it easy.
You're still young, that's your fault
there's so much you have to know.
Find a girl, settle down
if you want, you can marry …

«Wir können das ruhig ausmachen», schlage ich vor und greife hastig an den Regler. Peinliche Stille.

«War das jetzt echt dein Vater?», fragt Roni nach einer Pause.

«Mhm.»

Kurz vor Tiefenwalde muss ich mich auf die engen Kurven des Schäferbergs konzentrieren. Plötzlich blendet hinter uns ein tiefer gelegter schwarzer Golf mit Rallye-Streifen und Schwarzlicht-Bodenleuchte auf. Als ich rechts ranfahren will, um zu schauen, ob ich vielleicht einen Platten habe, setzt der Typ seinen Wagen neben uns, winkt grinsend vom Fahrersitz und braust mit röhrendem Motor vorbei.

«Und den kennst du vermutlich auch.»

«Mhm.»

«Fährt einen heißen Reifen.»

«Ich weiß.»

Neben dem Ortseingang von Tiefenwalde hängt ein weißes Bettlaken, auf das jemand in roter Jungenschrift geschrieben hat «Carsten wird bald dreißig, drum muss er fegen fleißig».

Roni runzelt die Stirn, fragt aber nicht – wofür ich ihr unendlich dankbar bin. Denn natürlich kenne ich Carsten. Leider.

Am Nachmittag kommen wir bei meiner Oma an. Mit meinen Eltern sind wir später zum Abendessen verabredet. Ihre Beratungsstelle hat heute geöffnet, schließlich ist es vor allem am Wochenende wichtig, der feierwütigen Dorfjugend die triste Realität schönzureden.

Als meine Oma die niedrige Tür des alten Fachwerkhauses öffnet, muss ich mich zu ihr hinunterbeugen. Sie ist schon 90 und nur noch 1,50 Meter groß: Mit zarter, aber fester Hand lenkt sie unsere Großfamilie, begegnet unseren Spleens mit Liebe, Verständnis und eigenen Macken. Ich merke, dass sie mir gefehlt hat, und breite die Arme aus.

«Schau, wer da ist!», ruft sie und schlägt die Hände vor der Brust zusammen. «Der Butzi!»

Oje. Das hatte ich völlig vergessen.

Ich schaue zu Roni hinüber. Die zieht überrascht die Augenbrauen hoch und grinst. Nachdem ich meine Oma ausgiebig gedrückt habe, stelle ich die beiden einander vor.

«Endlich wieder eine Frau in der Familie», freut sich Oma und bittet uns herein. «Was bist du groß geworden», fügt sie noch an, als ich an ihr vorbei in die Stube gehe.

«Das liegt bloß an den hohen Absätzen», scherze ich. Meine Oma wirkt kurz irritiert, lächelt dann aber und nickt eifrig.

Der Kaffeetisch ist an beiden Enden zur vollen Länge ausgezogen: Ich zähle dreißig Gedecke.

«Kommt noch jemand?»

Oma blinzelt verschwörerisch. Im selben Moment fliegt die Küchentür auf. «Überraschung!» Junge und alte Stimmen klingen durcheinander. Aus allen Ecken strömen Menschen. Roni und ich werden der Reihe nach in den Arm genommen und gedrückt.

«Ach, wie lange ist das her!»

«Lass dich anschauen!»

«Du kriegst ja hinten schon 'ne Glatze!»

«Die hat ja gar kein Dirndl an.»

Die komplette erste Riege meiner Verwandtschaft ist angetreten. Cousins, Cousinen, Onkels, Tanten, Schwager und Schwägerinnen. Da ist ja auch Vetter Mike, mit dem ich groß geworden bin.

«Na, Cousin?», sagt Mike. «Haste dich verfahren, oder warum kommst du erst jetzt?»

Neffe Benni, der vor fünf Jahren noch ein Baby war, kann mittlerweile nicht nur laufen, sondern auch mit seinem Handy ins Internet gehen. Onkel Fritz, der älteste der sieben Geschwister meiner Mutter, hat gar keine Haare mehr auf dem Kopf, dafür einen Vollbart; Tante Martha trägt ihre Pudelfrisur jetzt schlohweiß. Und da sind auch noch ein paar neue Babys und Kleinkinder, die ich nicht zuordnen kann.

Es dauert ein paar Minuten, bis sich Eindrücke und Verwandte gesetzt haben.

Ich darf neben meiner Oma am Kopfende der Tafel Platz nehmen. Von dort lasse ich meinen Blick über die Sippschaft schweifen und versuche insgeheim, eine Vorauswahl für unsere Gästeliste zu treffen.

«Jetzt iss dir erst mal was und entspann dich», befiehlt Oma. «Du bist ja nur noch Haut und Knochen.»

Wahrscheinlich nicht mehr lange. Auf dem Tisch stehen neben Apfel- und Zuckerkuchen auch Weißmehlbrötchen mit Mett und Zwiebelringen, Frikadellen mit Senf sowie knuspriges Graubrot, belegt mit Stracke, einer langen harten Mettwurst. Dazu gibt es Kaffee aus der Maschine: Stark wie Hermann der Cherusker und grau wie der Großteil der hiesigen Bevölkerung.

«Wenn du dir lieber eine Stulle mit Käse essen magst, kann ich dir eine schmieren», sagt meine Oma zu Roni.

«Das ist nett, aber ich nehme gern so eine Fleischpflanzerl-Semmel.»

Einige Sekunden vergehen in ratlosem Schweigen. Meine Oma sieht Roni an, als habe diese ihr eben eröffnet, sie würde lieber eines der kleinen Kinder fressen. Dann zieht Erleuchtung über ihr Gesicht, und sie reicht ihr ein Mettbrötchen.

«Hier, eine Sähmel mit Fleischfransen. Bei uns nennt man das», sie spricht so laut, als wäre Roni schwerhörig: «Mett-bröt-chen.»

«Oder Brötchen mit Feuerwehrmarmelade», ergänzt Cousin Benni grinsend. Anscheinend ist er gerade in den Verein eingetreten.

«Gibt es in Bayern wirklich Fleischpflanzen?», will seine Schwester Jenny wissen.

Roni nickt. «Die sind doppelt so groß wie du.»

«Dann will ich euch mal besuchen kommen», murmelt die Kleine, knickt ein halbes Mettbrötchen in der Mitte und schiebt es sich zwischen die Pausbacken.

«Und – wie war die Fahrt?», fragt Oma.

«Wahrscheinlich ziemlich lang, wenn Butzi am Steuer saß», antwortet Cousin Mike für mich.

Gelächter.

Hier unten bin ich noch immer der verträumte Junge, dem der Fahrlehrer in der ersten Stunde nicht erlaubt hat, die Pedale zu benutzen, weil Cousin Mike gleich mehrfach erwähnen musste, der Butzi sei «mit den Gedanken immer woanders».

«Ach, hört doch auf!» Meine Oma nimmt mich in Schutz. «Der Butzi fährt halt ein bisschen vorsichtig.»

«Weißt du noch, als Herr Scholler ihn mal mit dem Fahrrad überholt hat?», fragt Cousine Manuela.

«Oder als Bauer Heinrich ihn mit dem Trecker aus dem Karpfenteich ziehen musste, weil er beim Fahren mit Sandra Schademann …?»

«Oja, der alte Golf», erinnert sich Onkel Fritz und fragt vieldeutig grinsend in die Runde: «Wie hieß der noch gleich?»

Einstimmig kommt es zurück: «Tiefenwalder Jungfrauenfalle!»

Ich spüre, dass ich rot werde. Von nun an jagt eine Pannen-Story die nächste. Roni erfährt, dass ich als Teenager mal betrunken bei meiner Oma eingebrochen bin und mich im Wohnzimmer auf das Sofa gelegt habe, um mich vor dem großen Anpfiff zu Hause noch ein bisschen auszuruhen. Morgens kam meine Oma ohne Brille ins Wohnzimmer, sah einen Mann auf ihrem Sofa liegen, den sie nicht kannte, und zog ihm, also mir, sicherheitshalber mit der Stracke, die zum Frühstück auf dem Tisch lag, eins über.

«Ein Glück hatte ich mir die schon halb aufgegessen, sonst hättest du heute noch einen Brummschädel», lacht sie. «Ja, unser Butzi war schon immer ein bisschen tollpatschig.»

Wie auf ein geheimes Zeichen nickt meine versammelte Verwandtschaft absolut synchron. Auch Roni. Na toll! Die hat sich ja prima eingelebt.

Großtante Bettina erzählt von einem frühkindlichen Auftritt beim Kaffeetrinken, bei dem ich, als Zauberer verkleidet, mit lautem «Tataaa!» aus der Ecke sprang, dabei den Beistelltisch übersah und die Kaffeekanne hoch in die Luft kickte. Jede ihrer fünf Freundinnen bekam einen ordentlichen Schwall ab, was mir im Nachhinein als besonderes Kunststück ausgelegt wurde.

Mir ist das alles ziemlich peinlich. Bis jetzt findet Roni die Geschichten anscheinend ganz drollig, aber wenn das so weitergeht, denkt sie spätestens in einer Stunde, ich wäre früher ein Volldepp gewesen. Ein wenig Angst habe ich, dass meine Familie anfängt von irgendwelchen Exfreundinnen zu schwärmen, aber das scheinen sie sich zu verkneifen, weil sie Roni mögen. Mir fallen langsam schon die Augen zu, schließlich habe ich diese alten Geschichten schon zehntausendmal gehört und bin müde von der langen Fahrt. Roni dagegen scheint sich köstlich zu amüsieren.

Gerade erinnert Mike daran, wie ich seinen Modellbauflugzeugen mit Silvesterraketen einen Düsenantrieb verschaffte, um den Fliegerfilm «Top Gun» nachzuspielen, und dabei im benachbarten Hühnerstall erheblichen Kollateralschaden anrichtete.

«Der hat schon so manchen Butzi gebaut», resümiert Tante Martha.

Wieder nicken alle, nur Roni schaut fragend in die Runde.

«Einen Butzi bauen», erklärt Oma, «sagt man bei uns, wenn einer sehr tollpatschig ist.»

«Da habt ihr ja bestimmt einen Haufen lustige Bilder, die ihr auf der Hochzeit zeigen könnt», plaudert Roni drauflos. Ich verschlucke mich und muss husten. Roni presst sich die Hände vor den Mund. Zu spät. Die Katze ist aus dem Sack.

«Auf welcher Hochzeit?», fragt Großtante Bettina.

Alle Köpfe drehen sich zu mir und Roni. Die lächelt verlegen. Ich schaue in die Runde. «Wir werden heiraten.»

Großer Jubel bricht aus. Die Älteren schlagen mit den Kuchengabeln gegen die Kaffeetassen, die Jüngeren krabbeln unter dem Tisch durch und umarmen unsere Beine. Der Rest ist aufgestanden und klatscht.

«Jawoll!», ruft Onkel Fritz. «Ich hatte schon Angst, die Familie stirbt aus.» Anscheinend ist diese Angst in Tiefenwalde sehr verbreitet, weshalb bei uns ständig für Nachwuchs gesorgt wird.

Die zweite Umarmungsrunde beginnt. Besonders Roni wird ganz fest gedrückt, allerdings – das sehe ich genau – auch mit ein paar mitleidigen Blicken bedacht. «Den musst du dir noch erziehen», rät Tante Martha. Und Großtante Bettina: «Am besten, ihr streicht eure Wohnung mit abwaschbarer Farbe.»

«Wenn ihr ein Hochzeitsauto braucht – ich kann eins organisieren», bietet Cousin Mike an. «Solange Roni fährt.»

«Wann heiratet ihr denn?», fragt der kleine Benni.

«Im September», entgegne ich wahrheitsgemäß.

«Kein Problem, dann schwänze ich die Schule. Dürfen Jenny und ich Blumenkinder sein?»

«Äh, klar.»

«Wie machen wir das denn mit dem Fahren?», will Onkel Fritz wissen. «Das sind bestimmt sechs Stunden.»

«Vier», korrigiert Mike. Typisch.

«Vielleicht sollten wir einen Bus mieten», schlägt der Freund meiner Teenie-Cousine vor, der aussieht wie ein Fußballkapitän der A-Jugend.

«Bis dahin ist ja noch ein bisschen Zeit», meint Tante Martha. «Das kriegen wir schon hin.»

Niemand kommt auf die Idee, er könnte nicht auf der Gästeliste stehen.

Roni schaut mich eindringlich an. Also wechsele ich das Thema: «Als kleiner Junge wollte ich ja Oma heiraten.» Ich erzähle, wie ich ihr einen Heiratsantrag gemacht habe und Opa als Trauzeugen engagieren wollte. Der war einverstanden, aber dann wollte Oma doch nicht mehr.

Sie lächelt und legt Roni die Hand auf den Arm. «Hat dir Butzi schon erzählt, dass in unserer Familie traditionell die Männer das Brautkleid bezahlen?»

Klein Benni schüttelt den Kopf, woraufhin meine Oma mahnt: «Auch du wirst deiner Frau eines Tages ein Hochzeitskleid kaufen!»

«Da werde ich lieber schwul», verkündet Benni grinsend.

«Woher er das wieder hat? Sicher aus diesem Internet!» Meine Oma schaut ihn tadelnd an, winkt ab und schenkt Roni unaufgefordert den nächsten Kaffee ein. Nach der vierten Tasse ist auch mir schon ein wenig flau im Magen.

«Dass ihr immer so viel Kaffee trinken könnt!», wundere ich mich. Onkel Fritz schiebt seine Tasse näher an die Kanne und lehnt sich zurück.

«Och, acht Tassen machen mir keine Angst.»

Ronis Gesichtsfarbe hingegen wird langsam etwas gräulich. Oma streicht ihr mit einer Hand über die Wange. «Die roten Bäckchen kommen schon zurück. Spätestens, wenn du dir morgen deine erste Portion Grünkohl gegessen hat.»

Seltsamerweise sagt man in Tiefenwalde «Ich esse mir» und «Du isst dir». Ich habe mal besserwisserisch gefragt, wem man denn sonst essen sollte. Hat aber niemanden interessiert.

Meine Verwandten haben Lust bekommen, Roni den Grünkohl schmackhaft zu machen: «Doppelt so gesund wie Zitronen», höre ich von links, «doppelt so viel Vitamine», weiß ein anderer. «Und viel, viel mehr Mineralstoffe.» Benni ergänzt: «Grünkohl gibt Tinte auf den Füller.»

Als meine Oma mahnend den Zeigefinger hebt, erklärt er hastig: «Sagt Onkel Fritz.»

Der geht jetzt lieber mal raus, um eine zu rauchen.

«Ich bin ja gespannt, wer in diesem Jahr Grünkohlkönig wird», sagt Mike zu Roni. «Vielleicht versucht es dein Verlobter nochmal.»

«Nochmal?», hakt Roni nach. «Ich wusste gar nicht, dass du schon mal König warst.»

«Na ja», meint Mike, «war er auch nicht. Hat im letzten Moment einen Mega-Butzi gebaut. Aber davon soll er dir lieber selbst erzählen.»

«Noch jemand Kaffee?», frage ich und reiße die Kanne hoch.

Einer nach dem anderen lehnt ab. Die Gespräche verebben. Die großen Geschichten sind erzählt, allmählich macht sich Unruhe breit. Einige Verwandte stehen auf und beginnen, das Geschirr abzuräumen. Roni hilft mit. Auch ich will aufstehen, aber meine Oma legt ihre Hand auf meinen Arm. Sie ist nicht schwer, aber die Geste hat Gewicht.

«Warum feiert ihr denn nicht in Tiefenwalde? Wir können doch nicht mit der ganzen Familie nach Bayern kommen.»

Genau das hatte ich gehofft.

«Ach, Oma», sage ich. «Ronis Familie kommt halt aus Bayern.»

«Aber *deine* Familie kommt aus Tiefenwalde.»

«Na ja, unsere Freunde kommen auch aus München.»

«Blut ist dicker als Wasser.»

Das stimmt. Vor allem nach dem ganzen Filterkaffee.

«Lass mich das nochmal mit Roni besprechen», sage ich ausweichend.

«Du kannst es auch mit mir besprechen.»

Aber jetzt ist nicht der richtige Zeitpunkt, die Saalfrage zu klären. Wir müssen schnellstens zu meinen Eltern, bevor sich in Tiefenwalde herumgesprochen hat, dass ihr Sohn heiratet. Wenn es um die Verbreitung von Klatsch geht, funktioniert Tiefenwalde besser als jedes Online-Portal. Um sieben sollen wir bei meinen Eltern sein. Schon wieder zum Essen.

Wir verabschieden uns von allen mit «bis bald» und werden verabschiedet mit «bis zur Hochzeit».

Als wir im Auto sitzen, resümiert Roni: «Das wird schwierig.»

«Ja», sage ich. «Hoffentlich haben meine Eltern nichts Großes gekocht.»

Ich parke in unserer Einfahrt. Dort hängt noch immer der Basketballkorb, den mein Vater damals absichtlich so tief angebracht hatte, dass ich mich als Neunjähriger nach Art der amerikanischen NBA-Profis dranhängen konnte. Erst jetzt fällt mir auf, wie nett das von ihm war.

Schon vor der Haustür riecht es nach Wild. Ich drücke den Klingelknopf. Drinnen höre ich hysterisches Kläffen, dann eine Stimme, die «Schröder, aus!» ruft. Die Tür öffnet sich einen Spalt weit.

«Butziii!»

Nicht schon wieder.

«Papa!», sage ich und will die Tür aufschieben, aber er blockiert sie von innen mit dem Fuß.

«Sollen wir vielleicht draußen bleiben?», frage ich.

«Nein, natürlich nicht», höre ich ihn herauspressen. «Ich muss nur noch schnell den Hund –» Und, zack, ist die Tür wieder zu.

Roni schaut mich fragend an. Kurz darauf öffnet sich die Tür erneut, und mein Vater steht vor uns. Sein Haar ist weiß geworden, und er hat eine ganze Menge mehr Falten im Gesicht. Die tiefsten zerfurchen horizontal seine Stirn.

«Lass dich drücken», sagt er und nimmt mich so fest in den Arm, dass mir die Luft wegbleibt. Er war schon immer dünn, aber jetzt ist er fast mager.

«Das ist Roni», sage ich, und er streckt die Hand aus.

«Seahvuß, ihi bihin ean Goharmisch-Poahtenkihachn geborahan.»

«Verzeihung, wie bitte?»

Mein Vater spricht lauter.

«Gaharmisch. Pahartnkihachn. Doha bihan i wech.»

«Er sagt, er sei in Garmisch-Partenkirchen geboren», übersetze ich. Das ist ja peinlich.

Roni ergreift die ausgestreckte Hand.

«Das ist ja toll. Ich kenne Sie aus dem Radio. Schön, das Gesicht zur Stimme zu sehen.»

«Johaa, dehas Ratjo Pepe is jotzahat aa nochat Minga eini kimma», radebrecht mein Vater. Und fügt hinzu: «Mit dera Internet.»

Ich muss dieser Farce ein Ende bereiten, ohne seine Sprachkompetenz in Frage zu stellen.

«Roni spricht übrigens fließend hochdeutsch», werfe ich ein. «Ihre Mutter kommt aus Hannover.»

«Dann darf ich dich ja drücken», entgegnet mein Vater und umarmt Roni. Und umarmt Roni. Und umarmt Roni. Als ich gerade darüber nachdenke, wann er Roni wohl genug umarmt hat, lässt er sie los.

«Kommt doch erst mal rein.»

Hinter der Glastür zum Wohnzimmer springt ein wütender weißer Kläffer auf und ab. «Ein interessanter Fall», meint mein Vater. «Sein Verhalten widerspricht allen Erkenntnissen der modernen Tierpsychologie.»

Und sein Äußeres widerspricht jedem Schönheitsideal. Der Hund sieht aus wie ein Gemisch aus Terrier, Spitz und Fledermaus. Mit Segelohren. Eher interessant als schön. Mein Vater deutet meinen Blick richtig.

«Als ich ihn geholt habe, hatte er noch so süße Schlappohren. Aber die haben sich nach zwei Tagen aufgestellt. Und da wollte ich ihn nicht mehr zurückgeben. Dich haben wir ja damals auch behalten.»

Es ist toll, wieder zu Hause zu sein. Allerdings traue ich mich nicht hinter die Glastür.

«Hunde, die bellen, beißen mich», flüstert mir Roni ins Ohr. Klingt logisch.

Aus der Küche eilt meine Mutter herbei. Sie ist ein bisschen größer als mein Vater und hat ihre blonden Haare lang wachsen lassen. Steht ihr gut. Überhaupt sieht sie im Gegensatz zu meinem Vater sehr erholt aus. Sie zieht den Hund am Halsband von der Tür weg.

«Hallo, Sebastian!»

«Mutti!»

Sie nimmt mich in den Arm, drückt mir einen Schmatzer auf die Wange und wischt sofort mit dem Ärmel eine Spur Lippenstift ab.

«Und du musst Ronny sein. Interessant, ich dachte, so heißen nur Ostdeutsche. Was bedeutet dein Name?»

«Er bedeutet Veronika», antworte ich. «Die Abkürzung ist Roni – mit langem o.»

Meine Mutter mustert Roni mit geschultem Blick von oben bis unten und schweigt. Das macht sie auch in der Beratungsstelle so.

«Sie ist die Liebe meines Lebens», füge ich sicherheitshalber hinzu.

Für einen Moment fliegt ein Schatten über das Gesicht meiner Mutter. Ihre Augen flackern zu meinem Vater hinüber. Der schüttelt kaum merklich den Kopf. Dann haben sich die beiden wieder im Griff. Meine Mutter gibt Roni ein Küsschen auf die rechte und eines auf die linke Wange.

Dabei lässt sie Schröder los. Der stürzt sich sofort auf Roni, in der er offenbar eine Konkurrentin um Frauchens Zuneigung sieht, und beißt sie in die Wade.

«Autsch!», ruft Roni.

«AUS!!!», rufen mein Vater, meine Mutter und ich.

Doch bevor einer von uns den Hund wegnehmen kann, packt Roni ihn mit beiden Händen, hebt ihn wie einen frechen Welpen am Nacken hoch, dreht ihn ein wenig und beißt ihm ebenfalls ins rechte Bein.

Schröder quiekt erschrocken. Roni setzt ihn wieder auf den Boden, und sofort rollt sich der Hund vor ihr auf den Rücken. «Das hat mir Knoll beigebracht», erklärt sie und pickt sich ein paar Hundehaare von der Zunge. «Auge um Auge, Bein um Bein.»

Sie beugt sich runter und krault Schröder am Bauch, woraufhin der versucht, ihr im Liegen die Pfote zu geben.

«Interessant», murmelt mein Vater und kratzt sich am Kopf.

«Möchte jemand ein Gläschen Prosecco?», ruft meine Mutter mit sich überschlagender Stimme in die Stille und eilt in die Küche, bevor wir antworten können.

Im Haus sieht es so aufgeräumt aus, dass ich gar nichts wiedererkenne. Von den Geweihen, die früher hier hingen, fehlt jede Spur. Nur auf der Toilette entdecke ich noch ein vereinzeltes Rehhorn: als Klopapierhalter.

Mein altes Zimmer dient nun als Gästezimmer. Darin steht ein großer Schrank aus hellem Holz, dessen Bauart mir sehr vertraut ist – und das Ehebett meiner Eltern. Anscheinend haben sie sich ein neues geleistet.

Nachdem wir unsere Sachen abgelegt haben, gehen wir ins Esszimmer und stoßen an. Meine Eltern sehen sich dabei nicht in die Augen. Egal. Am liebsten würde ich jetzt schon mit der großen Neuigkeit herausplatzen, aber ich will es noch ein wenig hinauszögern. Schröder, der Roni offenbar als neues Leittier akzeptiert hat, weicht nicht mehr von ihrer Seite.

«Tut mir leid, dass Schröder dich gebissen hat, das war ganz klar zwanghaftes Verhalten», analysiert mein Vater. «Oder eine Übersprungshandlung, weil er gestern operiert wurde.» Er erzählt, ihm sei vor ein paar Wochen aufgefallen, dass Schröder beim Laufen schlingere. «Er hat mit dem Hintern gewackelt wie Britney Spears.»

«Georg!», weist ihn meine Mutter zurecht.

«Ist doch so.»

Beim Röntgen fand der Arzt in Schröders Magen zwölf Golfbälle. Und eine Pistolenkugel.

«Ist wohl mal angeschossen worden, unser Schröder. Vielleicht hat er das Trauma verdrängt, und es bricht jetzt auf?»

O Gott, wie die beiden schon wieder reden! Hoffentlich gehen sie Roni nicht zu sehr auf die Nerven. Ich schaue zu ihr hinüber. Sie krault den Hund gerade hinterm Ohr, woraufhin der eine Erektion kriegt.

«Er hat die Kugel nicht mal gespürt», vermutet mein Vater. «Aber manche Wunden sitzen halt tiefer.»

«Und woher hat er die Golfbälle?», erkundigt sich Roni.

«Meine Frau spielt neuerdings Golf», erklärt mein Vater. «Da hat sie ihn manchmal mitgenommen, damit er ein bisschen Auslauf kriegt. Das geht natürlich nur, wenn man den Clubbesitzer kennt.»

Ich wundere mich über den scharfen Unterton.

Mein Vater räuspert sich. «Aber jetzt bleibt der Hund bei mir, wenn sie Golf spielt.»

Ein kurzer Moment Stille.

«So, dann wollen wir mal schauen, wie weit das Essen ist», verkündet meine Mutter. «Ihr habt doch bestimmt schon Hunger, oder?» Wieder ist sie in der Küche verschwunden, bevor jemand antworten kann.

«Irgendwas ist hier faul», flüstert Roni mir ins Ohr.

«Ach, Quatsch», beruhige ich sie. «Die sind bloß aufgeregt.»

Die Vorspeise nehmen wir im Wohnzimmer ein, an unserem alten Eichentisch, der auf einem neuen, blütenweißen Teppich steht. Es gibt Fingerfood: Mini-Mettbrötchen, Mini-Frikadellen und kleine Salamistückchen. Mein Vater öffnet eine Flasche Rotwein «zum Essen». Der Hauptgang besteht, wie vermutet, aus Hirsch, «selbst geschossen».

Das Fleisch ist zart, die Soße ein bisschen wacholdrig, das Rotkraut herrlich pikant. Roni, die wie ich noch immer pappsatt sein muss, lässt sich nichts anmerken und schluckt Gabel um Gabel tapfer herunter.

Beim Kauen beiße ich auf eine Schrotkugel. Kenne ich schon, kommt vor, bei selbst erlegtem Hirsch, meine neuen Münchener Keramik-Kronen halten das aus. Ich lasse die Kugel auf den Teller klimpern.

«Zum Glück war es kein Golfball», meint Roni.

Ich muss lachen. Sonst niemand.

Während des Essens bemüht sich mein Vater sichtlich um Roni, er fragt nach ihrem Studium der Brauereiwissenschaft in Weihenstephan und erzählt, dass er in seiner Beratungsstelle auch einige Alkoholiker betreut. Roni hört mit aufrichtigem Interesse zu, sie wollte früher selbst mal Sozialpädagogin werden, ist dann aber lieber «in die Wirtschaft» gegangen.

Meine Mutter wirkt ein wenig abwesend. Manchmal mustert sie Roni, dann schweifen ihre Augen von ihr zu mir. Als ich ihren Blick erwidere, fragt sie mich im Analysten-Tonfall nach meinem Leben in München und will wissen, ob ich Berlin vermisse. Als ich weggezogen bin, war sie die Einzige, die meinen Umzug in die große Stadt unterstützt hat. Kein Wunder, sie hat selbst Ende der Sechziger in Kreuzberg gelebt, studiert, demonstriert und würde vielleicht heute noch dort wohnen, wenn sie damals nicht mit mir im Bauch in den Schoß der Familie zurückgekehrt wäre.

«Und jetzt willst du dich im CSU-Land niederlassen?», fragt sie. «Dort müssen viele soziale Einrichtungen ohne staatliche Förderung arbeiten.»

«München ist seit Jahrzehnten SPD-regiert.»

«Tatsächlich?»

«Ja, mach dir keine Sorgen.»

Das gute Essen und der Wein haben nun doch eine behaglich gedämpfte Stimmung geschaffen. Satt und zufrieden lehnen wir uns zurück. Das ist der richtige Zeitpunkt, um meinen Eltern zu sagen, dass Roni ihre Schwiegertochter wird.

«Wir müssen euch etwas sagen», beginne ich, nachdem meine Mutter den Espresso gebracht und mein Vater die vierte Flasche Rotwein geöffnet hat.

Meine Mutter atmet auf.

«Wir euch auch.»

«Wer zuerst?», fragt mein Vater und schenkt uns nach.

«Nach euch!»

«Nein, ihr zuerst!»

Ich hole tief Luft.

«Mutti, Papa, wir werden heiraten.»

«Ach du Scheiße!», ruft meine Mutter.

Mein Vater lacht hysterisch. Es klingt fast wie Weinen. Roni schaut mich ratlos an.

Ich verstehe die Welt nicht mehr. «Ja, freut ihr euch denn gar nicht?»

«Doch, doch, mein Junge», sagt meine Mutter und nimmt unsere Hände. «Es ist schön, dass ihr noch an die Ehe glaubt.»

«Aber?», frage ich.

Sie holt tief Luft.

«Dein Vater und ich – wir lassen uns scheiden.»

Vor Schreck fällt mir das Weinglas aus der Hand und besudelt den blütenweißen Teppich. Hinter mir höre ich ein Schluchzen. Roni ist blass geworden und schweigt.

«Zwischen uns hat sich einiges geändert, seit du aus dem Haus bist», erklärt meine Mutter. «Da war alles plötzlich so leer, nicht nur dein Kinderzimmer. Auch zwischen uns. Früher haben wir über dich geredet. Als du weg warst, hatten wir plötzlich kaum mehr etwas gemeinsam.»

«Aber ich bin doch schon eine Weile weg.»

«Das war eine schleichende Entwicklung. Dein Vater hatte seine Jagd und die Vereine, und ich hatte plötzlich gar nichts mehr, außer der Beratungsstelle. Da habe ich mir ein Hobby gesucht.»

«Golf», vermute ich. Meine Mutter nickt und bekommt feuchte Augen.

«Der *Golf*lehrer?» Meine Mutter nickt wieder. Eine Träne läuft ihr über die Wange.

«Och Mama!», rufe ich. «Das darf jetzt nicht wahr sein. Ihr wart doch immer so glücklich, ihr beide.»

«Waren wir auch», höre ich die brüchige Stimme meines Vaters.

Ich habe solche Geschichten schon von einigen Freunden gehört: In der Kindheit läuft alles gut, die Eltern opfern sich auf für Friede, Freude, Eierkuchen. Kaum sind die Kinder aus dem Haus, kümmert sich plötzlich jeder nur noch um sich.

«Das Kernproblem ist klar», resümiert meine Mutter. «Wir haben uns auseinandergelebt. Es ist ja nicht so, dass wir uns nicht mehr mögen. Wir haben lange darüber geredet. Sogar eine Paartherapie haben wir gemacht. Bei Onkel Alfred. Dort haben wir einsehen müssen, dass die Ehe als Konzept nicht mehr funktioniert.» Sie macht eine Pause. «Für uns. Wir haben eigentlich ganz unterschiedliche Interessen. Früher haben wir die unseren politischen Zielen untergeordnet und später der Beratungsstelle. Jetzt wollen wir endlich mal frei sein. Jeder für sich. Neulich hat doch sogar so eine bayerische Politikerin gefordert, die Ehe auf ein paar Jahre zu befristen. Das fänden wir auch gut.»

Mein Vater steht auf.

«Ich muss eine rauchen.»

Ich dachte, er hätte vor dreißig Jahren aufgehört.

«Warte», sage ich. «Darf ich mir eine schnorren?»

Ich habe ihn nicht mehr rauchen sehen, seit ich ein Junge war. Ihm geht es genauso mit mir.

«Schlechtes Timing», sagt er. «Aber du hast eine tolle Frau. Das wird besser klappen mit euch. Ein professioneller Rat: Wenn eure ersten zwanzig Jahre vorbei sind und die Kinder aus dem Haus, vernachlässige Roni nicht. Ich war zu viel weg, die Vereinsmeierei hier, ein klares Muster. Ich kann es deiner Mutter nicht mal übel nehmen –»

«Musst du immer für alles Verständnis haben?», rege ich mich auf. «Liebst du Mama denn gar nicht mehr?»

Er nimmt einen letzten Zug an der Zigarette, die bis zum Filter heruntergebrannt ist, und schnippt sie in den Garten.

«Natürlich liebe ich sie noch.» Er atmet tief durch. «Dieser verschissene Golflehrer.»

Das klingt eher, als käme es von Herzen und nicht aus einem Handbuch für Therapeuten.

Im Wohnzimmer hält Roni meine Mutter im Arm. «Ist

schon gut», sagt sie beruhigend wie zu einem Kind, das hingefallen ist. Als die beiden mich bemerken, macht meine Mutter sich los und steht auf.

«Alles okay», meint sie, nimmt sich ein Papiertuch aus der Tissue-Box auf dem Wohnzimmertisch und schnieft. «Puh, das war jetzt ein emotionaler Durchbruch.» Sie wendet sich Roni zu und versucht ein Lächeln. «Entschuldige. Normalerweise heben wir uns so was für die zweite Sitzung, äh, den zweiten Besuch, auf.»

«Lieber ein Anfang mit Schrecken», beginnt Roni. Und meine Mutter ergänzt: «als ein Schrecken für Anfänger. Möchte vielleicht jemand Nachtisch?»

Sie verschwindet in die Küche, kommt kurz darauf mit hochgestecktem Haar und einem neuen Gesprächsthema zurück.

«Hast du dir schon ein Brautkleid ausgesucht? Lass dir nicht von meinem Sohn einreden, dass du es selbst zahlen musst. Bei uns ist es Tradition, dass die Männer das übernehmen.»

Mein Vater schluchzt lautlos. Ich lege ihm den Arm um die Schultern und gehe mit ihm neue Zigaretten holen. Den Hund nehmen wir mit.

«Für den wird es auch nicht leicht», meint mein Vater, während Schröder mitten auf der unbefahrenen Hauptstraße sein Geschäft verrichtet. «Warum habe ich das bloß nicht früher gemerkt, mit diesem Fatzke? Wahrscheinlich habe ich mich zu sicher gefühlt. Wir schlafen jetzt in getrennten Betten. Ist vernünftiger so.»

Was ist bloß mit seinem Selbstwertgefühl passiert? Mein Vater war früher durch nichts zu erschüttern. Er hat Tausenden Tiefenwalder Teenagern den Suizid aus Langeweile ausgeredet und ebenso viele Hausfrauen davon überzeugt, dass ihre Männer nur eine verschrobene Art haben, ihre Liebe zu zeigen. Und jetzt glaubt er sich selbst nicht mehr.

Ich erzähle von meiner Eifersucht auf Ronis Exiltibeter. Er

hört aufmerksam zu, wieder ganz in seiner sicheren Rolle als Therapeut. Als ich fertig bin, rät er mir, um meine Frau zu kämpfen. Ich rate ihm dasselbe.

Später, im ehemaligen Ehebett meiner Eltern, liegen Roni und ich mit offenen Augen nebeneinander. Kommt wahrscheinlich vom Filterkaffee.

«Deine Eltern sind schon speziell», meint Roni.

«Echt? Ist mir gar nicht aufgefallen.»

«Wie wird es wohl in vierzig Jahren um uns stehen?»

«Na ja, wir werden glücklich irgendwo in Bayern leben, fernab von Golfplätzen und Schützenvereinen.»

«Und was ist, wenn du plötzlich wieder nach Berlin willst? Wenn dir der Ehetrott zu viel wird?»

«Ich bin keiner, der einfach so abhaut.»

«Wir wollen uns versprechen, dass wir uns immer alles erzählen und keine Geheimnisse voreinander haben», sagt Roni.

«Versprochen.»

«Zahlst du echt mein Hochzeitskleid?»

«Mhm», antworte ich und drehe mich auf die Seite.

«Und hast du gefragt, ob dein Vater sich an den Kosten für die Feier beteiligt?»

«Mhm.»

«Und das heißt?»

«Mache ich noch.»

Als ich gerade einschlafen will, fragt Roni: «Warum bist du eigentlich damals nicht Grünkohlkönig geworden?»

«Ach, lass doch.»

«Nein, sag!»

Ich seufze. «Ein Grünkohlkönig muss nicht nur am meisten Kohl mit Hirnwurst in sich hineinstopfen, er muss auch am härtesten feiern und als Letzter die Party verlassen.»

«Und?»

«Mir war so übel von dem Kohl und der Sauferei, dass ich an die frische Luft musste. Und da habe ich mich blöderweise im Wald verlaufen. Bin erst am nächsten Tag wiedergekommen, als die Party schon zu Ende war.»

«Also bist du doch einer, der abhaut.»

«Nein, bin ich nicht. Lass uns schlafen, ja? Wir müssen morgen fit sein.»

«Waschtl?»

«Mhm.»

«Mir ist schlecht.»

WENN'S OASCHERL BRUMMT, IS' HERZERL GSUND!

(hochdeutsch: Hat hier jemand gepupst?)

Beim Frühstück haben sich meine Eltern wieder gefangen. Mir dagegen brummt der Schädel, und ich freue mich auf einen Gang an der frischen Luft. Die Grünkohlwanderung soll um zehn Uhr vor dem Rathaus von Tiefenwalde beginnen. Jeder volljährige Teilnehmer bekommt einen «Bembel», einen Schnapsbecher aus Porzellan, den er sich an einer Schnur um den Hals hängen kann.

Nachdem wir eine Stunde herumgestanden und auf Nachzügler gewartet haben, frage ich unseren Bürgermeister, wann es denn losgehen soll.

«Wenn Carsten gefegt hat», antwortet der ernsthaft.

Kurz darauf bricht lautes Gejohle los, und ich sehe eine Horde junger Männer die Fahlenberger Straße herunterkommen. Der vorderste trägt einen Trenchcoat und eine schwarze Perücke. Die Hintermänner gröhlen: «Carsten wird heut' dreißig, drum muss er fegen fleißig!» Offenbar sind sie alle total blau.

«Genau wegen solcher Typen bin ich hier weg», flüstere ich Roni ins Ohr und schüttele angewidert den Kopf. «Immer dieser besoffene Gruppenspaß!»

Jeder der Männer trägt einen Eimer, dessen Gewicht ihn schwer zu einer Seite herunterzieht. Als die Typen am Platz angekommen sind, klimpern zigtausende Kronkorken aus den Eimern über die Rathaustreppen.

«Carsten, Carsten!», skandieren die Tiefenwalder. Der Angesprochene lässt den Trenchcoat fallen und präsentiert sich vor dem versammelten Dorf in einem roten Stringtanga mit Rüssel-Applikation.

Roni beugt sich zu mir. «Was ist denn hier los?»

«Das ist so eine Art Initiationsritus», erkläre ich. «Wer hier mit dreißig noch nicht verheiratet ist, muss die Rathaustreppen fegen.»

«Wissen die, dass wir auch noch nicht verheiratet sind?»

«Pscht!»

Einer der Burschen drückt Carsten einen Spielzeugbesen in die Hand. Unter dem rhythmischen Geklatsche der Tiefenwalder beginnt Carsten zu fegen. Doch immer wieder entwischt ein Kind aus der Menge und trampelt genüsslich durch die Kronkorken, sodass Carsten nicht wirklich vorankommt.

«Kann nicht mal einer die Kinder zurückhalten?», fragt Roni. «Das ist ja demütigend.»

In dem Moment löst sich mein Onkel Fritz aus der Menge und schlurft direkt durch den gerade halbwegs zusammengekehrten Haufen.

Carsten richtet sich jetzt öfter mal auf und drückt das Kreuz durch. Anscheinend erste Alterserscheinungen. Und er hat nicht mal eine Frau, die ihm den Rücken stärkt.

«Wie lange muss der arme Kerl noch fegen?», will Roni wissen.

«Bis ihn eine Jungfrau küsst.»

«Das ist ja eine Syphilis-Arbeit.»

«Na ja, meistens bringt einfach jemand aus dem Freundeskreis seine kleine Schwester zum Küssen mit.»

«Ihr seid doch pervers.»

In diesem Moment bricht Carstens Besenstiel durch, wahrscheinlich war er angesägt. Carsten hält beide Hälften grinsend in die Höhe. Und schaut mir direkt in die Augen.

«Butzi?», fragt er.

«Hallo, Carsten.»

Aus dem Stand sprintet der eben noch müde nackte Kerl los und fällt mir um den Hals. Er riecht nach Schweiß und Bier.

«Mönsch, Butzi, alte Säge», ruft er, lacht und knufft mich in die Seite. «Wie geht's, wie steht's?»

«Ach, ganz gut. Das ist übrigens Roni, meine – äh – Frau.»

Sie schüttelt ihm die Hand.

«Hallo», sagt Carsten. «Normalerweise habe ich mehr an.» Sein Blick fällt auf Ronis Ringfinger.

«Das ist ja mal ein fetter Ring. Respekt!»

Ich lächle geschmeichelt.

«Na ja, der Ehering wird etwas schlichter ausfallen.»

«Also seid ihr noch gar nicht verheiratet!»

«Doch, doch, wir haben nur den Ring noch nicht …», druckse ich.

«Aber dann hättest du deinen ältesten Freund doch wohl eingeladen, oder?»

Ich schaue mal auf den Boden, ob da noch viele Kronkorken liegen. Carsten wendet sich an Roni.

«Ich frage so etwas normalerweise nicht, wenn ich jemanden gerade erst kennengelernt habe, aber mein Kumpel Harry hat sich mit seiner kleinen Schwester zerstritten, und in Tiefenwalde habe ich einen gewissen Ruf bei unverheirateten Frauen. Würde es dir etwas ausmachen, mich zu küssen?»

Roni schaut nun auch zu den Kronkorken.

«Nun ja, versteh mich nicht falsch, aber der Butzi ist nicht mein erster Freund …»

Carsten lacht.

«Ach, das mit der Jungfräulichkeit sehen wir heute nicht mehr so eng. Hauptsache, ihr seid noch nicht verheiratet.»

Hinter ihm klirrt der Bürgermeister unter dem Beifall seiner Gemeinde fröhlich durch die Kronkorken.

«Carsten», ruft er. «Hier gibt's noch Arbeit!»

«Von wegen. Ich habe eine Jungfrau gefunden!»

«In Tiefenwalde?», fragt der Bürgermeister erstaunt. «Kann nicht sein.»

Carsten führt Roni auf die Treppen. Sie macht einen Knicks. Ein Raunen geht durch die Tiefenwalder. Carsten beugt sich vor. Ich mag gar nicht hinsehen.

Roni nimmt seinen Kopf in beide Hände und drückt ihm einen dicken Kuss auf die Wange.

Tiefenwalde applaudiert. Carstens Kumpel reichen ihm den Trenchcoat. Meine Verlobte kommt zu mir zurück.

«Seltsam. Kaum bin ich einen Tag in deiner Heimat, zwingt man mich, vor der versammelten Bevölkerung die Jungfrau zu geben und einen fremden Mann zu küssen. Da hattest du es in Bayern einfacher.»

Na ja, ich musste im Schlafanzug auf einem Ochsen reiten, habe mir beim traditionellen Peitschenknallen die Schulter ausgekugelt und auf einem Haxenknochen Flöte gespielt. Das Oktoberfest will ich gar nicht erwähnen. Deshalb halte ich lieber den Mund und lasse Roni in dem Glauben.

Endlich erklärt der Bürgermeister die Wanderung für eröffnet. Die Menge setzt sich in Bewegung und bleibt gleich wieder stehen. Roni schaut nach links und rechts: «Ist frei, wir können rüber.»

Aber niemand geht. Denn im Gegensatz zu ihr wissen alle anderen, dass auf einer Grünkohlwanderung an jeder Kreuzung gebechert wird. Aber sie wollte ja ihre eigenen Erfahrungen machen.

Den ersten Schnaps schenkt meine Oma persönlich aus; sie hat ihn selbst angesetzt, «aus Partyresten», wie mir Cousin Mike zuflüstert. Meinen Bembel macht sie randvoll. Die will wohl, dass ich nochmal bei ihr im Wohnzimmer übernachte.

«Prost, Cousin.»

«Zickezackezickezacke», ruft Oma. Die Tiefenwalder Hundertschaft antwortet wie aus einem Mund: «Heu, Heu, Heu» und stürzt das Partygesöff hinunter. In der Tat erinnert der Geschmack ein wenig an Blue Curaçao. Wenn Roni nicht dabei wäre, würde ich es jetzt richtig krachen lassen. Aber ich bin ja keine sechzehn mehr.

Die Gruppe setzt sich wieder in Bewegung. Da ruft Carsten: «Da hinten! Eine Kreuzung! Zickezackezickezacke!»

«Heuheuheu», höre ich meine Sippe antworten. Der nächste Schnaps. Zweihundert Meter weiter sind wir an der Kreuzung angekommen und heben erneut die Gläser, weil einige Ältere vergessen haben, dass wir sie bereits angemessen gewürdigt haben.

Als Omas Mixtur alle ist, wechseln wir zu «Lockstedter», einem Ingwerschnaps, der so sehr im Hals brennt, dass es mich schüttelt. Wie kann man so etwas nur freiwillig trinken? Onkel Fritz setzt nach dem ersten Lockstedter seinen Bembel ab und wirkt enttäuscht. «Früher war der schärfer.»

Auch Roni hat schon rote Bäckchen. «Dieser Ingwerschnaps schmeckt gar nicht so schlecht», meint sie. «Komm, einen trinken wir noch.» Sie bleibt stehen, legt den Kopf in den Nacken und ruft: «Zickezackezickezacke!»

Meine Familie bleibt stehen und schaut sie verwundert an.

«Warum soll denn jetzt getrunken werden?», will Benni wissen, obwohl Kinder ohnehin nicht mitmachen dürfen. Sie fungieren auf dem Hinweg als Schiedsrichter und auf dem Rückweg als Blindenhunde.

Jetzt erkläre ich Roni doch die Regeln: «Getrunken wird nur an jeder Kreuzung und an jedem Mast, den wir passieren.»

«Meine Mutter kommt aus Niedersachsen, mein Vater aus Bayern. Hurra, ich bin selbst eine Kreuzung», ruft Roni. «Zickezackezickezacke!»

«Heuheuheu!», antwortet meine Familie, und wir heben die Bembel.

Zum Glück führt der Weg jetzt erst mal eine Weile geradeaus. Carstens Versuch, die Regeln dahingehend zu beugen, dass Bäume als Urform von Masten durchgehen, wird von den Älteren mit dem Hinweis abgelehnt, dass wir im Magen noch Platz für Grünkohl mit Pinkel brauchen. Zum Glück hört man hier noch auf Ältere. Mein Vater geht neben meiner Mutter, sie diskutieren; fast wie früher, nur dass sich ihre Hände jetzt nicht mehr berühren.

Mike ist zu mir aufgeschlossen. «Fiese Sache mit deinen Eltern, was?»

Ich nicke.

«Und willst du immer noch heiraten?»

Ich nicke erneut.

«Wann ist denn dein Junggesellenabschied?»

«Ich weiß noch nicht. Hat sich noch keiner drum gekümmert.»

Bis jetzt weiß ich ja nicht einmal, wo ich meine Hochzeit feiern soll. Diese Junggesellenabschiede sind mir eigentlich auch zu prollig.

«Ich habe jedenfalls keine Lust, kurz vor meiner Hochzeit in ein Bordell verschleppt zu werden oder in der Fußgängerzone mit viel zu kleinen Frauen die Unterwäsche zu tauschen.»

Mike nickt bedächtig: «Ich weiß, so was ist ja auch gar nicht dein Stil. Ich meine einen Junggesellenabschied, der zu dir passt – einen mit Niveau.»

Ist da Ironie in seiner Stimme? Nee, so was gibt es hier auf dem Land nicht.

«Ja, das wäre schon nett, aber mein Trauzeuge muss so viel arbeiten.»

Lachend nimmt mich Mike in den Schwitzkasten, als wäre ich immer noch ein kleiner Junge. «Wofür hat man denn eine Familie?», fragt er, rubbelt mir mit der Faust über den Kopf und zieht mich zu Roni, die sich gerade mit einem Großonkel unterhält, dessen Name mir partout nicht mehr einfallen will.

«Hallo, Butzi», sagt der Mann.

«Hallo», sage ich und ordne meine Haare, während Mike neben Roni schlendert. Ich lausche, was die beiden da reden.

«Sag mal, wie stehst du eigentlich zum Thema Junggesellenabschied?», will er wissen.

Ronis Zunge ist schon etwas schwer. «Das ist mir so wurscht, wie wenn in China ein Sack Mais umfällt.»

«Mais?»

«Mmmais.»

«Also ist es dir nicht wurscht.»

«Er baut halt doch meistens Mist, wenn keiner auf ihn aufpasst.»

Mike sieht Roni mit dem verständigen Blick eines Mannes an, dem der Cousin in jungen Jahren das nagelneue Mofa in eine Tanne gesetzt hat.

«Ich weiß. Er war schon immer so.»

Ich schaue angestrengt nach vorn und erkenne dort eindeutig einen Mast.

«Zickezackezickezacke!»

Später erzählt mir Roni, Mike habe ihr einiges über Grünkohl beigebracht: Zum Beispiel, dass er im nur zwanzig Kilometer entfernten Niedersachsen, wo ihre Mutter herkommt, Braunkohl heißt. Das hat nichts mit Braunkohle zu tun, der grüne Kohl wird bloß so lange gekocht, bis sein Farbton ins Bräunliche kippt. Wenn er dagegen noch frisch ist, nennt man ihn «lippische Palme», da die Blätter palmenartig nach außen wachsen.

Es ist schön, wieder durch die alten Wälder zu spazieren. Auf dem Weg liegen Bucheckern, Vögel zwitschern, und ganz in der Nähe hämmert ein Specht. Hier und da stehen vereinzelte Rehe auf den Lichtungen. Auch die Trinkordnung hat sich gelockert: Manch einer nutzt die Stopps, um ein Stück Stracke zu essen oder zu verschnaufen. Ich borge mir Bennis Taschenmesser und ritze «S+R=100%Love» in einen Baum. So etwas habe ich lang nicht mehr gemacht. Ich atme tief durch. Die Luft hier ist wirklich gut.

Ein paar rotgesichtige Lümmel mit Bartflaum tippen zwischendurch auf ihren Mobiltelefonen. Die neue Generation Dorfjugend steht anscheinend eher auf WAP als auf Wald. Ich will ja niemanden falsch verdächtigen, aber ich kenne solche Verhaltensweisen aus Reportagen über Hooligans, die sich mit verfeindeten Gruppen zum Prügeln verabreden. Aber das ist wahrscheinlich bloß Großstädter-Paranoia. Hier geht es so friedlich zu wie im Auen- oder im Småland.

Roni ist voll und ganz damit beschäftigt, nicht aus dem Gleichgewicht zu geraten. Meine Mutter hat sich rechts bei ihr eingehakt, meine Oma links. Die drei bilden die mittleren Glieder in einer Kette von Frauen, die wegfüllend voranschreiten, um nach kürzlich errichteten Kreuzungen und neuen Masten Ausschau zu halten.

Wenn ich nur wüsste, was die drei da die ganze Zeit tuscheln. Hoffentlich versucht meine Mutter nicht, Roni die Ehe auszureden. Aber die fühlt sich anscheinend pudelwohl, denn sie lacht und plaudert, als wäre sie schon immer Teil meiner Familie gewesen.

Ich schließe zu Roni auf und muss erkennen, dass ich ihren Alkoholpegel nicht mehr erreichen kann. «Vielleicht solltest du jetzt mal ein bisschen kürzertreten», sage ich und versuche, sie von meiner Oma und meiner Mutter wegzuziehen. «Es kann sein, dass es hier demnächst hoch hergeht, also mit Schlägerei und so.»

«Wenn ich kürzertrete, muss ich mehr Schritte machen», lallt Roni. «Mit wem willst du dich denn hier schlägern? Mit den Masten? Sag Bescheid, wenn du einen siehst.» Sie hält einen Moment inne und schaut sich um. «Echt schön, dieses Tiefenwalde, vielleicht sollten wir doch hier feiern.»

«Wer hat dir denn den Floh ins Ohr gesetzt?»

«Darf ich nicht sagen.»

Meine Oma und meine Mutter nehmen Roni wie ein Verhaftungskommando in ihre Mitte und marschieren im Gleichschritt los. Dabei singen sie: «Ein Hut – ein Stock – ein Regenschirm. Und vorwärts, rückwärts, seitwärts, ran!» Bei den letzten Silben bleiben sie stehen und treten mit einem Fuß nach vorn, nach hinten, zur Seite und ran, wobei alle drei gefährlich schwanken.

Gegen Mittag erreichen wir die Forstklause. Sie sieht immer noch genauso aus, wie ich sie in Erinnerung hatte: ein Fachwerkhaus, mitten im Wald, mit einem Schornstein auf dem Dach, aus dem es freundlich herausqualmt.

«Wenn da eine alte Frau mit Besen rausskommt, dürfen wir uns nicht in ihren Ofen schubsssen lassen», meint Roni und rülpst leise. Es riecht nach China-Imbiss.

Auf der Lichtung vor der Forstklause haben sich etwa hundert Männer, Frauen und Kinder versammelt. Sie haben ebenfalls rote Bäckchen, Wanderstöcke und tragen Schnapsgläser um den Hals.

«Die Fahlenberger», stößt meine Oma zwischen den zusammengebissenen dritten Zähnen hervor. Wie eine Mauer stehen die Widersacher zwischen uns und dem Grünkohl.

«Ein Kreusssug!», ruft Roni gut gelaunt. «Sickesackesssiki?»

Aber niemand stimmt ein. Hier geht es um die Ehre des Dorfes, da hört der Spaß auf. Wie zwei kleine Heere stehen wir uns gegenüber, bereit zur dritten Schlacht im Teutoburger Wald. Niemand wagt eine ruckartige Bewegung. Alles scheint wie in Zeitlupe abzulaufen – was allerdings auch am Lockstedter liegen kann. Mein Vater hat sich schützend hinter meine Mutter gestellt, in einer Hand hält er einen Knüppel, den er vom Waldboden aufgeklaubt hat. Sein Gesichtsausdruck hat alles Therapeutenhafte verloren. Onkel Fritz krempelt die Ärmel hoch, der kleine Benni holt sein Taschenmesser heraus. Geschichte liegt in der Luft, da will keiner auf der Verliererseite stehen. Ich greife mir den nächstbesten Ast und postiere mich hinter Roni, sie lässt ihren Kopf nach hinten an meine Schulter plumpsen.

«Boah, hab ich einen Kohldampf», murmelt sie. «Warum gehen wir nicht rein?»

In diesem Moment öffnet sich die Tür der Forstklause. Hunderte Fahlenberger und Hunderte Tiefenwalder drehen die Köpfe zum Eingang. Heraus tritt der Wirt, ein etwa sechzigjähriger Mann mit rotem Kopf und braun befleckter

Schürze. «Das kann doch wohl nicht wahr sein!», schimpft er. «Wollt ihr euch schon wieder prügeln?»

Seine Stimme lässt das mordlüsterne Grollen beider Parteien verstummen. «Ihr mit eurer blöden Feindschaft! Ich habe es satt. Wisst ihr eigentlich, wie oft ihr mir schon das Lokal kaputt gehauen habt?» Er zieht einen Zettel aus seinem Kellnerportemonnaie. «Zweihundertfünfzigtausend Euro Schaden in den letzten vierzig Jahren – eine halbe Million D-Mark!» Seine Stimme überschlägt sich. «Ihr seid wie die Kinder!»

Einige der Fahlenberger schauen beschämt zu Boden. Mein Vater lässt den Knüppel fallen. «Ich habe Hunger», knurrt Roni. «Und Durst.»

Mir reicht es. Sollen die Dorfdeppen ihre Probleme doch allein regeln. Das hier ist nicht meine Schlacht. Ich muss immerhin noch eine Hochzeit organisieren! Behutsam schiebe ich Roni in Richtung Forstklause. So sind wir noch in jeden Club reingekommen, wäre doch gelacht, wenn das nicht auch hier klappt.

Da öffnet sich die Tür erneut, Angestellte des Wirtshauses tragen einen Tisch und vier Stühle heraus.

«Jetzt klären wir die Sache ein für alle Mal!», ruft der Wirt wie ein Herold. «Beim Wettessen.» Erstauntes Gemurmel läuft durch die Lager. «Zwei gegen zwei, ein Paar aus Tiefenwalde gegen ein Paar aus Fahlenberg. Wer gewinnt, dessen Dorf bekommt eine Reservierung auf Lebenszeit. Die anderen können nach Hause gehen.»

«Aber wir können doch erst mal darüber reden», schlägt mein Vater vor. Ausnahmsweise hört ihm keiner zu.

Ein Mann hat sich aus den Reihen der Fahlenberger gelöst. Ich habe ihn schon mal gesehen: Er ist der Bürgermeister des Nachbarorts. Auch unser Bürgermeister macht sich auf den Weg nach vorn. Die beiden palavern mit dem Wirt. Schließlich schütteln sie sich die Hände. Was geht denn hier ab?

Während die anderen die Verhandlungen verfolgen, haben Roni und ich fast die Forstklause erreicht. Da sieht Roni den

Tisch. «Warum in die Ferne schwanken?», fragt sie, macht sich von mir los und schlingert auf den Tisch zu.

Ein Raunen geht durch die Tiefenwalder.

«Sollten wir nicht erst mal abstimmen?», ruft ein pickliger Bauernlümmel, den ich noch nie gesehen habe. Ein paar Männer und Frauen, die ihm wie aus dem Gesicht geschnitten sind, geben ihm recht.

Da tritt meine Oma vor und ruft Roni zu: «Bei uns muss niemand hungern. Setz dich ruhig, mein Kind.»

Die hat echt einen schlechten Einfluss. Aber der Bauernlümmel und seine Bagage verstummen. Ich laufe zu Roni. «Ist dir eigentlich klar, worum es hier geht?»

«Um Grünkohl mit Hirnwurst?»

«Nein, um Tiefenwalde!»

Für einen Moment schaut sie mich ernst an. Dann kiekst sie: «Ich dachte, das ist dir wurscht?»

Schlimmer kann es nicht kommen. Aber heißt es nicht, «in guten wie in schlechten Zeiten»? Ich stelle mich neben Roni. Als nüchterne Hälfte.

«Das Paar aus Tiefenwalde haben wir», ruft der Wirt. «Und wie sieht es bei den Fahlenbergern aus?»

Das habe ich nicht gewollt.

Hinter mir höre ich meinen Cousin Mike «O nein!» rufen und dann Carstens schrilles Lachen. Roni dreht sich zu mir um.

«Willst du im Stehen essen?»

Jetzt ist sowieso alles futsch, da kann ich mich auch setzen.

Bei den Fahlenbergern gibt es Diskussionen um die perfekten Gegner für uns. Anscheinend kann man unser Fassungsvermögen nicht einschätzen. Schließlich teilt sich die Masse und gibt eine Frau frei, doppelt so dick wie Roni, deutlich größer, auf dem breiten Hals das Gesicht einer osteuropäischen Gewichtheberin.

«Zickezackezicke, ich habe einen Mast gesehen», ruft Roni. «Ach nee, sorry, war nur ihr Bein.»

Die Gewichtheberin fletscht die Zähne in unsere Richtung; zu ihr hat sich ein Typ von noch massiveren Ausmaßen gesellt. Kurzatmig wanken die beiden auf uns zu. Sie setzen sich Roni und mir gegenüber.

Ich mustere den Typ und blicke in leere Augen. Aus seinem Mundwinkel rinnt Speichel. Sein Atem rasselt, ich rieche Lockstedter – vermutlich ist er schon länger hier und hat sich die Zeit mit Trinken vertrieben. Die Frau, die gegen Roni antritt, kommt mir irgendwoher bekannt vor. Vielleicht von der Leichtathletik-WM im Fernsehen?

Aus den Reihen der Tiefenwalder ist Cousin Mike herangekommen; er stellt sich hinter mir auf. «Hallo, Rocky», sagt er. Die trüben Augen des Riesen lösen sich kurz von meinem Gesicht; er versucht Mike zu fokussieren. Ein böses Blinzeln. Mike beugt sich über meine Schulter und flüstert mir ins Ohr: «Den kenne ich vom Golfclub, Cousin.»

«Du bist im Golfclub?»

«VW Golf, du Nase. Aber was viel wichtiger ist: Sein Opa hat damals unseren Opa von hinten umgehauen. Das ist deine Chance, die Familienehre wiederherzustellen.»

Auch das noch. Drunter geht's wohl nicht. Mike klopft mir aufmunternd auf die Schulter und zieht sich wieder zurück.

Der Wirt verliest unsere Namen, beginnend mit meinem. Ein Aufatmen geht durch die Reihen der Fahlenberger. Die Gewichtheberin zuckt zusammen, fletscht wieder die Zähne in meine Richtung. Oder ist das ein Lächeln?

«Butzi?»

Ich kneife die Augen zusammen, um sie besser zu erkennen, aber ich habe sie noch nie …

«Sandra», hilft sie mir auf die Sprünge. «Sandra Schademann! Der Karpfenteich!»

Ich fasse es nicht.

«Heißt das, ihr beiden habt …», quiekt Roni.

«Nein», sage ich.

«Ja», sagt Sandra und errötet. «Sogar ziemlich oft.»

Sie erzählt, dass sie kurz nach meinem Wegzug nach Fahlenberg eingeheiratet, fünf Kinder bekommen und dabei wohl ihr Idealgewicht verloren hat. «Ja, und das», sagt sie, «ist mein Mann Rocky.»

«Hmpf», macht Rocky.

In den Lagern wird es unruhig. Der Wirt ruft zum Wiegen auf. Roni bringt 63 Kilogramm auf die Waage, ich 82, Sandra 98 und Rocky 122.

Auf dem Tisch stehen Teller mit dem Wappen der alten Gemeinde Tiefenwalde-Fahlenberg. Echte Raritäten, meine Oma hat solche in der Vitrine, da kostet jeder ein Vermögen. Die wahre Kostbarkeit aber sind zwei goldene Medaillen, die an einer Keramikskulptur in Form einer aufgefächerten lippischen Palme hängen.

Das Personal der Forstklause trägt einen großen Kessel heran. Darin blubbert ein grünbrauner Brei, in dem ein paar rote Bregenwürste mit Fettplocken schwimmen. Rocky rülpst präventiv. Mit bedeutungsvoller Miene portioniert der Wirt je eine Riesenkelle Grünkohl mit Wurst auf den Tellern. Rocky fängt sofort zu essen an.

«Rocky!», ruft Sandra. «Wir sind hier nicht zu Hause.»

Die Fronten der Tiefenwalder und Fahlenberger rücken näher heran. Keine Chance zur Flucht. Ich spüre meine Familie im Rücken. Eigentlich sollte sie ein starker Halt sein. Aber ich höre ihr misstrauisches Wispern: «Schon immer ein schlechter Esser», «nur zwei Kartoffelklöße», «bloß drei Stück Kuchen», «nicht mal ein halbes Graubrot!»

Schließlich schneidet Carstens Stimme den Zweiflern das Wort ab: «Ich weiß gar nicht, was ihr alle habt. Der Typ wohnt in Bayern, da muss man doppelt so viel essen wie bei uns.»

«Sogar Fleischpflanzen», ergänzt Benni.

Ich fasse neuen Mut. Carsten beginnt in Stadion-Manier zu grölen: «Oleee, Ole, Ole, Oleeeee – der Butzi schafft das –

Oleeee.» Ich höre erst meinen Vater einstimmen, unverkennbar, er hat mal einen Gospelchor geleitet, dann meine Mutter. Jetzt gibt es kein Zurück.

«Gegessen wird, bis einer aufgibt», erklärt der Wirt. «Messer und Gabel dürfen nicht aus der Hand gelegt werden. Wer länger als zwanzig Sekunden nicht kaut oder schluckt, wird disqualifiziert. Wer aufsteht, wird disqualifiziert. Lässt sich ein Wettkämpfer von jemandem helfen, wird er ebenfalls disqualifiziert. Haben mich alle verstanden?»

Wir nicken.

Der Wirt breitet die Arme aus. «Drei-zwei-eins – los.»

Ich haue rein. Man kann ja über die lokalen Bräuche sagen, was man will, aber Grünkohl schmeckt einfach lecker. Die Wurst ist auch super. Ich werde einfach essen, bis ich platze. Ein ehrenhafter Tod, sehr patriotisch.

Rocky hat den Löffel als Waffe gewählt. Mit leerem Gesichtsausdruck schaufelt er Grünkohl in sich hinein, ohne zu kauen. Wie ein Zombie. Nach etwa dreißig Sekunden ist sein erster Teller leer, bis auf die Wurst. Er zögert kurz und schaut zu Sandra, die, genau wie Roni, vollauf mit Essen beschäftigt ist. Rocky greift die Wurst mit der Hand, schiebt sie sich ganz in den Schlund und würgt sie unzerkaut herunter. Eklig, aber effizient.

Als er das erledigt hat, grinst er mich an. Zum ersten Mal entdecke ich so etwas wie Freude in seinem Gesicht. «Hehe», lacht er mit erstaunlich hoher Stimme.

Während ich die zweite Portion esse, wiederholt Rocky sein Spielchen fünfmal: Grünkohl schaufeln, Blick zu Sandra, Wurst in den Mund, herunterwürgen, nachfüllen.

Als er sich gerade die sechste Pinkelwurst in den Hals schiebt, dreht sich Sandra zu ihm um. «Rocky!», schimpft sie. «Nimm gefälligst Messer und Gabel!»

Rocky erschrickt und gibt ein Geräusch von sich, das wie ein Zustöpseln klingt. Er zuckt, seine Backen zittern, er lässt den Löffel fallen und läuft rot an.

«Was ist denn?», fragt Sandra mit besorgter Stimme, bekommt aber bloß ein Röcheln zur Antwort.

Rockys Gesichtsfarbe wechselt ins Dunkelrote, dann ins Blaue. «Schluck!», befiehlt Sandra, «oder kau!»

Sekunden vergehen. Sieht denn keiner, dass hier ein Mensch erstickt? Der Wirt ist damit beschäftigt, den Kohl umzurühren, die Dorfbewohner sind im Zuschauen erstarrt. Rockys Gesicht wird lila. Die Wurst steckt fest, er kriegt sie allein weder runter noch raus. Verdammt, steh doch auf, Mann!

Sandra hält inne und legt den Löffel neben den Teller. Wenn sie Rocky hilft, werden die beiden disqualifiziert und können aus Fahlenberg wegziehen. Und ich? Sandra sieht mich mit einem Blick an, den ich früher sehr mochte. Was soll's. Ich bin ja eh schon weg.

Aus dem Sitzen schwinge ich mich quer über den Tisch auf Rockys Brust. Dabei trete ich seinen Teller kaputt, zack, Sachschaden, egal, hier geht es um ein Menschenleben. Rocky reißt die Arme hoch und kippt samt Stuhl nach hinten. Ich lande mit voller Wucht auf seinem massiven Brustkorb. Rocky würgt. Gut so. Mit Daumen, Zeige- und Mittelfinger greife ich in seinen offenen Mund und bekomme etwas Wurstzipfelartiges zu fassen. Hoffentlich ist das nicht sein Zäpfchen! Es gibt nur einen Weg, das herauszufinden: Ich ziehe. Rockys Kehle entwindet sich ein mehrdeutiges Geräusch, dann halte ich die Wurst in der Hand. Er keucht, also atmet er.

Der Wirt tritt vor und gestikuliert nach Art eines Ringrichters.

«Das Essen der Männer ist durch Disqualifikation beendet. Sieger ist Rocky aus Fahlenberg, weil Butzi aus Tiefenwalde regelwidrig seinen Platz verlassen hat.»

Empörung brandet unter den Tiefenwaldern auf. «Aber der junge Mann mit der Essstörung wäre sonst erstickt», höre ich meinen Vater rufen.

«Regeln sind Regeln», entgegnet der Wirt.

«Haste gut gemacht», murmelt Roni mit vollem Mund. «Ich kümmere mich um das hier.»

Sandra schaut sie zweifelnd an.

«Ich kann jetzt nicht aufgeben», sagt sie mit vollen Backen. «Das hier ist wichtig für uns.»

«Es wird nicht alles so langsam gegessen, wie es gekocht wird», kontert Roni.

Sie ist immerhin die Tochter einer Köchin und eines Bayern. Wenn eine das Unentschieden herausholen kann, dann sie. Aber was kommt danach? Verlängerung? Ich schaue mich schon mal nach Fluchtwegen um.

Eine halbe Stunde später haben sich die Tiefenwalder und Fahlenberger auf Baumstümpfe, mitgebrachte Campingstühle und ins Moos gesetzt. Es ist kaum noch auszumachen, wer wohin gehört. Ein paar Jungs von hier schäkern mit Mädchen von dort, ein paar alte Herren spielen Skat. Roni hat eben ihre fünfte Portion heruntergewürgt. Sandra mampft munter an ihrer siebten.

«Kann ich noch ein Pils haben?», ruft Roni, und ich sehe, dass ihr bereits die Augen zufallen.

«Oleee, Ole, Ole, Oleeeee – die Roni schafft das – Oleeee», intoniert Carsten. Zu spät.

Roni lässt den Löffel fallen. «Ich kann nicht mehr», stöhnt sie. Ein enttäuschtes «Ooooh» von der Tiefenwalder Seite.

Der Wirt tritt an den Tisch. «Die neuen Grünkohlkaiser kommen aus Fahlenberg!», ruft er.

Die Fahlenberger jubeln. Auch die Tiefenwalder applaudieren artig. Der Wirt will Sandras und Rockys Arme in die Höhe reißen, aber die beiden machen sich los und stehen mit hängenden Köpfen einfach nur da. Als ich Roni aufhelfe, nimmt er eine der zwei Medaillen von der Grünkohl-Keramik, legt sie Sandra um den breiten Hals und schüttelt ihr die Hand. Dann gratulieren die Bürgermeister von Tiefenwalde und Fahlenberg. Das war's dann wohl.

Während meine Eltern Roni und mich zurück in den Kreis

der Familie führen, bekommt auch Rocky seine Medaille umgehängt. Doch als der Wirt ihm die Hand geben will, schlägt Rocky sie aus. Er setzt wieder seinen starren Blick auf und tappst los. Hinter uns her.

«Halt!», kiekst er. Ich drehe mich um. Schritt für Schritt kommt der Riese auf mich zugewankt. Hoffentlich kriege ich jetzt nicht noch eins auf die Nase, weil ich ihn angesprungen habe. Aber Rocky ist so voll, dass er sich kaum bewegen kann; es dauert eine Weile, bis er bei mir angekommen ist. Als er endlich vor mir steht, kann ich seinen Atem rasseln hören. Die Tiefenwalder und die Fahlenberger schweigen. Die Vögel auch. Jetzt liegt wirklich Geschichte in der Luft.

«Ich wollte dich plattmachen», verkündet Rocky mit fester Stimme, die nun die ganze Lichtung erfüllt. «Ich wollte besser sein als du. Sandra hat jahrelang von dir geschwärmt. Ich habe dich gehasst.»

«Aber du weißt doch gar nichts über mich», wende ich ein.

Rocky mustert mich schweigend. Dann führt er die Arme hinter den Kopf und löst das Band. Ich kann gar nicht anders, als den Kopf zu neigen. Rocky legt mir seine Medaille um. «Doch», sagt er. «Ich weiß alles über dich, was man über einen Freund wissen muss.»

Er streckt mir die Pranke hin. Ich ergreife sie. Rocky reißt meinen Arm hoch wie den eines Siegers. «Zickezackezickezacke!», ruft er. Und von beiden Seiten fallen Tiefenwalder und Fahlenberger ein: «Heuheuheu!»

«Wurde ja auch Zeit», höre ich Roni sagen. «Ich kann einen Schnaps gebrauchen.»

Auch Sandra ist gekommen, um Roni ihre Medaille umzuhängen. Sie lässt ihre Hände noch einen Moment auf Ronis Schultern liegen. «Pass gut auf den Butzi auf», sagt sie.

«Mach ich», antwortet Roni und nimmt Sandra in den Arm wie eine verschollene, sehr große Schwester. Ich höre das rhythmische Klatschen auf beiden Seiten lauter werden und sehe, dass sich die Bürgermeister von Tiefenwalde und

Fahlenberg die Hände reichen. Meine Oma geht auf die Tiefenwalder zu, aus deren Gruppe sich eine andere alte Frau löst. Die beiden umarmen sich.

Jetzt gibt es kein Halten mehr: Seit Jahrzehnten verfeindete Clans liegen sich in den Armen, Jungs aus Tiefenwalde stehen schüchtern vor Mädchen aus Fahlenberg, ich sehe meine Eltern lachend neben einem Ehepaar, das ich nicht kenne, das aber auch nach Therapeuten aussieht.

«So.» Der Wirt ergreift das Wort. «Eigentlich müsste ich die aus Tiefenwalde jetzt nach Hause schicken …»

«Schmarrn», ruft Roni. «Jetzt isst zusammen, was zusammengehört.»

«Jawoll! Eine Rede, Euer Majestät!», fordert Carsten.

Roni tritt verlegen von einem Bein aufs andere. Inmitten von Fahlenbergern und Tiefenwäldlern, die den Gast aus Bayern erwartungsvoll ansehen, hebt sie den Kopf und schaut in die Runde. «Wo ich herkomme», ruft sie, «rückt man zusammen, wenn es eng wird.»

Ich wundere mich über ihre Courage. Sonst ist Roni doch eher zurückhaltend? Andererseits ist sie jetzt eine lokale Autorität, auch wenn sie dieses Wort in ihrem Zustand wohl nicht mehr aussprechen könnte.

«Ihr seid nicht allein mit eurem Konflikt. Auch zwischen Bayern und Norddeutschen gibt es Probleme», ruft sie. «Das habe ich am eigenen Freund erfahren. Aber Probleme kann man aus der Welt räumen, wie alte Schränke oder Umzugskisten.» Sie sieht kurz zu mir herüber, richtet den Blick dann wieder nach vorn. «Ihr seid zwei Dörfer, die einmal eins waren. Seit Jahrzehnten balgt ihr euch, könnt nicht miteinander, aber auch nicht ohne einander. So, wie ich es sehe, ist das Liebe. Die ist oft nicht leicht verdaulich und geht durch den Magen – wie Grünkohl.» Sie hickst, erhebt noch einmal die Stimme: «Wo ich herkomme, gibt es ein Sprichwort: Wenn's Oascherl brummt, is' Herzerl gsund. Guten Appetit!»

Es ist die große Wiedervereinigung. Alle tanzen, trinken

und essen, außer uns Finalisten; wir sind noch wettkampfgeschwächt. Roni wechselt von einem Stuhl auf den nächsten. Anscheinend hat sie wirklich vor, jeden meiner Verwandten persönlich kennenzulernen. Auch Carsten und ich haben uns einiges zu erzählen. Wir waren früher beste Freunde, bis wir, bis wir ... «Ja, was ist eigentlich passiert?», frage ich ihn.

«Du bist abgehauen, und jetzt biste wieder da.»

Darauf stoßen wir an.

Nach dem Essen eröffnet der Wirt den Tanz, und ich werde beim ersten langsamen Oldie von Sandra aufgefordert. Sie legt ihre Arme um meinen Hals, ich meine Hände auf ihre breiten Hüften. Seltsam, dass sie sich so verändert hat, früher war sie ein richtiger Feger. Ich habe ja schon mal gehört, dass man sich nach der Hochzeit gehenlässt. Aber gleich so? Wie wird Roni wohl in zehn Jahren aussehen? Mich würde ja auch interessieren, wie meine anderen Exfreundinnen sich gehalten haben und ob die auch schon alle verheiratet sind. Aus den Augenwinkeln sehe ich eine junge Frau, die mir bekannt vorkommt. Nicht, dass ich mich für andere Frauen interessiere, aber rein interessehalber –

In dem Moment legt Sandra ihren Kopf an meine Schulter, was mich kurz aus dem Gleichgewicht bringt. Ich darf jetzt nicht mit ihr umkippen. Zum Glück kommt wenig später Rocky zum Abklatschen.

Gegen vier Uhr morgens, als die Party langsam abebbt, überreicht uns der Wirt, wie es das Zeremoniell verlangt, den Schlüssel zur Forstklause. Rocky, Sandra, Roni und ich sind die letzten Gäste. Wir schließen ab und verabschieden uns an der Kreuzung, an der links der Weg nach Tiefenwalde und rechts der nach Fahlenberg abzweigt. Diesmal trinken wir keinen Schnaps, die Stimmung ist schon feierlich genug.

«Mein Freund», sagt Rocky und umarmt mich.

«Bis bald», sagt Roni zu Sandra. Und die entgegnet: «Bis zu eurer Hochzeit.»

Als wir ein paar Meter gegangen sind, meint Roni: «Es ist

doch schön, wenn man einen Menschen wiedertrifft, den man früher mal geliebt hat, oder?»

Ich sage nichts dazu. Ob sie wohl manchmal noch an Christoph denkt?

«Was machst du eigentlich, wenn ich so zunehme wie Sandra?», fragt Roni.

«Ach, ich finde es ganz schön, wenn Frauen ein paar Kurven haben», sage ich.

«Sonst hättest du auch nicht so eng mit ihr getanzt.»

Anscheinend hat der Alkohol sie ein bisschen streitlustig gemacht. Es ist noch nicht ganz hell. Ab und an stolpert Roni und stänkert, dass ich «meine Wurzeln» überall herumliegen lasse.

Mich interessiert vielmehr, was sie so alles mit meiner Familie zu bereden hatte. Schließlich hat Roni selbst mit Verwandten gesprochen, mit denen ich noch nie ein Sterbenswörtchen gewechselt habe.

«Es ging um die Hochzeit», lallt sie und stützt sich auf meinen Arm.

Jetzt komme ich doch nicht umhin, sie zu bewundern. «Alle Achtung», sage ich. «Du hast echt jedem Einzelnen persönlich erklärt, warum wir die Zahl der Gäste klein halten müssen?»

«Blödsinn», murmelt Roni und bleibt stehen. «Ich habe alle eingeladen. Auch deine Ex. Und Carsten. Ist ja jetzt auch meine Familie.»

FUIZFUIGFUI

(hochdeutsch: Viel zu viel Gefühl)

Am nächsten Morgen bringt uns der Wirt als Dankeschön noch einen Leinenbeutel mit Bregenwurst und ein paar Gläsern Grünkohl vorbei. Dann fahren Roni und ich los.

Kaum sind wir auf der Autobahn, bitte ich sie, unsere Gästeliste zusammenzuschreiben. Gemeinsam überlegen wir, welcher Cousin zehnten Grades zu Hause bleiben würde, streichen oberflächliche Bekannte von der Liste, beschließen unsere Vermieter nicht einzuladen und vollenden hundert Kilometer vor München das wertvolle Dokument. Darauf stehen insgesamt dreihundertundsieben Leute – und oben drüber: «Butzis Liste».

Nach zehn Stunden Fahrt kommen wir in unserer Straße an. Ich bin hundemüde und will nur noch ins Bett. Als ich in die Tiefgarage fahre, schaut Roni aus dem Fenster und meint: «Komisch, der Typ da an der Hauswand sah aus wie Christoph. Weißt schon, der aus Nepal.»

Mit einem Schlag bin ich hellwach. «Echt? Trug er Lederhaut und Dreadlocks bis zum Hintern?»

«Nee, der sah eher ganz gut aus. So wie früher.»

«Da hast du dich bestimmt vertan.»

Als wir aus der Tiefgarage kommen, sitzt Nepal-Christoph auf den Stufen zu unserem Hauseingang. Er trägt eine Wolljacke, eine Öko-Umhängetasche und schon wieder eine Rose. Roni lässt den Beutel mit der Wurst und den Grünkohlgläsern fallen.

Es klirrt.

«Chrissie?» Ihre Stimme bebt.

«Vero?»

Ich beschließe, den Grünkohl dranzugeben und einer Umarmung zuvorzukommen. «Sebastian», stelle ich mich vor und strecke meine Hand aus. Zwischen die beiden.

«Seid ihr …?» Seine Augen wandern von Roni zu mir und bleiben an Ronis Gesicht hängen. Er schaut sie an, als habe er ihr zu Ehren in Nepal einen Schrein errichtet.

«Ja!», sage ich. «So gut wie verheiratet.»

«Das ist ja toll!» Christoph lässt meine Hand los, den Rest von mir links liegen und umarmt Roni innig.

Die ist plötzlich wie erstarrt.

Für jemanden, der herzliche Umarmungen nicht einmal von Verwandtschaftsseite duldet, bleibe ich ruhig. Fünf Sekunden lang.

«Ja, war schön, dich mal gesehen zu haben», leite ich die Verabschiedung ein.

«Warum bist du damals einfach …?», bricht es aus Roni heraus. Christoph senkt schuldbewusst den Kopf.

«Ich kann dir das alles erklären. Darf ich mit raufkommen?»

«Nein», sage ich.

«Ja», sagt Roni.

Christoph will auch gar nicht stören, wir seien ja gerade erst nach Hause kommen.

«Du störst nie», behauptet Roni.

Ich dagegen finde, er stört immer. Aber mich fragt ja keiner. Christoph nimmt Roni die Tasche ab, sie sperrt die Tür auf.

Wie ein Welpe nach Weihnachten werde ich auf der Straße zurückgelassen. In einem Scherbenhaufen, der nach Grünkohl mit Bregenwurst riecht.

MIA DOUT'S NOCH DIA

(hochdeutsch: Ich habe dich vermisst)

Roni bittet Christoph ins Wohnzimmer und verschwindet kurz ins Bad, um sich frisch zu machen. Er setzt sich auf unsere Couch. Höchste Zeit, ein paar Dinge klarzustellen. «Das ist mein Platz!», sage ich. Christoph rückt zur Seite. «Das war bildlich gemeint.»

«Ich will dir doch nichts Böses», sagt der Schönling mit Yogalehrerstimme und lächelt ein editorialreifes Lächeln. «Wäre nicht gut fürs Karma.»

«Vor allem wäre das nicht gut für dich», stänkere ich.

«Eifersüchtig?» Christoph lächelt noch breiter. Seine Zähne strahlen, als wären auch sie erleuchtet worden.

«Hey, das mit Vero ist ewig her. Peace?» Er streckt mir seine Hand entgegen.

Habe ich mich kindisch verhalten? Hat nicht jeder Mensch eine Vergangenheit? Und hat nicht ein alter chinesischer Kriegsherr gesagt, man solle seine Feinde dort halten, wo man sie sehen kann?

«Okay», sage ich und ergreife seine Hand. In dem Moment kommt Roni rein.

«Oh, toll, ihr habt euch angefreundet.»

«Du siehst super aus», sagt Christoph, kurz bevor ich das sagen kann.

Roni errötet.

«Was willst du eigentlich hier?», frage ich.

«Alle Wege führen nach Roni», scherzt Christoph.

«Zu Roni», korrigiere ich und verliere die erste Runde wegen Wortspießerei.

Christoph bittet uns, Platz zu nehmen. Er will uns etwas zeigen. Aus seinem Umhängebeutel holt er ein riesiges schwarzes Buch. Darauf steht in Lackdruck, der sich glänzend schwarz von der mattschwarzen Pappe abhebt: «Chris Nepal».

«Mein Label», flüstert er. «Weißt du noch, dass ich immer hin und her gerissen war zwischen Modedesign und Sozialpädagogik? Dass ich nie wusste, ob ich die Menschen besser oder schöner machen soll? Ich habe einen Weg gefunden, das eine mit dem anderen zu verbinden.»

Er erzählt, er habe in Nepal eine Textilfabrik gegründet, in der Straßen- und Waisenkinder eine Schneiderlehre machen können. Seine Klamotten werden unter besten Bedingungen für fairen Lohn geschneidert und sehen gar nicht so ethnomäßig aus, wie ich gehofft hatte; eher stylish, wie sich Pete Doherty anziehen würde, wenn er wandern ginge.

Dann greift Christoph erneut in die Tasche und zieht zwei schwarze Karten heraus. Darauf steht: *fashion show/munich/september 1st/queens club.*

Roni hat ihn die ganze Zeit nur schweigend angesehen.

«Und, was sagst du?», will Christoph jetzt von ihr wissen.

Sie schüttelt den Kopf, als müsse sie unangenehme Erinnerungen verscheuchen.

«Das ist toll. Toll, dich zu sehen», sagt sie langsam und sieht mich dabei forschend an.

«Ja, super», bestätige ich tonlos. «Bestimmt lädt dich der Dalai Lama als Dank für die Aktion zum Tee ein.»

«Daran habe ich auch schon gedacht.»

Zu seiner Show hat Christoph Fashionredakteure renommierter Modemagazine eingeladen. Für Models, Catering und Ausstattung sind allerdings seine gesamten Ersparnisse draufgegangen. Roni nickt nachdenklich.

«Also geht es um Knopf und Kragen.»

Wenn Christoph gute Presse kriegt und viel verkauft, will er eine zweite Modenschau organisieren, in Berlin.

«Mit dem Erlös der Verkäufe möchte ich den Arbeitern in meiner Fabrik ein besseres Leben ermöglichen.»

«Das sagtest du bereits», bemerke ich und verliere die

zweite Runde wegen Kleinlichkeit. Ich muss mich echt zusammenreißen, sonst läuft das hier noch aus dem Ruder.

Christoph blättert in seinem schwarzen Buch zum hinteren Drittel. Er schlägt eine Seite mit einem Brautkleid auf. Ronis Augen funkeln.

«Schau mal», sagt sie mit einem Seitenblick zu mir. «Wie findest du das?»

«Sieht toll aus», muss ich zugeben. «Was soll es denn kosten?»

«Für euch würde ich natürlich einen Sonderpreis machen.»

Ich wiegele ab.

«Wenn das Geld armen Menschen zugutekommt, will ich den vollen Preis zahlen.»

«Du bist ein guter Mensch. Sagen wir 10000 Euro», sagt Christoph. «Fair Trade ist teuer. Und das hier ist Fair Trade Haute Couture.»

Roni schaut immer noch mit leuchtenden Augen das Brautkleid an. Und dann mich.

«Mhm», sage ich vieldeutig. Christoph und Roni antworten gleichzeitig: «Danke.»

Allerdings hängt die Idee mit der Modenschau an einem seidenen Faden: Da Christoph sein ganzes Vermögen in die Produktion gesteckt hat, konnte er den Transport der Sachen nach Deutschland nicht mehr bezahlen. Ein befreundeter Händler hat ihm versprochen, seine Kollektion unter einer Ladung Billigware durch den Zoll zu schmuggeln.

«Das merken die Beamten nie im Leben. Die können ja Haute Couture nicht von Prêt-à-porter unterscheiden. Und wenn die Sachen hier sind, gehört die Modewelt den Kindern von Nepal», sagt Christoph mit Gutmenschblick.

Wenig später werde ich zur Tankstelle geschickt, um neues Bier zu holen. Als ich wiederkomme, steht er hinter Roni, seine Hände liegen auf ihren Hüften.

«Das ging jetzt aber schnell», finde ich.

«Eigentlich solltest du das gar nicht sehen», stottert Roni.

«Eigentlich solltet ihr das gar nicht machen.»

Roni verdreht die Augen. «Wir probieren das Hochzeitskleid an, du Depp.»

Jetzt erkenne ich, dass Christoph ein Maßband in der Hand hält. Als Nächstes vermisst er Ronis Busen.

«Es ist wunderbar», murmelt er dabei. «Als hätte ich es nur für dich entworfen.»

Ich räuspere mich.

«Gute Nachrichten», meint er und schaut mich triumphierend an. «Das Original wird Vero perfekt passen. Ich könnte es dir für 9500 geben, und keiner muss leiden.»

«Ach, weißt du, wer schön sein will, muss leiden», fasele ich und verliere auch noch die dritte Runde wegen schlecht platzierter Sprüche.

BAGGMA'S 1

(hochdeutsch: Wir packen es an 1)

Sicherheitshalber sage ich statt «Roni» und «ich» jetzt lieber «wir». Wir haben ein Brautkleid ausgesucht, jetzt müssen wir nur noch den perfekten Ort zum Heiraten finden. Der erste Kandidat auf unserer Liste ist ein Gasthof am Ichtlfinger See. Der Besitzer, ein aus Hessen zugezogener Klamotten-Bayer, zeigt uns den großen Saal, das benachbarte Spielzimmer für die Kinder, die Bühne und einen kleinen Biergarten unter einer Eiche, wo wir bei schönem Wetter draußen sitzen können. Mir gefällt das Anwesen sehr, der Wirt versteht hochdeutsch, und unser Wunschtermin, der 13. September, ist auch noch frei.

«Sogar eine Bar zum Versacken haben Sie hier!», freue ich mich.

«Versackt wird hier nicht», antwortet der Wirt. «Um Mitternacht machen wir das Licht aus. Wegen der Anwohner.»

«Dann können wir ja den ganzen Abend Mord im Dunkeln spielen», flüstert mir Roni ins Ohr.

Wir schütteln den Kopf und wenden uns zum Gehen.

«Tschüss» sagt der Wirt; es klingt wie «Schiss».

Die nächste Station ist ein traumhaftes Schloss bei Tennling. «Unser Haus ist so beliebt», prahlt der Schlossherr, «dass hier immer mehrere Hochzeiten gleichzeitig stattfinden.»

«Also kann es sein, dass draußen beim Empfang drei Bräute herumlaufen?», will Roni wissen.

«Das wird sogar garantiert so sein. Da hat der Bräutigam freie Wahl, hahaha.»

«Das ist nichts für uns», bestimme ich. «Bei unserer Hochzeit soll es nur eine Braut geben.»

Und so geht es weiter: Eine malerische alte Mühle, so idyllisch, dass sie schon fast kitschig wirkt, wäre perfekt, ist nur blöderweise für die nächsten zweihundert Jahre ausgebucht. Das Vereinsheim der «Steppbrothers», einer Schuhplattlerformation, in der auch James tanzt, sieht zwar herrlich rustikal aus, es gibt auch keine Sperrstunde, bloß haben Frauen dort keinen Zutritt. Ein absoluter Reinfall.

Auf dem Weg nach Hause schauen wir spontan bei Regina und Knoll vorbei. Sie sitzen bei Kaffee und Kuchen in der Küche auf der Eichenholz-Eckbank. Auf meinem Stammplatz neben Knoll hockt –

«Christoph.» Roni schaut ihn verdattert an. «Was machst du denn hier?»

«Ach, ich war in der Gegend, und da dachte ich mir, ich melde mich mal lieber beim Chef zurück.» Er stupst Knoll sachte mit der Faust gegen die Schulter. Knoll lacht gutmütig. «Und außerdem wollte ich deine Eltern zur Modenschau einladen. So etwas gibt es in Dumbling doch nicht.»

Roni scheint nicht zu wissen, wohin mit sich, und verschwindet erst mal in den Keller, um Nachschub an selbstgemachten Marmeladen zu holen.

«Hallo, Knoll, wie geht's?», frage ich.

«Seavas, guaddankedernachfrage», murmelt er und wendet sich wieder Christoph zu.

Der erzählt weiter: «In Kathmandu hob i mia a Royal Enfield gholt – a Riesnvieh! Die ging ob, Knoll, mei. Amoi, da hod's mi boid sauber aufgstellt, denk dia, do hot die Stroßn in da Mittn aufgheat.»

Klar, Christoph spricht fließend Bairisch und kennt sich mit Knolls Lieblingsthemen aus: Reisen und Motoren. Mein zukünftiger Schwiegervater deutet mit dem Kopf auf den leeren Platz neben Christoph.

«Hock di hera, do samma mehra.»

Mir bleibt nichts anderes übrig, als mich neben Christoph zu setzen.

«Warst du auch mal in Nepal?», will er von mir wissen.

«Nein», gestehe ich.

Knoll nickt abwesend und wendet sich wieder an meinen Erzfeind. «Bist aa beim Durga Puja gwein?»

Christoph schließt die Augen und bewegt den Kopf träumerisch von links nach rechts, als lausche er den Klängen einer Sitar, die tief aus seiner Erinnerung emporsteigen. Er summt eine schiefe Melodie und murmelt verzückt: «Mei, Knoll, die Gaudi des Jahres.»

Ich sehe zu Knoll hinüber, der ebenfalls die Augen geschlossen hält und denselben fernen Klängen zu lauschen scheint. Ich räuspere mich. «Äh, Knoll, hast du mal eine Zigarette?»

Christoph schlägt die Augen auf. «Klar», antwortet er ungefragt, zieht eine Packung Marlboro aus seiner Hemdtasche und hält sie mir hin. «Ich würde ja mitkommen, aber wir waren gerade eine rauchen.»

Also gehe ich allein vor die Tür. Nach einer Weile stellt sich Regina neben mich auf die Veranda.

«Na, mein zukünftiger Schwiegersohn, was machst du hier draußen so allein?»

«Ach, bei Knoll und Christoph kann ich nicht mitreden.»

«Und da haust du ab nach draußen und überlässt ihm das Feld? Wenn Knoll eine Exfreundin hätte und die würde bei seinen Eltern auftauchen … also, die würde ich sauber zammfallen lassen.»

Ich seufze. «Der Typ ist so perfekt. Er sieht besser aus als ich, ist durchtrainierter, kleidet sich besser, kennt sich aus in der Welt und spricht sogar Bairisch.»

«Aber er hat meine Tochter im Stich gelassen. Die Roni ist wochenlang nicht aus dem Zimmer gekommen und hat nur Schwarz getragen. Das verzeihe ich ihm nie.»

Als ich wieder hereinkomme, sitzt auch Roni im Wohnzimmer und schaut Christoph an. Sie trägt schon wieder den Ansatz eines Lächelns auf den Lippen.

«Da bist du ja wieder. Ich habe gerade unser Hochzeitsproblem angesprochen. Christoph hat eine tolle Idee: Sein Onkel renoviert gerade einen alten Gasthof mit Ballsaal. Eigentlich soll der erst im Dezember eröffnen, aber Christoph meint, wenn er ein gutes Wörtchen für uns einlegt, könnte der Onkel uns vielleicht aus der Patsche helfen.»

«Für Roni tue ich alles», ergänzt Christoph und zeigt zwei Reihen makelloser Bergsteigerzähne. «Wirklich alles», wiederholt er und lächelt Regina dabei an. Die grinst böse zurück.

«Ja, zum Beispiel, nach Nepal abhauen!», entgegnet sie spitz. Christoph rutscht verlegen auf seinem Sessel herum.

Ich fühle mich etwas besser.

Knoll hat noch einige Hochzeitstipps auf Lager: ein umgebauter Kuhstall, ein altes bayerisches Schloss und wieder der nicht mehr so geheime Geheimtipp: «Trachtlerhof.»

«Knoll, darüber haben wir doch schon gesprochen. Ihr habt da geheiratet, und ich habe mich da bis auf die Knochen blamiert. Wir hätten gern unseren eigenen Saal.»

«Da kenntets glei an Termin kriagn. De hom an großn Danzbodn.» Er winkelt die Arme an und macht eine Jogging-Bewegung. Christoph grinst und macht die Bewegung nach. Knoll fragt: «Ia woits scho donzen?»

Roni nickt. «Ja, aber der Waschtl will keinen Tanzkurs mit mir machen.»

«Verstehe ich gar nicht», meint Christoph, bevor ich etwas sagen kann. «Roni und ich haben damals in der Schule den ersten Platz belegt.»

«Aha?»

Ein roter Schatten huscht über Ronis Gesicht. Sie zuckt mit den Schultern. Christoph grinst. «Wenn du willst, kann ich mit dir Walzer üben – es wäre mir eine Ehre.»

Bevor ich intervenieren kann, steht Regina auf.

«Nein, mein Lieber. Das macht mein zukünftiger Schwiegersohn schon selbst. Aber *mir* könntest du einen Gefallen tun», sagt sie. «Schau dir doch mal meinen Garten an. Du kennst dich ja aus mit schönen Sachen.»

Sie hakt sich bei ihm ein und zieht ihn nach draußen. Knoll geht Bier holen. Ich bin mit Roni allein. «Und?», fragt sie.

«Okay, ich frage James, ob er uns Walzer beibringt.»

Roni beugt sich vor und gibt mir einen Kuss.

Kurz darauf kommt Regina wieder herein. Ohne Christoph. «Der musste plötzlich weg», sagt sie und zwinkert mir zu. «Wie immer.»

BITTSCHEE

(hochdeutsch: Darf ich bitten?)

Roni hat es so gewollt. Gut, Christoph hat mich provoziert, aber angefangen hat Roni. Jetzt kann ich für nichts mehr garantieren. Ich stehe mit dem Rücken zur Wand – im Wohnzimmer von James, bereit zum Nachhilfeunterricht in Sachen ¾-Takt. Roni tippelt von einem Bein aufs andere, ich habe weiche Knie. Beides nicht die besten Voraussetzungen, um zu tanzen.

James lehnt im Türrahmen und grinst. Kann ich gut verstehen. Roni und ich gehören einer Generation von Einzeltänzern an, miteinander haben wir es erst ein Mal versucht, auf einer Party von Nunja vor einem Jahr: Die meisten Gäste waren schon gegangen, als ein Austauschstudent aus Lateinamerika Tango auflegte. Da zogen mich meine Beine quer durch den Raum auf Roni zu. Wir tanzten los, ohne auf Schrittfolgen und Regeln zu achten. Es ging nur um uns. Die Akustikgitarre steigerte sich in einen wilden Taumel, auf dessen Höhepunkt Roni sich rückwärts über mein ausgestelltes Knie bog. Es heißt, Tango sei der vertikale Ausdruck eines horizontalen Verlangens. Vielleicht war es auch nur der Alkohol. Nunja sagte später, sie sei froh, dass keine kleinen Kinder auf der Party waren, sonst hätte sie wohl Probleme mit dem Jugendamt bekommen. Urs meinte, er hingegen sei froh, dass Roni und ich schon verlobt seien, sonst hätte er mir «eine aufstreichen» müssen.

Seitdem waren wir nicht mehr tanzen. Wir sitzen jetzt lieber. Hat bislang prima funktioniert. Standardtänze sind doch eher was für alte Ehepaare. Wahrscheinlich stehen wir genau deshalb jetzt mit einem Glas Sekt auf dem Holzparkett des Wohnzimmers, das James komplett leer geräumt hat. Er trägt eine Röhrenjeans, die so eng ist, dass ich mir Sorgen um seine Gesundheit mache.

«Okay», ruft er. «Die Herr gibt die Dame die rechte Hand, die Dame gibt die Herr die linke Hand.»

«Bist du die Herr oder die Dame?», frotzele ich.

«Make your jokes», entgegnet James. «Ich lache, wenn du tanzt.» Er stellt sich mit Roni in Walzerhaltung.

«Hast du schon mal getanzt die Walzer?» Roni nickt. «Okay, wir versuchen.»

James drückt Roni leicht nach vorn. Sie weicht zurück. Dann zählt er «Rückseitran, Vorseitran, Rückseitran, Vorseitran» und dreht Roni im Kreis, bis sie ruft: «Stopp! Mir wird schwindelig!»

«Dann die Wiegeschritt.»

Jetzt schunkeln die beiden einfach auf der Stelle von einem Bein aufs andere. Sieht gar nicht so kompliziert aus.

«Wie Oktoberfest im Stehen!», meint James.

Roni lacht. «Das ist echt einfach, probier du mal.» Sie packt mich an der Hüfte und zieht mich aufs Parkett. Dort nehmen wir Haltung an. James geht zur Stereoanlage.

«Okay, show 'em what you've got!»

Langsame Geigen erklingen. Ich versuche, den Takt zu spüren, nicke mit dem Kopf, warte auf den richtigen Moment loszulegen. James zählt langsam: «Einszweidrei, einszweidrei, einszweidrei – und los.»

Mit dem ersten Schritt trete ich Roni auf beide Füße gleichzeitig.

«Mann!», ruft sie. «Erst mal Wiegeschritt!»

«'tschuldigung. Nochmal von vorn.»

Grundhaltung, in den Takt finden – gar nicht so leicht. Ich lasse mir Zeit, bevor ich noch einen Butzi baue.

Irgendwann wird Roni die Warterei zu viel, sie tanzt drauflos, souffliert «einszweidrei, einszweidrei», schiebt mich zurück und dreht mich im Kreis. Ich brauche nur ihren Bewegungen zu folgen, ist ganz einfach. Bis James «STOPP!» ruft.

Ich schaue ihn fragend an. Er grinst.

«Wer von euch beide ist die Herr?»

Wieso unterbricht der uns, lief doch gut?

«Ach komm, James! Das war doch vorhin nicht so gemeint.»

«Waschtl du tanzt die Schritt von die Dame. Roni, du führst. Zurück! Position!» James klatscht in die Hände wie ein Schlossherr, wenn er das Licht ausmacht.

Wir versuchen es noch einmal. Diesmal geht es ein paar Walzerrunden gut. Dann denke ich daran, was wir noch alles erledigen müssen, vergesse, auf meine Füße zu achten, und bleibe stehen. Roni zieht mich weiter.

«Ich führe!», erinnere ich sie.

«Ja, aber dann mach es auch richtig», entgegnet Roni etwas ungehalten.

James ist dazugekommen und stellt uns wieder in Position.

«Sie lässt sich nicht führen», finde ich.

«Peace», mahnt James. «Ihr wollt doch heiraten.»

Wenn uns der Walzer da nicht noch einen Strich durch die Rechnung macht!

Wir versuchen es noch einmal. Plötzlich ist Ronis Fuß unter meinem. Ich kann den neugewonnenen Schwung nicht mehr abfedern und renne Roni über den Haufen. Sie fällt auf den Hintern.

«Mann!», ruft sie genervt. «Pass doch auf.»

«Sorry», sage ich und strecke die Hand aus, um ihr hochzuhelfen. Roni rollt mit den Augen.

«Das gibt einen blauen Fleck», schimpft sie und rappelt sich allein auf.

«Sollen wir machen eine Pause?», fragt James vorsichtig.

«Nein!», schreien wir beide.

Wenigstens darüber sind wir uns einig.

Doch auch unsere nächsten Versuche scheitern – an meinen Füßen. Wahrscheinlich schiebt Roni ihre absichtlich unter meine. Als ich sie mit meinem Verdacht konfrontiere, streitet sie natürlich alles ab.

Nach einer Stunde Rempeln-und-auf-die-Füße-Treten ist die Stimmung so aggressiv wie im Finale eines Karate-Turniers.

Ein weiteres Mal stellen Roni und ich uns voreinander auf. «Die Ellebogen hoch», höre ich James' Stimme. Das hat mein Karatetrainer auch immer zu mir gesagt. In der nächsten Runde konzentriere ich mich auf meine Deckung, vergesse die Füße und trampele Roni mit der Hacke auf den Spann. «Aua!», ruft sie empört, lässt mich los und funkelt mich an. Dann geht sie einen halben Meter zurück und springt mir voll auf den Fuß.

«So!», sagt sie dabei. «Jetzt weißt du, wie sich das immer anfühlt.»

«Heyheyhey», ruft James.

«Sie hat mich getreten», maule ich. «Unterhalb der Gürtellinie.» Roni starrt mich wütend an.

«Christoph hat sich damals nicht so blöd angestellt!»

Das ist wohl der schlechteste Augenblick, ihren Exfreund zu erwähnen. Aber Roni ist anscheinend mal wieder nach Kämpfen zumute, sie hat die Hände zu Fäusten geballt. Ihre Schultern beben.

«Toller Tanzkurs», beschwere ich mich bei meinem Lehrer. «Vielen Dank, hey!»

James geht resigniert in Richtung Stereoanlage, die Hände tief in die Taschen der Röhrenjeans versenkt.

«Vielleicht wir machen Schluss für heute», schlägt er vor.

Aus dem Augenwinkel sehe ich, wie sich sein Fuß im Kabel verheddert, James stolpert, will mit den Händen Halt suchen – doch er bekommt sie nicht aus den engen Hosentaschen heraus. Mit einem lauten Knall schlägt er kopfüber aufs Parkett.

«Fuck», rufen Roni und ich gleichzeitig. Wir stürzen zu ihm, drehen ihn auf den Rücken, ziehen seine Hände aus den Taschen. Auf seiner Stirn zeichnet sich ein dicker roter Fleck ab, der sich langsam nach außen beult.

«James?» Roni schüttelt ihn.

Keine Reaktion.

«Du musst ihn beatmen.»

«Mach du das lieber, du bist eine Frau.»

«Er steht auf Männer.»

Ich hole tief Luft, beuge mich herunter, drücke meine Lippen auf die von James und puste eine volle Ladung Luft in ihn hinein. Sein schmaler Brustkorb dehnt sich etwas, sonst keine Reaktion. Ich richte mich auf und atme nochmal tief ein. Meine Lippen auf seinen, egal, hier geht es um das Leben meines Freundes. James schlägt die Augen auf.

«Waschtl? Shit, what are you doing?»

«Du bist hingefallen.»

«Und dann du versuchst, mich zu vergewaltigen?»

Roni kommt mit einem Geschirrtuch voller Eiswürfel aus der Küche zurück und drückt es ihm auf die Stirn.

«Deine Freund hat versucht, mich zu fummeln.»

Roni schaut mich erstaunt an und schüttelt den Kopf.

«Also manchmal frage ich mich echt ...»

«Was?», entgegne ich gereizt. Roni winkt ab.

Als er sich wieder berappelt hat, möchte James den Tanzkurs fortsetzen, aber für mein Gefühl hat es heute schon genug Verletzte gegeben.

Zu Hause stelle ich Roni zur Rede. Ich bin immer noch sauer, weil sie behauptet hat, ihr Ex könne besser tanzen als ich. Doch anstatt sich zu entschuldigen, schlägt sie sich mit der Hand an die Stirn.

«Den habe ich ja voll vergessen!»

Endlich mal eine gute Nachricht. Leider kommt auch noch eine schlechte: Christoph hat uns eingeladen – in eine Karaoke-Bar um die Ecke, die ein gemeinsamer Bekannter neu eröffnet hat. Lauter alte Freunde werden da sein, die Roni und er schon «jahrelang nicht mehr gesehen» haben. Und Roni will unbedingt hin.

«Ist doch lustig, da können wir alte Kuschelrock-Songs singen, und du kannst dich mal locker machen. Du weißt doch: Alte Lieder rosten nicht!»

Ich ziehe schweigend meine Schuhe aus. Wenn es eines gibt, was ich noch schlechter kann als tanzen, dann ist es singen.

ZEFIX!

(hochdeutsch: Verdammt!)

Nicht, dass ich eifersüchtig auf Ronis Exfreund wäre, aber ich muss den Typen unbedingt loswerden. Deshalb sitze ich mit den Jungs beim Bier im Isarstüberl und überlege, wie wir Chris Nepal zurück zum Mount Everest schicken können.

Ja, ich weiß, das ist total mies. Und vielleicht ruiniere ich damit das Leben unschuldiger Waisenkinder. Doch wie soll ich sonst gegen so einen perfekten Typen ankommen? Wenn Christoph jetzt auch noch zum Karaoke-Helden Münchens avanciert, ist es bestimmt nur noch eine Frage der Zeit, bis Roni seinem Charme erliegt.

James, der seinen Kopfverband unter einem grünen Trachtenhut versteckt, erzählt, er habe einen Spezl beim Zoll, der könnte mal einen Blick auf die Pakete aus Nepal werfen.

«I mean, that's shitty, Waschtl, but in die Liebe es gibt keine Regel», meint er und streicht gedankenverloren über seine Stirn. Dabei schaut er so verwundet drein wie das letzte Einhorn.

«Okay. Aber lass mich noch eine Nacht darüber schlafen. Wegen der Waisenkinder. Und der Moral.»

Jan trinkt einen Schluck Helles und schaut Jochen an.

«Apropos Ex. Ich habe gehört, du arbeitest mit der Bea.»

«Korrekt», sagt Jochen und grinst. «Aber das ist mehr Vergnügen als Arbeit.»

«I hob aa moi wos mit dea ghobt», sagt Urs. Seine Stimme klingt gereizt.

«München ist halt ein Dorf», seufze ich und lege ihm sicherheitshalber die Hand auf die Schulter. «Ach wäre doch nur jeder Exfreund so verständnisvoll wie du.»

«Die is ganz a scheens Luder!», brummt Urs.

Ich schaue Jochen an, aber der grinst. «Das mag ich so an ihr.»

«I hob die aa gmocht. Und oan Dog, da komm i hoam, doa liagt die in da Kistn mit da Heifte von mei' Fußballverein, die Britschn.»

Anscheinend ist Urs echt auf Stunk aus. Ich muss intervenieren: «Ach, die alten Geschichten. Darüber regt sich doch heute niemand mehr auf.»

Urs leert sein Bier in einem Zug und bestellt per Handzeichen ein neues. James schaltet sich ein: «Ich glaube, von dieser Bea habe ich auch schon mal gehört. Die hat versucht, einen Exfreund von mir zu verführen.»

«Jo, wen wundert's?»

Jetzt knallt Jochen sein leeres Glas auf den Tisch und stemmt sich von der Tischplatte hoch. Er schaut Urs in die Augen. Der erhebt sich ebenfalls.

Ich stehe besser auch mal auf. «Leute, kommt mal wieder runter. Es ist doch wurscht, ob Urs schon mal mit Bea zusammen war.»

«Oder ich», ergänzt Jan und schaut verlegen. «Vor Nunja.»

Ich ignoriere den letzten Einwand.

«Wichtig ist doch nur, was jetzt ist. Und jetzt ist Jochen mit Bea zusammen. Lasst doch die Vergangenheit ruhen. Eifersucht schadet nur.»

Die beiden zögern. Ich lege nach: «Das ist doch Jahre her. Stellt euch vor, Roni hätte damals ...» Mist, falsche Richtung. Ich beiße mir auf die Lippen und setze mich wieder hin.

Jochen und Urs schauen mich vielsagend an. Dann breitet Jochen die Arme aus. «Alter, lass dir von dem verwirrten Typen nichts einreden. Wir beide haben etwas gemeinsam, das uns keiner nehmen kann: eine Frau, die uns verrückt macht. Du hast es hinter dir, ich stecke noch drin.» Er räuspert sich. «In der Beziehung, meine ich.»

Ich erhebe mein Glas. «Auf gemeinsame Freundinnen!» Und weil das ein schöner Trinkspruch ist, heben auch die anderen Gäste im Isarstüberl ihre Gläser und prosten uns zu. «Auf gemeinsame Freundinnen.»

Jetzt zieht doch ein kleines Fragezeichen über Jochens Gesicht. «Haben die etwa alle ...?»

Urs tätschelt ihm die Schulter. «Frogst liaba ned.»

Jochen nickt. «Jetzt weiß ich auch, warum die so gut organisieren kann.»

Nach dem dritten Bier frage ich Jan, warum er Nunja eigentlich nicht heiraten will.

«Ich will schon», antwortet er bitter. «Aber sie will nicht.»

Verdammt, da bin ich offenbar in ein Fettnäpfchen getreten.

«Sei froh», versuche ich ihn zu beschwichtigen. «So kommst du wenigstens um den Tanzkurs herum.»

James grinst gequält und zieht den Hut tiefer in die Stirn. «No worries, Waschtl. You've got the beat im Blut.»

Als ich später an der Bar zahle, sehe ich dort Arni sitzen – ganz allein, wie einer, der kein Zuhause hat oder eines, in das er nicht zurückwill.

«Servus, Arni», sage ich.

«Servus.»

«Na, wie läuft's bei euch beiden?»

«Ja mei. Oiwei erschreckts mi mit eahna bledn Pfeifn. Hia hob i aweng mei Ruah. Alloa is immer no am scheensten», philosophiert er bierselig.

«Habt ihr mal über eine Paartherapie nachgedacht? Mein Vater macht so was.»

«Und huift's eahm?»

«Er lässt sich scheiden.»

Arni schüttelt den Kopf.

«Naaa, so was moch ma ned.» Er starrt in sein Glas. «Scho wega da scheena Wohnung.»

«Arni, Entschuldigung, das ist ein Schmarrn! Ihr beide passt total gut zusammen. Nicht nur, weil ihr fast die gleiche Frisur habt. Ihr müsst euch halt mal ein bisschen in den anderen hereinversetzen, euch umeinander kümmern. Du musst ihr sagen, dass du ihre Pfeife hasst. Und sie ...»

«Sie wui schnackseln!»

«Ja, mein Gott, dann macht das doch einfach mal wieder. Du hast die Walli doch mal geliebt! Sie war die schönste Frau im Dorf. Und du hast sie geschossen. Erinnere dich mal an das Gefühl.»

«Jo, oba die Scheenste is se nimma.»

«Na, du warst früher bestimmt auch knackiger. Darum geht es doch in der Ehe: in guten wie in schlechten Zeiten. Und bei euch im Bett ist es sicher allemal besser als hier allein an der Theke.»

Arni überlegt. Mir fällt kein Argument mehr ein.

«Ja mei», brummt er und trinkt aus. «Gemma hoam.»

Hundert Meter vor unserem Haus sehe ich einen verdächtigen Typen mit tief ins Gesicht gezogenem Hut. Er schlurft die zwei Treppenstufen zum Klingelbrett hinauf, zögert, kehrt um auf die Straße, gestikuliert in einsamer Zwiesprache und nimmt einen neuen Anlauf, der wieder scheitert. Auch wenn ich schon ein paar Helle getrunken habe und es dunkel ist, kapiere ich natürlich sofort, was da vor sich geht: Christoph belagert unser Refugium, und Roni verteidigt es über die Gegensprechanlage. Diesmal hat der Kerl sogar einen Koffer dabei! Wahrscheinlich will er Roni zur Flucht überreden.

Aber nicht mit mir, Freundchen – und auch nicht mit meinem Vermieter. Ich bedeute Arni, stehen zu bleiben.

«Siehst du den Kerl da?»

«Freili, i bin bsuffa, ned blind!»

«Das ist Ronis Exfreund, der will als Untermieter bei uns einziehen. Ich habe ihm gesagt, das verstößt gegen die Hausordnung; aber schau, er hat sogar einen Koffer mitgebracht.»

«Dea rüttelt schein's gwaltig am Watschenbaum.»

«Sozusagen.»

«Des Baggl Fotzn is glei aufgrissn.»

Arni krempelt die Ärmel hoch, ich strecke die Brust raus, wir marschieren schneller. Der Kerl bemerkt uns erst, als wir direkt vor ihm stehen. «Oh!», sagt er.

Arni stößt ihn zur Begrüßung vor die Brust. Der Mann taumelt, fängt sich erst kurz vor dem Boden. «Gewalt ist keine Lösung», japst er kurzatmig.

Jetzt bin ich dran. Vom Bier enthemmt, schnippe ich ihm provokant den Hut vom Kopf. Das ist nicht Christoph.

«Papa?»

«Hallo, Butzi. Bitte verklopp mich nicht. Das kann zu Traumata führen – auf beiden Seiten.»

«Was machst du denn hier?»

«Äh, ich, also, weißt du, zu Hause bei deiner Mutter ... da habe ich es einfach nicht mehr ausgehalten.»

«Jo, des kenn i!», brummt Arni, hebt den Hut auf und stülpt ihn meinem Vater über das schüttere Haupt. «Nix fia unguad.» Er schüttelt ihm die Hand. «Wennst hia oaziagst, loss die ned von moana Oiden dawischen. Habe die Ehre.» Er macht auf dem Absatz kehrt und stapft zurück in die Kneipe.

Dass Kinder nach Trennungen wieder bei ihren Eltern einziehen, habe ich ja schon mal gehört. Aber dass Eltern nach der Trennung bei ihren Kindern vor der Tür stehen, ist mir neu.

Im Licht der Hauslampe sehe ich, dass mein Vater geweint hat. «Ich wusste nicht mehr, wohin», flüstert er mit leiser Stimme. Meine Kehle schnürt sich zu.

«Aber Papa, ich bin doch immer für dich da», murmele ich und nehme ihn in den Arm, als wäre er mein Sohn. So nah waren wir uns lange nicht mehr. Zum Glück geht das automatische Licht aus und taucht diesen langen Vater-Sohn-Moment in schützende Dunkelheit.

Später in der Wohnung kommt Roni in den Genuss eines noch etwas längeren Vater-Schwiegertochter-Moments. Als ich ihr eröffne, dass ihr zukünftiger Schwiegervater mit Scheidungsdepressionen auf unbestimmte Zeit zu uns ins

Liebesnest ziehen will, zeigt sie ein mir völlig neues Lächeln, das tatsächlich einem Gedankenstrich ähnelt. Okay, wir hatten uns darauf geeinigt, erst mal keine weiteren Mitbewohner aufzunehmen, aber meinen Vater kann ich ja schlecht vor die Tür setzen.

In der Küche trinken wir drei noch drei Bier, dann fallen meinem Alten Herrn die Augen zu. Wir bringen seinen Koffer ins Wohnzimmer und ihn selbst in sein altes, kaputtes Bett. «Wie viele Brötchen soll ich morgen früh holen?», fragt er noch. Aber bevor wir antworten können, dass es hier «Semmeln» heißt, schnarcht er schon wie eine verschnupfte Blasmusikkapelle nach dem Oktoberfest.

A MUSI

(hochdeutsch: Eine Veranstaltung mit Musik)

Auch wenn ich jetzt erwachsen bin, es fällt mir nicht leicht, wieder mit meinen Eltern zusammenzuwohnen. Nicht mal mit einem Elternteil. Denn mein Vater ist anscheinend nicht bereit, den Rollentausch zu beenden. Er schläft bis mittags, schaut demonstrativ weg, wenn Roni und ich uns küssen, oder betrinkt sich mit Arni in meiner Stammkneipe. Eigentlich wollten wir ihn ja Ronis Eltern vorstellen, aber in seinem Zustand würde er wahrscheinlich nur rumpöbeln oder schmollen.

Paare kann er im Moment gar nicht gut ertragen. Wenn Roni und ich über unsere Hochzeit reden, wird er sogar richtig zickig. Wäre er fünfzig Jahre jünger, könnte man meinen, er käme in die Pubertät. Aber offenbar lebt er einfach nur seinen Liebeskummer aus.

Ich finde, er könnte sich langsam mal wieder ins Leben stürzen, ins Theater gehen, zum Tanztee, zur rhythmischen Sportgymnastik oder irgendwoanders hin, wo er Frauen in seinem Alter kennenlernen kann. Aber davon will er nichts hören. Als Roni ihm versichert, andere Töchter hätten auch schöne Mütter, verzieht er sich bockig ins Wohnzimmer und dreht die düstersten Songs von Nick Cave aus meiner CD-Sammlung voll auf.

Jetzt, zwei Wochen nach seiner Ankunft, hat er aufgehört, sich zu rasieren, und trägt nur noch meine schwarzen Kapuzenpullover von früher. All das hätte ich als Teenie bestimmt total cool gefunden. Jetzt nervt es. Denn Roni und ich müssen unsere Hochzeit hinter seinem Rücken vorbereiten, damit er nicht an seine Scheidung erinnert wird.

Neulich rief der Priester an, um zu fragen, ob wir immer noch heiraten wollen. Anscheinend hoffte er, Roni habe es sich inzwischen anders überlegt. Mein Vater ging ans Telefon und fragte ihn, ob er glaube, dass meine Mutter ihn noch liebe. Als er ihm klar wurde, dass er einen Priester an der Strippe hatte, begann er die Beichte abzulegen. Stundenlang. Seitdem hat der Priester nicht wieder angerufen. Immerhin.

Dennoch: Ich weiß langsam keinen Rat mehr. Ich habe sogar Oma um Hilfe gebeten. Die meinte, ich solle meinen Vater einfach ins Auto setzen und nach Hause schicken. Aber als ich ihn aus dem Wohnzimmer holen wollte, hat er von innen die Tür zugehalten.

«Hoffentlich wirst du nicht eines Tages wie er», sagt Roni abends zu mir. Wir sitzen in der Küche, mein Vater liegt seit Stunden im Wohnzimmer auf dem Rücken und hört Gedichte von Jim Morrisson. Über Kopfhörer, weil wir ihm die Boxen weggenommen haben.

«Und wenn?», entgegne ich spitz. Er mag sich wie ein pubertierender Teenie benehmen, aber er ist immer noch mein Vater. Und auf die Familie lasse ich nichts kommen.

«Du musst dich halt nicht von mir scheiden lassen.»

Roni erhebt die Stimme. «Hey, noch sind wir nicht verheiratet.»

Wir schauen uns an und seufzen. Das kann so nicht weitergehen. Irgendwie müssen wir meinen Vater aus seiner düsteren Stimmung reißen. Aber wie?

«Vielleicht sollten wir ihn doch mal mit Knoll bekannt machen?», schlägt Roni vor.

«In seinem Zustand?»

«Na ja, du warst auch durcheinander, als du nach Bayern gezogen bist. Ein bisschen Gemütlichkeit hat noch keinem geschadet, außerdem könnte dein Vater seine Fremdsprachenkenntnisse auffrischen. Und irgendwann müssen sich unsere Eltern eh kennenlernen.»

Roni hat vermutlich recht. So kann es jedenfalls nicht weitergehen. Das Leben ist schließlich kein Wavekonzert.

«Eigentlich sollten sich ja alle vier auf einmal kennenlernen …»

Roni seufzt. «Nun sind deine Eltern aber nicht mehr zusammen. Außerdem ist morgen Abend die Karaoke-Party, und da können wir deinen Vater wohl schlecht allein zu Hause lassen.»

Verdammt, insgeheim hatte ich gehofft, zu Hause bleiben zu können, mit dem Argument, ich müsse auf ihn aufpassen.

«Und wenn er gar nicht in der Stimmung ist, deine Eltern zu treffen?», gebe ich zu bedenken.

Aber er ist in der Stimmung. Also fahren wir am nächsten Tag gemeinsam nach Dumbling. Je weiter wir hinaus aufs Land kommen, umso besser wird seine Laune. Die grünen Weiden, die dicken Kühe und die langsamen Trecker scheinen ihn zu entspannen. Zum hundertsten Mal erzählt er, dass er ja eigentlich in Bayern geboren sei und dass er sich sogar vorstellen könnte, wieder hier ins Umland zu ziehen. Vielleicht muss er echt einfach mal wieder unter Gleichaltrige.

Am späten Nachmittag kommen wir bei Ronis Eltern an. Knoll öffnet.

«Kriehas Kott», sagt mein Vater zu laut in seinem schrecklichen Pseudo-Bairisch und hebt die Hand wie ein Kavallerie-General, der sich bei einem Indianerhäuptling einschmeicheln will. «Moaaakst ohaa Haxen?»

«Naaa», sagt Knoll. «Mogst du a Stickal Doadn?»

«Wie bitte?»

Eine halbe Stunde später sitzen wir zu fünft am Kaffeetisch. Regina hat gleich zwei Kuchen und zwei Torten gebacken. Mein Vater schlemmt, was das Zeug hält. Wir haben Ronis Eltern gebeten, vorerst nicht nach meiner Mutter zu fragen, um ihn zu schonen. Anscheinend geht unser Plan auf. Mit Regina versteht sich mein Vater bestens. Nur Knoll versteht meinen Vater nicht. Weil der darauf beharrt, weiterhin Dialekt zu sprechen.

«Iha wuade in Garmisch-Partenkirchen geborahn!», brüllt er gerade.

«Und i bin ned dorat», entgegnet Knoll. Er greift in seine Brusttasche, holt eine Zigarette heraus und geht vor die Tür.

Ich nutze die Gelegenheit, um meinen Vater zu bitten, doch lieber wieder hochdeutsch zu sprechen.

«Ich wohne jetzt schon zwei Jahre hier, und Knoll musste mir Bairisch erst beibringen. Trotzdem werde ich nie sprechen können wie ein gebürtiger Bayer.»

«Aba ihi hoab des Bairisch im Bluhat. I wuhade in Bayohan geborahn.» Fast schäme ich mich, ihn zu verstehen. «Ihin Gaharmihisch, ihamm Schihiuhalaub. Iha muhass miha bloßi no eini finden in die Sproachen.»

«Papa, das ist peinlich.»

«Deho Knolli verstäht mi fei schohon», behauptet er und nickt eifrig zu meinem zukünftigen Schwiegervater hinüber. Der lehnt indes in der Terrassentür und schüttelt nur heftig den Kopf. Doch mein Vater lässt sich davon nicht entmutigen. Als wenig später erneut betretenes Schweigen über dem Tisch liegt, ergreift Roni die Initiative.

«Ihr macht doch beide Musik, vielleicht könnt ihr ja mal zusammen was spielen?» Sie sieht meinen Vater und Knoll auffordernd an.

«Wiehiwaldi», schlägt mein Vater vor. Knoll schüttelt wieder entsetzt den Kopf. Dann seufzt er.

«Wos spuist denn?»

«Die Fihidel!», antwortet mein Vater.

«Geige», übersetze ich. Knolls Gesichtsausdruck verdüstert sich.

«Uhund ein poar andere Streiheichinstrumentl. Koantraboass zum Beispiehal.»

«I mog koa Streicher ned. Liaba a Blasmusi.»

Stille.

Ich erkläre Roni im Flüsterton, dass Streicher und Bläser in den meisten Orchestergräben verfeindet sind. Sie stützt den Kopf in die Hände. Knoll geht noch mal eine rauchen. Der Blick meines Vaters richtet sich nach innen. Oje.

Wenig später verabschiedet sich Knoll. Er hat noch eine Verabredung im Trachtlerhof.

«Mit wem denn?», fragt Regina erstaunt.

«Mo schaugn wea do is.»

Kaum ist Knoll weg, lässt mein Vater erneut den Kopf sinken. Dafür spricht er aber auch wieder hochdeutsch. «Habe ich etwas Falsches gesagt?»

Regina legt ihm die Hand auf die Schulter.

«Nein, du hast es nur nicht ganz korrekt ausgesprochen. Aber das passt schon.»

Ich bin mir da nicht so sicher.

Roni und ich hatten insgeheim gehofft, dass mein Vater gleich bei Knoll und Regina im Gästezimmer übernachtet. Zumindest mal für eine Nacht. Daraus wird jetzt wohl nichts.

Einerseits hätte ich mir gewünscht, dass dieses erste Treffen der Familien etwas harmonischer abläuft – andererseits bin ich froh, in der Karaoke-Bar einen Musiker dabeizuhaben. Vielleicht kann er das Playback singen, und ich bewege dazu synchron meine Lippen. Wie bei Milli Vanilli.

Die Karaoke-Bar entpuppt sich als thailändisches Restaurant. Der junge Wirt hat es «Happy Ending» genannt. Er trägt eine zu große Brille, ein zu grelles T-Shirt und zu lange Haare, sieht aber trotzdem einfach zu cool aus.

Um Mitternacht werden die Tische beiseitegeräumt, Sessel in den Raum geschoben und eine Karaoke-Maschine auf die Bühne gestellt. Kurz nach zwölf ist das Happy Ending gerammelt voll. Ich hätte mir weniger Publikum gewünscht und auch weniger von Ronis alten Freunden, diesem bunten Gemisch aus oberbayerischen Partytieren in Lederhose, Graffiti-Sprühern und HipHoppern, die aussehen wie Models, was wohl daran liegt, dass die meisten von ihnen als Models arbeiten (natürlich nur, um das Philosophiestudium zu finanzieren). Zum ersten Mal seit meiner Ankunft in München fühle ich mich spießiger als die Einheimischen.

Christoph und Roni kennen alle Leute hier mit Namen. Ich kenne nur einen: meinen Vater. Der flüchtet sich erst mal an die Bar. Ich muss mich indessen den vielen Fremden stellen.

Mindestens zwei Mal höre ich Roni sagen: «Ich heirate.» Und der Angesprochene beglückwünscht Christoph: «Ach, wie toll, dass ihr noch zusammen seid. Ihr wart ja schon immer das Münchener Traumpaar.»

«Nein, ich heirate *ihn*», stellt Roni dann richtig und deutet hinter sich, wo ich stehe und schweigend meinen Mai Thai hebe. Fragende Blicke proste ich einfach weg. Mein Vater unterhält sich angeregt mit einer Bedienung. Er lächelt.

Der Wirt persönlich eröffnet den Karaoke-Abend. Ich tippe auf einen Klassiker wie «Copacabana» von Barry Manilow, werde aber enttäuscht. Er hat sich einen traditionellen thailändischen Schlager ausgesucht und schmachtet ihn mit geschlossenen Lidern so inbrünstig ins Publikum, dass mir Tränen in die Augen steigen. Liegt wohl am Mai Thai.

Von jetzt an balgen sich die Leute um das Mikro: Ein Typ mit langen Haaren kreischt «Paranoid» von Black Sabbath, zwei jüngere Mädchen versuchen sich an Madonnas «Like a virgin». Nach dem dritten Mai Thai sehe ich Christoph auf die Bühne steigen. Die Playlist zeigt ein Duett an: «Something stupid» von Frank und Nancy Sinatra.

«Verooo, wo bist du?», singt mein Erzfeind ins Mikrophon, als würde er Verstecken spielen. Ein Scheinwerfer findet Roni, die noch versucht, sich unter einen Tisch zu ducken. Keine Chance, ein Applaus zwingt sie mit rotem Kopf auf die Bühne. Die Musik beginnt, ohne dass ich etwas dagegen tun kann.

Christoph singt Nancy Sinatras Part:

I know I stand in line
until you think you have the time
to spend an evening with me …

Bei der Refrainzeile «And then I'm gonna spoil it all by saying something stupid like I love you» schaut er Roni verliebt in die Augen.

Die Frau neben mir singt lauthals mit, nimmt einen Schluck aus ihrer Bierflasche und lächelt mich an: «Ein schönes Paar, nicht wahr?»

Ich leere meinen vierten Mai Thai in einem Zug. Jetzt kommt Ronis Einsatz. Ach, sie kann so schön singen! Ich weiß noch, wie ich sie in Berlin das erste Mal auf der Bühne gesehen habe. Schon ihre Stimme wäre Grund genug, sich in sie zu verlieben. Ich verstehe gar nicht, wie sich Menschen einfach so mit ihr unterhalten können.

Unfähig, mich zu rühren, muss ich zusehen, wie meine Verlobte mit Christoph auf der Bühne das Pärchen gibt. Gleich wird sie ihm im Refrain «I love you» vorsingen.

Mein Vater taucht neben mir auf. «Ich dachte, du wolltest um deine Frau kämpfen?», sagt er und zieht die Augenbrauen hoch.

Stimmt, das hatte ich eigentlich vor. Aber macht das überhaupt noch Sinn? Gehört Roni nicht eher hierher, zu diesen tollen Leuten und zu diesem tollen Christoph, mit dem sie so viel verbindet?

Roni schaut suchend ins Publikum. Instinktiv hebe ich die Hand und winke. Sie lächelt, schaut mir direkt in die Augen und singt: «And then I'm gonna spoil it all by saying something stupid like I love you, Waschtl.»

Ich bekomme eine Gänsehaut.

«Das ist meine Verlobte», rufe ich. «*Meine*!»

Die Frau mit der Bierflasche prostet mir zu, und wir singen zu dritt mit meinem Vater:

But then I think I'll wait
Until the evening gets late
and I'm alone with you

Der Alkohol und Ronis Performance haben mich locker gemacht. Ich will als Nächster ans Mikro. Die Songs muss man sich vorher aus einem Katalog aussuchen, sich die Nummer merken und dann auf der Bühne in die Maschine eingeben. In dem Katalog stehen nur Oldies und Hits aus den Achtzigern. Aber ich finde ein Schätzchen, das Ronis coolen Hip-Hop-Freunden imponieren wird: «In da club» von 50 Cent. Ein Klassiker, kennen alle, da kann jeder den Refrain mitgrölen, und ich muss nicht singen, sondern kann rappen. Außerdem kenne ich den Text fast auswendig.

Als Roni fertig gesungen hat, helfe ich ihr von der Bühne. Christoph schlägt meine Hand aus und springt selbst herunter. «Der Song war übrigens Nummer X3T8», ruft er mir zu. «Falls du auch mal mit Roni ein Duett singen willst.»

«Schönen Dank», erwidere ich kühl.

Dann stehe ich auf der Bühne und habe die Nummer von meinem Hit vergessen. Wie ging die noch? X5B4? X4B5? Mist.

«Mach schon», ruft einer aus dem Publikum.

«Der singt bestimmt ‹Dickes B›», ruft ein anderer.

Ich muss mich auf meinen Instinkt verlassen. Also: X4B5.

Kaum habe ich den Knopf losgelassen, wird das Licht gedimmt. Ich höre ein schnulziges Keyboard-Intro. Verdammt. Das klingt nicht nach 50 Cent. Viel zu langsam. Aber jetzt gibt es kein Zurück. Zum Glück habe ich genug Mai Thai intus. Was war das noch gleich für ein Song?

Ein paar Typen haben ihn anscheinend erkannt und lachen heiser, einer ruft «Buuuh», ein paar Frauen machen «Schschscht!», woraufhin die Typen verstummen.

Auf dem Monitor erscheinen Titel und Interpret:

Patrick Swayze
She's like the wind.

Na servus. Das ist der Song aus «Dirty Dancing»! Ein roter Balken kriecht auf die erste Textzeile zu. Himmel, das kriege ich nie hin. Ich schaue ins Publikum, sehe meinen Vater allein an der Theke stehen. Er nickt mir zu. Wahrscheinlich würde er alles für meine Mutter tun – jetzt, da er sie verloren hat. So weit lasse ich es nicht kommen. Ich räuspere mich ins Mikrophon, es übersteuert fiepend. Egal. Ich ziehe das jetzt durch. Ganz gleich, ob ich mich vor diesen coolen Leuten zum Deppen mache: Roni liebt dieses Lied. Und ich liebe Roni. Also schließe ich die Augen, damit ich die coolen Leute nicht sehen muss, und denke an Roni unter der Dusche. Meine Lippen öffnen sich fast von selbst:

She's like the wind through my tree …

Ich schaue wie von oben auf mich herab, sehe mich da auf der Bühne stehen, das Mikrophon im Ständer erst mit einer, dann mit beiden Händen umklammern, die Augen geschlossen. Ich spüre jede Nuance, jeden Funken Liebe und Schmerz, der in diesen Zeilen steckt. Es strömt aus mir heraus:

I feel her breath on my face
her body close to me
can't look in her eyes
she's out of my league.
Just a fool to believe
I have anything she needs.
She's like the wind

Irgendwann erwache ich aus meiner Trance, ich öffne die Augen und blicke in ein Meer aus Feuerzeugflammen. Alles sieht verschwommen aus, also wische ich mir erst mal die Tränen aus den Augen.

Der Wirt ist auf die Bühne gekommen, er faltet die Hände auf thailändische Art vor dem Bauch und verbeugt sich vor mir. Dann nimmt er mir sanft das Mikrophon aus der Hand und schiebt mich zu Roni, die neben der Bühne steht.

«O Waschtl», sagt sie mit zitternder Stimme. Ich nehme sie einfach mal in den Arm.

An der Theke trinke ich ein stilles Wasser. Roni meint, dass Patrick Swayze oben im Himmel bestimmt stolz auf mich gewesen ist. Die ganze Bar hat anscheinend mit mir den Refrain gesungen, zwei Frauen hätten Roni gefragt, ob sie mich kenne, und sie habe denen stolz ihren Verlobungsring gezeigt. Ich atme auf, gerührt, beschämt.

Mein Vater klopft mir auf die Schulter und meint, nach dieser Darbietung dürfe ich im Tiefenwalder Gospelchor sogar das Weihnachtssolo singen. Aber das lehne ich dankend ab. Das Einzige, was ich jetzt noch will, ist nach Hause. Mit Roni. Mein Vater bleibt noch ein bisschen, er hat im Katalog ein paar Rolling-Stones-Hits entdeckt und will nachschauen, ob sich nicht auch noch ein paar Spirituals finden lassen.

Nachdem wir uns von ihm verabschiedet haben, nimmt mich Roni endlich an der Hand und führt mich zum Ausgang. In der Tür höre ich noch, wie jemand an «In da club» scheitert, weil Rappen halt doch nicht so einfach ist.

MIM WIND IS LEICHT BLOSN UND GEGAN WIND IS SCHLECHT BRUNZN

(hochdeutsch: Mit dem Strom zu schwimmen, ist nicht so anstrengend)

Mein Vater hat sich akklimatisiert. Inzwischen dröhnt statt Nick Cave nur noch Blasmusik aus dem Wohnzimmer. Er hat aufgehört meine Kapuzenpullover zu tragen, sich ein paar Hemden gekauft und will sich nun nach Senioren-WGs und Laienorchestern umsehen. Das erste Angebot kommt, ziemlich überraschend, von Knoll. Alfons, der Tubaspieler seiner Blaskapelle, hat, weil sein persönlicher Maßkrug unauffindbar war, aus dem eines Fremden getrunken und davon «Ruafschmarrn» bekommen, eine Art Trachtlerherpes. Deshalb kann er jetzt nicht mehr Tuba spielen. «Hechst a Triangel – und die brauchma ned.» Was *Die Obrigkeit* jetzt braucht, ist ein neuer Tubaspieler.

Doch wie in ganz Bayern hat die Blasmusik auch in Dumbling ein Nachwuchs- und Wegsterbproblem: Da der zugehörige Lebensstil zumindest in puncto Alkohol und Anzahl der gespielten Konzerte dem Rock 'n' Roll in nichts nachsteht, geht so ein Musikantendasein ganz schön an die Leber. Deshalb sind unverbrauchte Musiker in Bayern gern gesehen – selbst wenn sie so seltsam Bairisch sprechen wie mein Vater.

«Wos zeiht, is die Eistellung», meint Knoll, der uns zum Grillen nach Dumbling eingeladen hat. Er schaut meinem Vater auf den nicht vorhandenen Bauch. «Gwampert bist zwoa ned – oba wennst die Tracht vom Fonse trogn wuist, miassma dia hoit a Polster unders Hemd stecka.»

«Aber er kann doch gar nicht Tuba spielen», gebe ich zu bedenken. Noch eine Zurückweisung hält mein Vater nicht aus.

«Ah geh!» Knoll winkt ab. «Ma soi se need gloana macha, ois ma groß is.»

Er legt meinem Vater eine Hand auf die Schulter und erklärt, wer ein echter Musiker sei und Kontrabass spiele, der habe auch kein Problem mit der Tuba: Beide sind schwere Instrumente, die im richtigen Moment Akzente setzen und so den Takt und die Melodie angeben. Genau wie Knoll.

Ich wundere mich schon ein bisschen über dessen plötzlichen Sinneswandel, aber ganz gleich, ob Regina oder der Musikantenmangel dahinterstecken – Hauptsache, mein Vater hat wieder eine Aufgabe. Außerdem kann er tatsächlich so gut wie jedes Instrument spielen.

«Bei die oiden Ohawaschln is aa ned so wuid, wennst bloß jen zwoatn Don triffst», meint Knoll.

Vorhin haben die beiden schon stundenlang Märsche aus New Orleans gehört, jetzt stehen sie mit einem Bier in der Hand in Reginas Garten am Grill. Mein Vater spielt mit geblähten Backen den Bass, beziehungsweise die Tuba: «Bomm-Bomm, Bomm-Bomm, Bomm-Bomm.» Knoll setzt mit voller Puste die Trompeten-Akzente: «Bammbammbamm, bamm, bammbammmbamm …»

Es tut gut zu sehen, dass mein Vater sich mal wieder locker macht. Offenbar hat er Nachhilfeunterricht in Sachen Bairisch bekommen, denn ich habe Knoll schon länger nicht mehr die Stirn runzeln sehen. Als ein Steak Feuer fängt, löscht der es mit seinem Bier, dabei kriegt auch die Hose meines Vaters einen Schwall ab.

«Obbala», meint Knoll.

Mein Vater zuckt mit den Achseln. «Ja mei.»

Knoll nickt. «Korrekt.»

«Siekst», sagt mein Vater. «Jetzat.»

Daraufhin hält Knoll ihm die offene Packung Zigaretten hin, mein Vater nimmt sich eine.

Da die beiden offensichtlich allein klarkommen, drängt Roni zum Aufbruch; schließlich müssen wir weiter, um nach Hochzeitssälen Ausschau zu halten. Als ich meinem Vater seine Jacke bringen will, winkt Knoll ab.

«Na, die hängst schee wieda hi. Da Schorschi bleibt hia. Mia hom moagn a Musi.» Mein Vater grinst und nickt.

Schorschi, alles klar, jetzt hat er einen bayerischen Ehrennamen bekommen. Das läuft hier wie bei den Indianern: Wenn er sich als guter Spezl bewährt, ist er eingebürgert. Seine erste Mutprobe soll im Dumblinger Altersheim stattfinden. Der «Ouherr» eines Spezls von Knoll hat Geburtstag, da könne *Die Obrigkeit* schlecht ohne Tubaspieler aufkreuzen, meint Knoll. Der an Herpes erkrankte Fonse will später, sobald er ein neues Mundstück besorgt hat, sein Instrument vorbeibringen, dann wollen die Herren «a bisserl aufspuin».

Für mich klingt die Aktion nach einem absehbaren Fiasko, aber ich will kein Spielverderber sein. «Das wird bestimmt grübig», hoffe ich. Als ich «grübig» sage, zucken unsere Väter im Takt zusammen. Der Schorschi ist offenbar bayerischer, als ich dachte.

Mit einem lachenden und einem weinenden Auge verabschiede ich mich von ihm. Aus eigener Erfahrung weiß ich, was passieren kann, wenn man sich länger in der Nähe von Knoll aufhält: Danach ist man nicht mehr der Alte. Aber das ist ja manchmal auch nicht verkehrt.

BAGGMA'S 2 – UND BASTA

(hochdeutsch: Packen wir es an 2 – und Schluss)

Das war es also. Wir werden in diesem Jahr nicht mehr heiraten. Der Wille war da, die Location nicht. Die Mühle mit den weißen Tauben war perfekt, aber da bekommen wir keinen Termin mehr. Das Ausflugslokal an der Isar wird von Floßfahrt-Hooligans belagert, das Schulungsgebäude der Arbeiterwohlfahrt müsste mal überarbeitet werden, und im pittoresken französischen Restaurant sind leider auch die Portionen echte Kleinode.

Vielleicht sieht es ja nächstes Jahr besser aus. Vielleicht ist es aber auch Schicksal, und wir sind dazu bestimmt, unser Leben in wilder Ehe zu fristen.

«Und deine Familie?», fragt Roni enttäuscht.

«Die wird das schon verstehen. Wir heiraten ja nur ein Mal, da soll auch alles perfekt sein.»

Mit hängenden Köpfen fahren wir nach Dumbling, um von unserer Niederlage zu berichten. Außerdem müssen wir meinem Vater noch seinen Koffer vorbeibringen.

Unsere Eltern sitzen schon wieder um den Grill und feiern das gelungene Tuba-Debüt «vom Schorschi». Wenn ich mir so ansehe, wie viel Fleisch da auf dem Rost liegt, arbeiten sie schon daran, meinen Vater «gwampert» zu machen. Aber das bringt Bayern eben so mit sich. Die drei sind bester Laune. Bis wir ihnen von unseren Aufschubplänen erzählen.

«Wir sind gestern nach dem Auftritt in einem sehr schönen Gasthof gewesen», erzählt mein Vater. «Der hat mich an die Gaststätte erinnert, in der dein Opa deine Oma geheiratet hat.»

«Da warst du doch noch gar nicht geboren!»

Mein Vater ignoriert den Einwand. «Trachtlerhof hieß der glaube ich. Gleich hier in Dumbling.»

Knoll schaut so neutral wie die Schweiz. Roni grinst und zuckt mit den Schultern. Ich seufze.

Regina ist aufgestanden, weil das Telefon klingelt.

«Also gut. Knoll, könntest du bitte dafür sorgen, dass wir dort am 13. September einen Termin bekommen?»

«Jo, des is jetzat knapp. I woaß ned, leicht hom da Schorschi und i do scho a Musi.»

«Bitte!»

«Oiso guad. Und woasst, wos i mog?»

«Blasmusik?»

«Des aa. Und den Song von Frank Sinatra: ‹You did it my way›.»

Ich nehme allen Mut zusammen. Jetzt, da wir wissen, wo wir feiern werden, muss ich das Finanzielle klären. Dies ist der perfekte Augenblick. Ich hole tief Luft.

«Papa, Knoll ...»

In dem Moment kommt Regina wieder. Mit irritiertem Gesicht reicht sie Knoll das Telefon. «Ist für dich», sagt sie und drückt ihm den Hörer in die Hand. «Amerika.»

«Wos wui Amerika?», fragt Knoll.

«Das habe ich nicht verstanden, hat Englisch gesprochen.»

«Hobedieehre», brummt Knoll in den Hörer, dann wird sein Mund schmaler, und wir hören ihn nur noch «Mhm, Mhm» brummen. Schließlich steht er auf und verschwindet im Haus.

«Was wolltest du sagen, Sohnemann?», fragt mein Vater.

«Äh, gleich.»

Als Knoll wiederkommt, haben sich seine Augenbrauen sorgenvoll zusammengezogen. Am Telefon war sein Spezl aus Texas, der den Hausbau beaufsichtigt. Die mexikanischen Arbeiter streiken. Sie wollen mit dem Besitzer reden, sonst rühren sie keinen Finger. Bis dahin ist Siesta angesagt.

«Zefix amoi! I sprech do koa Spanisch ned», murmelt Knoll.

«Und ich kann nicht mal richtig Englisch», ergänzt Regina niedergeschlagen.

«Beim Re'n hob i mi scho imma ibas Oha haun lossn.»

Na ja, er hat es einfach nie probiert. Aber das erwähne ich mal besser nicht.

Mein Vater bricht die betretene Stille. Er schaut mich an. «Deine Mutter spricht Spanisch.» Alle Blicke richten sich auf ihn. «Und nach Amerika wollte sie auch schon immer mal.» Er schluckt, doch dann zieht sich ein Lächeln über sein Gesicht. «Ich könnte sie zumindest fragen. Und vielleicht kann ich ja auch helfen – im Verhandeln bin ich ganz gut, und ein bisschen Spanisch verstehe ich auch.»

Knolls finsteres Gesicht hellt sich ein wenig auf. «Des is liab, oba ia hobt aiern Tschob, und des is mei Problem.»

«Na ja», sagt mein Vater. «Die Beratungsstelle ist sowieso geschlossen, und meine Frau hat langsam mal genug Golf gespielt, finde ich.» Dann fügt er akzentfrei hinzu: «Und mia zwoa san Spezln.» Ich wusste gar nicht, dass mein Vater auch so grinsen kann wie Julia Roberts.

«Und wann soll es losgehen?», fragt Regina.

«Om besten glei moagn», meint Knoll. «Mia deafn koa Zeit ned verlian. Von die gonzn Reisen hob i no Bonusmeiln bis zum Oasch, do kemma fia lau fliagn. I wead mei Spezl im Reisebüro oaruafa.» Er tippt eine Nummer ins Telefon und verfällt dann in tiefstes Bairisch.

Regina verschwindet kurz im Haus und kommt mit einem abgewetzten Cowboyhut für meinen Vater zurück. Er setzt ihn auf und schaut mich mit einem so durchdringenden Blick an, dass ich froh bin, kein mexikanischer Arbeiter zu sein.

Knoll hat aufgelegt. «Ois paletti», resümiert er. Dann holt er die Baupläne und breitet sie auf dem Gartentisch aus. Mein Vater liebt solche Pläne. Die beiden beschließen, auch noch einen Brunnen zu bauen, wenn sie schon mal da sind. Und sobald sie die Mexikaner in Grund und Boden verhandelt haben, wollen sie sich die Zeit mit Barbecue und Bier vertreiben. Meine Mutter und Regina können ausreiten, shoppen und Englisch lernen. Kurz vor unserer Hochzeit wollen sie wiederkommen, den Preis für den schönsten Garten Bayerns gewinnen und mit uns feiern.

«Um den Garten kann sich Urs inzwischen kümmern», meint Regina, er sei ohnehin schon dabei, die Pflanzen zu organisieren. «Die müssen dann nur noch rechtzeitig unter die Erde gebracht werden.»

«Und Schröder?»

«Der kommt zu Oma, so bleibt sie in Bewegung.»

«Aber dann seid ihr ja bis zur Hochzeit weg!», sagt Roni.

«Ihr wolltet ja eh nicht, dass wir uns zu sehr einmischen», entgegnet Regina schnippisch.

Mein Vater steht schon im Flur, um meine Mutter anzurufen. Ich schnappe ein paar Gesprächsfetzen im Vorbeigehen auf: «Genau, Texas ... mit Ronis Eltern ... einfach mal raus aus Tiefenwalde ... jetzt oder nie, Baby ... Ja, ich habe dich Baby genannt.»

Es folgt eine Phase stummen Nickens. Dann legt mein Vater auf und seufzt.

«Sie will nicht mitkommen.»

«Ja mei», meint Knoll und macht ihm noch ein Bier auf. «Des baggma scho aloa, Schorschi.»

'S KIMMT, WIE'S KIMMT

(hochdeutsch: Damit haben wir jetzt nicht gerechnet)

Eigentlich könnten wir zufrieden sein: Wir haben den Hochzeitssaal gebucht, den Priester bestellt, und der Rivale ist auch in die Schranken gewiesen. Der Großteil unserer Eltern ist weit weg in Texas, und selbst die Hochzeitsringe waren einfacher zu besorgen als gedacht. Knoll hatte mir noch eingebläut, ich solle den Verkäufer nach «Fangeisen» fragen, das käme einheimischer rüber. Aber bevor ich meinen Spruch loswerden konnte, sagte Roni zu dem Juwelier: «Ich brauche einen Ring, ihn zu knechten.»

Da schon der Verlobungsring extravagant ist und Roni später beide Ringe an einem Finger tragen will, entschieden wir uns für das klassische Modell aus Weißgold. Traditionsgemäß müsste ich sie meinem Trauzeugen zur Verwahrung überreichen, aber einerseits ist Jochen kein Typ, dem man einfach so einen wertvollen Ring in die Hand drückt, und andererseits habe ich schon länger nichts mehr von ihm gehört. Das ist schlecht, denn auf die Einladungen hat sich bis jetzt kein einziger Gast zurückgemeldet. Eigentlich wollte sich ja Jochen darum kümmern.

Ich bin die Unruhe selbst. Mittlerweile habe ich sogar schon Wahnvorstellungen. Auf dem Weg von der Arbeit nach Hause hat mich heute ein tiefer gelegter schwarzer Golf mit Rallye-Streifen überholt. Hinter den getönten Scheiben glaubte ich für eine Millisekunde Cousin Mike erkannt zu haben. Hoffentlich hatte er keinen Unfall, und das war sein Geist, der mich nun ewiglich auf der Autobahn heimsuchen wird. Es gibt schon genug Typen in meinem Leben, die ich nicht gebrauchen kann, finde ich und drücke aufs Gas, um schneller bei meiner zukünftigen Frau zu sein.

Doch Christoph ist vor mir da. Gibt der Typ denn nie auf?

Zum Glück fummelt er diesmal wenigstens nicht an Roni herum. Dafür fummelt Roni an ihm herum. Genauer gesagt: Sie hat ihren Arm um seine Schultern gelegt. Christoph sitzt auf der Couch, den Kopf in die Hände gestützt, und weint haltlos wie ein Kind. Als ich hereinkomme, sieht Roni mich hilfesuchend an.

«Was ist denn passiert?», frage ich.

«De-e-e-r Zo-o-o-oll», bringt Christoph zwischen zwei heftigen Schluchzern heraus.

«Ach, du Scheiße», sage ich. «Den habe ich ja voll vergessen.»

«I-hi-hi-ch a-ha-hauch.»

Die Beamten haben die Container seines Kompagnons durchsucht, die Qualität von Christophs Kollektion erkannt und sie als hochwertig eingestuft. Jetzt ist alles beschlagnahmt und eine astronomische Strafgebühr fällig, weil irgendein findiger Beamter einen Chris-Nepal-Katalog im Internet gefunden hat. Christoph musste die Show absagen, Models und Assistenten entlassen.

«I-hi-hi-ch ha-ha-ha-habe ni-hi-hicht mal die Flyer ve-he-herschickt. Da-ha-s i-hi-hist das E-e-ende.»

Seltsamerweise fühle ich mich überhaupt nicht erleichtert. Eher besorgt. Um Roni. Nicht, dass ich ihr ein Helfersyndrom unterstellen möchte, aber wenn jemand traurig ist, nimmt sie ihn halt in den Arm.

«Sieh es mal so: Du kannst endlich wieder nach Hause», versuche ich Christoph aufzumuntern. «Beim nächsten Mal klappt es bestimmt.»

«I-ch b-in ru-i-niert», schluchzt er. «I-ch ha-be ni-cht ma-l me-hr Ge-ld für ei-n Flug-ti-cket.»

Mist! Warum müssen eigentlich immer alle mit ihren Problemen bei uns auftauchen? Wahrscheinlich haben sie sich verabredet und wollen unsere Beziehung vor der Hochzeit auf die Zerreißprobe stellen. Jochen, okay – mein Vater, gut. Aber Christoph wüsste ich lieber nicht in Ronis Nähe.

Sie bedeutet mir mit einem Kopfnicken in Richtung Küche, dass wir uns zurückziehen sollten, um Kriegsrat zu halten.

«Was machen wir jetzt bloß?», will sie wissen.

«Wir leihen ihm das Geld für seinen Rückflug.»

«Wir wissen nicht mal, wovon wir die Hochzeit bezahlen sollen.»

Stimmt. Mir fällt ein, dass ich auch lange nicht mehr darüber nachgedacht habe, woher ich die 10000 Euro für Ronis Kleid nehmen soll. Aber das Problem hat sich ja nun von selbst erledigt. Roni scheint meine Gedanken zu lesen.

«Um das Kleid mache ich mir keine Sorgen, da fahre ich einfach mit Nunja ins Outlet-Center. Zuerst einmal müssen wir Christoph aufmuntern», meint sie. «Wollt ihr beide nicht mal zusammen ausgehen? Ein bisschen Ablenkung würde ihm bestimmt guttun.»

«Klar», lüge ich. «Das mache ich doch gern.»

Als Roni und ich zurück ins Wohnzimmer kommen, sitzt Christoph mit gekreuzten Beinen auf meinem Platz. Er hält die Augen geschlossen, bebt vor innerer Anspannung. Nur um sicherzugehen, dass seine Augen auch wirklich zu sind, schlage ich mit der Hand bis knapp vor sein Gesicht. Keine Reaktion. Hinter den Lidern flattern seine Augäpfel von links nach rechts. Seine Lippen zucken.

Gerade als ich nochmal zuhauen will, um ganz sicher zu sein, schlägt Christoph die Augen auf. «Etwas Großes wird geschehen», flüstert er in Trance. «Der Event des Jahrhunderts.»

«Er ist durchgedreht», erkennt Roni endlich. «Aber immerhin denkt er noch an unsere Hochzeit. Wie süß.»

PFEILGRAD

(hochdeutsch: Unvermittelt)

Leider habe ich es in den vergangenen Tagen nicht geschafft, Christoph von seinem Unglück abzulenken. Obwohl ich erstaunlich gute Laune habe, konnte ich ihn nicht damit anstecken. Roni meint, ich hätte mich vielleicht nicht genug angestrengt, aber einerseits ist Christoph hier der Gutmensch, und andererseits sind wir, also Roni und ich, schwer mit den Hochzeitsvorbereitungen beschäftigt. Gerade kommen wir aus einem Geschäft zurück, in dem wir uns Hussen geliehen haben. Das ist keine Abkürzung für russische Husaren, sondern für weiße Laken, unter denen man hässliche Stühle und Tische verstecken kann. Warum wir diese Hussen unbedingt zu zweit abholen mussten, weiß ich nicht, aber Roni hat darauf bestanden, und ich hatte keine Lust zu diskutieren.

Als ich das Auto zurück in die Tiefgarage lenke, springt ein Typ mit Skimaske hinter einer Betonsäule hervor. Was geht denn hier ab? Blut schießt in meine Muskeln, mein Atem geht schneller, die Knie werden weich, meine Hände umklammern das Lenkrad. Ich drücke den Knopf auf der Fahrerseite herunter. Der Typ da draußen hält etwas in der Hand, was aussieht wie ein Schlafsack, er holt aus und wirft ihn über die Windschutzscheibe. Es wird dunkel im Auto.

Ich höre Roni kreischen und sehe durch das Seitenfenster einen zweiten Kerl hinter einer Säule hervorschlendern. Er trägt einen Schlapphut, dazu eine große Sonnenbrille, die sein Gesicht verdeckt. Bestimmt steckt Christoph dahinter. Weil er Roni nicht kriegen kann, will er sie jetzt entführen.

Geistesgegenwärtig beuge ich mich zu ihr hinüber und drücke auch auf ihrer Seite den Knopf herunter. Der erste Gangster macht sich jetzt an der Tür hinter mir zu schaffen, der andere steht an der Beifahrerseite und breitet fragend die Arme aus. Wird das hier eine Stümper-Entführung?

Leider kann ich immer noch nichts durch die Windschutzscheibe sehen. Egal, ich gebe Gas. Der Wagen heult auf, bleibt aber stehen. Leerlauf. Roni hat ausgekuppelt. Und den Knopf auf ihrer Seite hochgezogen. Sie steckt mit denen unter einer Decke! Jetzt hat der erste Gangster die Tür hinter mir geöffnet, greift zur Fahrertür und reißt sie auf. Ich will Roni festhalten, doch sie springt aus dem Wagen. Der Typ mit der Strumpfmaske beugt sich zu mir herunter.

«Das ist eine Entführung, Cousin.»

Der mit dem Schlapphut hat jetzt auf dem Beifahrersitz Platz genommen. «Servus, Waschtl», sagt er.

Roni grinst. Die Gangster grinsen. Der Groschen fällt.

Urs setzt die Sonnenbrille ab und sagt: «Do geihst na hinten und lasst an Mike fahrn. Is sichra!»

«Und schneller!», ergänzt Mike.

Roni steht neben der Tür und ich neben mir. Sie küsst mich auf den Mund. «Viel Spaß bei deinem Junggesellenabschied.»

Urs drückt mir ein Bier in die zum Winken ausgestreckte Hand, und wir starten mit quietschenden Reifen in den letzten wilden Tag meines Lebens.

Zehn Minuten später halten wir vor einem unscheinbaren Wohnhaus, in dessen Fenster ein rotes Herz blinkt, obwohl noch gar nicht Weihnachten ist.

«So, Cousin, jetzt geh'n wir erst mal in' Puff.»

«Aber du hast doch gesagt, so was würdest du nicht machen?»

«Habe ich das?»

Urs öffnet die Tür und schubst mich raus. Als ich auf der Straße stehe, fahren die beiden weg. Nach hundert Metern bremsen sie und hupen. Urs macht die Tür auf. Die beiden lachen sich schief – wie die Kinder.

«Is hoit a Gaudi gwein. Steig ei.»

Jetzt fahren wir kreuz und quer durch die Stadt und schließlich auf die Autobahn nach Dumbling. Wollen die zu Knoll und Regina? Kann nicht sein, die sind erstens nicht da und zweitens die falschen Gastgeber für einen Junggesellenabschied.

Wir haben Dumbling hinter uns gelassen, biegen zehn Minuten später in einen Feldweg ein, dann auf einen Kiesweg und halten schließlich mitten auf dem Feld vor einem großen einsamen Bauernhaus nebst Scheune. Die Zufahrt ist von brennenden Fackeln gesäumt. Im Licht erkenne ich einen kleinen Garten mit einer Feuerstelle. Unter einer Art Hochparterre-Balkon hat jemand Holzscheite aufgestapelt. Tiefe Bässe dröhnen aus dem Haus, 2 Live Crew, Oldschool-Hip-Hop aus meiner Jugend. Wir steigen aus; Mike holt noch eine Tasche aus dem Kofferraum, die genauso aussieht wie meine Reisetasche.

«Die hat deine Verlobte gepackt», erklärt er.

«Wie lange bleiben wir denn hier?»

«Schaung mia amoi.»

Urs und Mike begleiten mich durch das Erdgeschoss in einen Raum mit Kamin, vor dem ein paar alte Sessel und ein Sofa stehen.

«Wird das ein Junggesellenabend zu dritt?», will ich wissen. Urs drückt mich in einen der Sessel und nimmt selbst Platz.

«Wart's ab.»

«Du hast es doch sonst nicht so eilig.» Mike lacht.

Die beiden verstehen sich anscheinend prächtig. Mike ist bereits vorgestern nach Dumbling gekommen «wegen der Vorbereitungen». Urs erzählt, dass dies hier sein Arbeitsplatz sei. Das Haus gehöre einem Spezl von Knoll.

«I pass bloß a bisserl auf, solang ea in Stadelheim is.»

«Er sitzt im Knast? Weshalb denn?»

«Gras hod ea obaut. Die Polizei is kemma, hod eahn und des Gras eipackt. Die Lampn hams doglossn.»

«Und jetzt baust du hier Gras an?»

«Ah geh! Des is wos fia Teenager.»

Urs führt uns nach draußen zur Scheune. Im Gehen setzt er sich eine Sonnenbrille auf und rät uns, auch erst mal die Augen zu schließen. Dann öffnet er eine Holztür und bittet uns herein. Hinter meinen geschlossenen Lidern wird es gleißend hell. Es riecht wie in einem Blumenladen. Ich blinzele. Wir sind umgeben von lauter exotischen Pflanzen mit herrlichen Blüten. So etwas habe ich noch nie gesehen. Die Wände sind mit reflektierender Folie beklebt, überall stehen Wärmelampen, Fluter, Reflektoren. Ein kompliziertes Pumpsystem führt Wasser von einem Topf zum nächsten.

«Bliamal, wohinst schaust», erklärt Urs und deutet auf eine Art Palme hinter mir, die mehr orange-gelbe Blüten als Palmwedel hat. «Des is a Tobago-Riesenlilie, do gibt's weltweit grad zwoa Stickal vo.»

Mike und ich kommen aus dem Staunen nicht mehr heraus. «Wo hast du die alle her?»

«I hob mia Ableger ghoit, ausm Botanischen Garten.»

Wir nicken anerkennend.

«Des is a Platinregn, dea is no bessa ois wia a Goidregn.»

Das ist also Reginas Geheimnis! Urs arbeitet als ihr Gärtner! Er deutet zum Haus.

«Dortn kennts mochn, wos woits, do san koa Nachban ned, und es is ned so dragisch, wenns wos himochts. Oba des hia is tabu.»

Gerade als wir uns wieder in die Sessel gefläzt haben, höre ich draußen Autoreifen über den Kies knirschen. Mike schaut aus dem Fenster. Er dimmt das Licht, dreht die Musik lauter.

Die Tür geht auf. Hereingesprungen kommt James und legt zum Beat eine wilde Breakdanceshow hin. Wahrscheinlich eine Spätfolge seines Sturzes. Dann lässt er sich aufs Sofa fallen und bekommt seinen Begrüßungsschnaps. So geht es den ganzen Abend weiter: Der Nächste ist Jan. Er hat meinen Tiefenwalder Kumpel Carsten vom Bahnhof abgeholt. Eigentlich sollte auch Rocky mitkommen, aber Sandra wollte ihn nicht gehen lassen.

«Und wann kommt Jochen?», frage ich Urs.

«Den hoab i ned erreicha kenna. I hob nua mit da Bea sprecha kenna, und die wuit, des i eahm a Mäi schick. Oba da hätt i east an Compjuda kaufa miassa.»

Als wir Hunger bekommen, grillen wir draußen auf der Veranda. Urs zeigt der versammelten Mannschaft noch einmal Reginas Pflanzen und nimmt jedem persönlich das Versprechen ab, die Scheune nicht zu betreten. Wir sitzen, trinken und reden sogar über die Ehe. Jan hofft, dass sich Nunja von Ronis Elan anstecken lässt. Urs würde auch gern heiraten, findet aber nicht die richtige Frau.

«Die muss kerndlgfuttert sei und freindlich.»

Darauf stoßen wir an. Um ehrlich zu sein: Wir stoßen auf jeden zweiten Satz an. Die Tiefenwalder verstehen sich hervorragend mit den Bayern. Aber wo bleibt Berlin? Lange Zeit kommt niemand mehr durch die Tür gesprungen. Erst um Mitternacht fährt wieder ein Wagen vor. Wir hören eine Autotür zuschlagen.

«Wea is des jetzat?», fragt Urs und grinst. Ich grinse auch. James dreht die Musik lauter. Die Tür öffnet sich zaghaft, nur einen Spalt weit. Carsten, der schon fast wieder Grünkohlwanderungspegel erreicht hat, reißt sie auf.

Christoph.

Ich glaube, ich sehe nicht richtig. James macht die Musik aus. Stille. Dann frage ich einfach mal: «Was willst du denn hier?»

Christoph schaut betreten zu Boden.

«Na ja, die Vero, äh, Roni meinte, es wäre eine gute Idee. Sie sagte, sie hätte dich gefragt und du wärst einverstanden.» Er steht da wie ein begossener Pudel, weiß nicht, wohin mit seinen Armen, also lässt er sie traurig herunterhängen. Einerseits tut er mir leid, andererseits möchte ich ihn nicht mal in der Nähe haben, wenn Roni weit weg ist.

James und ich wechseln einen Blick. Christoph schaut zu Boden. Wie ein Kind am ersten Schultag. In einer fremden Klasse. Ohne Eltern.

«Wenn ich störe, kann ich auch wieder gehen.» Er wendet sich um, zieht den Autoschlüssel aus der Jackentasche, versucht ein Lächeln. Es misslingt.

«Ich will dir nicht deinen Junggesellenabend verderben.»

Jetzt könnte ich ihm alles heimzahlen. Christoph hat hier nichts verloren. Ich spüre, dass alle Augen auf mich gerichtet sind. Außer denen von Carsten. Der geht auf Christoph zu und legt den Arm um ihn.

«Jetz' mach dir mal kein' Kopp und komm erst mal rein. Der Butzi hat noch nie jemanden rausgeschmissen, der mit ihm feiern wollte. Stimmt's?»

Ich nicke und versuche auch ein Lächeln. Misslingt ebenfalls.

Christoph bekommt seinen Begrüßungsschnaps und hält mir das Glas hin. Wir stoßen «auf neue Beziehungen» an, und ich stelle ihn meinen Kumpels vor, die alle so tun, als hätten sie noch nie von ihm gehört.

Die Musik wird wieder aufgedreht. Wir benehmen uns, wie Männer es tun, wenn keine Frauen dabei sind. Mike spielt «tausend Stecknadeln» mit Urs, greift seinen Arm mit beiden Händen und dreht die Haut gegeneinander, bis Urs quiekt. Im Gegenzug spielt Urs mit ihm «Armstützel anmessen», dasselbe auf Bayerisch. Ich bin froh, mal nicht an die Hochzeit denken zu müssen. Jetzt gibt es Wichtigeres: Kartoffeln-mit-einer-Hand-Zerquetschen (gelingt nur Urs), Armdrücken (Urs besiegt Mike im Finale), Catwalk (Extrakategorie, in der Cousin Mike überraschend gegen James gewinnt).

Christoph wird überall Letzter. Selbst der Alkohol kann ihn nicht so recht aufheitern. Er scheint in Gedanken ganz woanders zu sein. Irgendwie tut er mir plötzlich leid. Ich nehme James beiseite.

«Warum hast du denn deinen Spezl beim Zoll schon angerufen? Ich wollte doch nochmal drüber schlafen.»

«Waschtl, I didn't call him. Das ist eine Zufall. Shit happens.»

«Kann man da denn nichts mehr machen?»

«Hey, du wolltest, dass ich lasse verhaften seine Kollektion. Jetzt hast du es. Be a man.»

Er hat ja recht. Mein Konkurrent liegt am Boden; es wird Zeit zu feiern.

«Kommt eigentlich noch eine Stripperin?», frage ich. Schließlich gehört die ja zu jedem Junggesellenabschied.

Cousin Mike lässt sich neben mir in den Sessel fallen und schenkt Wodka nach. «Neenee, mein Lieber. So 'nen Proletenkram machen wir nicht. Ich weiß doch, was du für Probleme mit den ganzen Sachen bei uns auf dem Land hast. Wir grillen und chillen und lassen es ganz gemütlich angehen – wie zivilisierte Großstädter.»

Nunjas Freund Jan kommt dazu. Mit dem Joint zwischen den Zähnen verkündet er: «Das wird ein Kumpelwochenende mit Niveau.»

«Und ich dachte schon, ich müsste mit einem Bauchladen durch Dumbling laufen und irgendwas verkaufen.»

«Hör mal, wir sind doch alle eher intellektuell. Keine Spielchen.»

Als der Morgen graut, sind meine Freunde in den Sesseln und auf den Sofas eingeschlafen. Ich lasse den Blick über sie schweifen. Berlin fehlt.

WOASSA KONIGLHOS

(hochdeutsch: White Rabbit)

Ich träume von einer Striptease-Show. Die Tänzerin ist Roni, sie holt mich auf die Bühne, zieht mich langsam aus, erst den Pulli, dann das T-Shirt, dann die Hose. Im Publikum sitzen Christoph und Jochen. Sie schauen amüsiert zu. Roni hält eine Reitgerte in der Hand, mit der sie mir über die Stirn fährt. Das kratzt ein bisschen, aber ich lasse es zu, Christoph kann ruhig mal mitkriegen, was für ein erfülltes Liebesleben wir haben. Doch er diskutiert anscheinend lieber mit Jochen. «Siehst du, es gefällt ihm», sagt der gerade.

«Ja, aber er kann sich doch nicht wehren», gibt Christoph zu bedenken.

«Das ist es ja», entgegnet Jochen, und wieder spüre ich das Kratzen auf der Stirn. Ich blicke zu Roni auf, doch die hat sich in Jochen verwandelt. Ich schlage die Gerte beiseite und die Augen auf.

Jochen – immer noch.

Augen zu, Augen auf.

Jochen. Er hält einen Edding in der Hand und schaut prüfend auf meine Stirn. Neben ihm stehen meine Freunde im Kreis. Ich liege in Unterhose auf dem Sofa, mit morgendlicher Vorfreude.

«Hallo, Jochen.»

«Alter, tut mir leid, hat etwas länger gedauert, neuer Kunde in der Agentur.»

Urs reicht mir ein Augustiner. «Nimmst erst moi a Hoibe, des kühlt di a weng ob.»

Ich trinke einen Schluck und stelle die kalte Flasche auf meine Unterhose.

«Wo sind meine Klamotten?»

Ein Grinsen geht über alle Gesichter. Sogar über das von

Christoph. «Hey Butzi», ruft Carsten. «Ich bin ja nicht so. Hier hast du was zum Anziehen.» Er wirft mir ein knallgrünes Etwas zu.

«Anziehen! Anziehen! Anziehen!», grölt die Bande.

«Aber ihr habt doch gesagt, ich muss nicht so ein Proletenzeug …»

«Anziehen! Anziehen! Anziehen!»

«Mike! Wir wollten es doch zivilisiert angehen? Du hast versprochen …»

«Anziehen! Anziehen! Anziehen!»

Zehn Minuten später trinke ich Wodka aus der Flasche, während ich am Grill auf mein Holzfällersteak warte – im Mankini. So ein Ding hat der Komiker Sacha Baron Cohen in dem «Borat»-Film getragen: eine Art riesiger Stringtanga, dessen Seitenbänder man sich wie Träger über die Schulter zieht. In Quietschgrün. Wie schön, wenn sich Freunde inspirieren lassen.

Auf meine Stirn hat Jochen mit Edding «Junggeselle» geschrieben und gesagt: «Wer dieses magische Wort trägt, darf alles.»

Nach dem Frühstück haut Cousin Mike mit einer Gabel gegen einen Blechteller und ruft: «Mögen die Spiele beginnen.»

«Spiele! Spiele! Spiele!», fordert der Pöbel.

Als Erstes soll ich Holz für den Kamin hacken. Zum Glück ist die Sonne schon herausgekommen. Die Jungs stehen feixend neben mir, scherzen, lachen und machen Fotos. Ich muss höllisch aufpassen, dass ich mir die Axt nicht ins Bein haue. Mein Mankini erfüllt garantiert nicht die Sicherheitsstandards der Holzfällergewerkschaft.

Das nächste Spiel heißt Hochzeitsschießen. Diesmal sollen alle mitmachen. Urs hat ein Bild von Roni auf eine Holzscheibe getackert. Darauf hält sie ein Zielkreuz in der Hand.

«Wea des Kreitzal trifft, deaf s' hoarate. Wea die Roni trifft, den wead i sauba zammbiaschtln», verkündet Urs.

Ich schaue zu Christoph, doch der sitzt mit nach innen gewandtem Blick auf dem Rasen.

«Ich zuerst», fordert Carsten und drückt Jochen seinen Morgenjoint in die Hand. «Bin noch Junggeselle und war schon dreimal Schützenkönig. Außerdem hat sie mich schon geküsst.»

Urs' Gesicht verfinstert sich. Carsten legt an, zielt, und gerade als er abdrückt, muss Urs gewaltig niesen. Carsten verreißt. Er dreht sich um und grinst Urs an. «Da hat sie aber Glück gehabt, dein Cousinchen.»

Jan geht das Gewehr direkt nach dem Laden los, James, Mike, Jochen und Urs treffen sicherheitshalber nicht mal die Scheibe. Dann ist Christoph an der Reihe. Er hat als Einziger heute noch nichts getrunken. Jetzt legt er an und zielt. Atmet ruhig ein und aus. Dann drückt er ab.

Ich mag gar nicht hinschauen, deshalb sehe ich zu Urs. Dessen Blick verdüstert sich. Christoph hat genau ins Schwarze getroffen. Urs zuckt ratlos mit den Schultern und drückt mir das Gewehr in die Hand.

Christoph reißt jubelnd die Arme hoch und lacht wie ein Irrer. Ich habe schon etwas zu viel getrunken, aber dem Typen werde ich es zeigen!

Ich lege an und versuche gleichmäßig zu atmen. Meine rechte Hand zittert, das Gewehr zittert, die Hochzeitsscheibe dahinter auch. Irgendwie muss ich die drei zitternden Objekte in eine Reihe kriegen. Hoffentlich erschieße ich Roni jetzt nicht. Ist ja eh nur ein Spiel, oder? Ich schaue hoch und sehe die Erwartung in den Gesichtern meiner Freunde. Das von Urs sieht etwas gefährlich aus. Tief durchatmen. Zielen, zielen, Kimme und Korn auf eine Linie, jetzt noch die Scheibe dahinter und abdrücken.

Mit einem «Plopp» löst sich der Schuss. Ich mag das Ergebnis gar nicht sehen. Geht auch nicht, weil sich alle meine Freunde eng an eng um die Scheibe gestellt haben. Ich höre sie murmeln.

«Eindeutig!»

«Lucky Strike!»

«Ins Schwarze.»

Urs kommt auf mich zu, in der Hand hält er die Hochzeitsscheibe. Als Erstes schaue ich Roni an. Keine Einschusslöcher, ein Glück. Inmitten des Zielkreuzes ist das kleine Loch, das Christoph hineingeschossen hat.

«Da Waschtl hod genau in des Loch vom Christoph einigschossn», verkündet Urs. «Wie da Hoodrobin. Ea deaf die Roni heirodn. Wenn jemand Einwände hod, so soi er jetz redn, dann sorg i dafia, des ea fia imma schweigt.»

Alle schütteln eifrig den Kopf. Christoph reißt ein wenig die Augen auf, murmelt aber bloß wirres Zeug.

Urs überreicht mir die Hochzeitsscheibe.

«So, jetzat wird gschwumma.»

Die Sonne scheint, ich bin angetrunken genug, dass es mich nicht stört, in einem überdimensionalen grünen Stringtanga mit einer Horde betrunkener Kumpels über die Kuhwiesen zum Dumblinger See zu marschieren. Nicht einmal die Kühe stören mich. Schließlich komme ich selbst vom Land und weiß, dass die nichts tun. Carsten und Jochen gehen voran, die Köpfe gesenkt, als suchten sie Grashüpfer. Urs hat sein T-Shirt ausgezogen, und Mike ist mit James ins Gespräch vertieft.

Da bleiben Jochen und Carsten plötzlich stehen. «Das sind doch …», meint Jochen.

«Jep», sagt Carsten. «Spitzkegelige Kahlköpfe.»

James kommt dazu und grinst. «Magic Mushrooms.»

Die drei stehen um einen Kuhfladen, aus dem ein paar kleine glatte Pilze mit dünnem Stiel und konisch zulaufenden Kappen wachsen.

«Alter, bei uns in Berlin zahlst du da echt 'ne Menge Geld für», sagt Jochen und beginnt zu ernten. Urs geht ihm zur Hand.

«Mei, narrische Schwammerln.»

«Wir müssen die aber erst trocknen», meint Carsten.

«Oder wir können machen eine Pizza Funghi à la surprise», schlägt James vor.

«So a Schmarrn. Zum Schwammerl gheat a Wammerl.»

«Bei uns in Tiefenwalde schmoren wir sie nur mit ein bisschen Speck in der Pfanne. Dazu gibt's Bratkartoffeln», erzählt Mike und leckt sich über die Lippen. Er wendet sich an Christoph.

«Und bei euch in Tibet?»

Christoph seufzt. «Nepal. Da nutzen Schamanen seit Jahrtausenden Zauberpilze für ihre Rituale. Aber für mich ist das nichts. War einer von euch mal in Pokhara?»

Aber da sind alle schon längst ausgeschwärmt, um die Wiese abzuernten. Als wir einen beträchtlichen Vorrat gesammelt haben, ziehen wir weiter.

Der Dumblinger See ist strahlend blau. Aus seiner Mitte schießt eine Fontäne in den Himmel. Der Anblick erinnert mich an den Stausee in Tiefenwalde.

«Gott, ist das kitschig hier», meint Jochen.

«Naa», korrigiert Urs. «Schee is des.»

Wahrscheinlich sollte ich angemessen ausgelacht werden, während ich mit dem peinlichen Badeanzug in den See steige, aber jetzt ist allen so heiß geworden, dass wir die letzten Meter zum Weiher um die Wette rennen. Bevor ich michs versehe, haben die anderen ihre Klamotten ausgezogen und sich nackt in den Weiher gestürzt. Nur Christoph bleibt am Ufer. Soll er doch.

Wir verbringen den ganzen Tag mit Kopfsprüngen und Biertrinken, fühlen uns frei von allen Sorgen. Christoph hat sich etwas abseits in den Lotussitz gesetzt und meditiert. Ab und an versuchen Jan oder Carsten, ihm ein Bier in die Hand zu drücken, aber Christoph lehnt ab.

Am Nachmittag kriegen wir Hunger und gehen zurück. In Dumbling kaufen wir Wammerl, Kartoffeln, Bier und noch ein paar andere Pilze, denn Urs will «ganz a scheene Schwammerl-Pfanne» machen.

Derweil schießen wir mit Jochens Luftgewehr auf Bierdosen. Carsten ist ein ziemlich guter Schütze, aber gegen Christoph hat er keine Chance. Der kann ansatzlos aus der Hüfte schießen und trifft dabei auch noch. Wie ein Cowboy steht er da, das Luftgewehr lehnt neben ihm an der Schuppenwand. Dann klatscht einer in die Hände, Christoph greift sich das Gewehr, schießt – und trifft. Kein Wunder, so nüchtern, wie der ist!

Am Abend wollen wir nach Lodering fahren, den nächsten größeren Ort. Aber erst mal wird gegessen. Die Rahmschwammerln schmecken vorzüglich, trotzdem halte ich mich zurück. Ich bin halluzinogenen Drogen gegenüber stets misstrauisch gewesen, denn ich verliere ungern die Kontrolle über meinen Körper. Christoph geht es anscheinend ähnlich, sein Teller bleibt leer.

Die anderen dagegen hauen rein. Besonders Jochen ist unersättlich. Er meint, er habe in den letzten Tagen nur gearbeitet und kaum gegessen. Dies sei seine erste anständige Mahlzeit. Als ich ihn auf die Nebenwirkungen hinweise, meint er, er habe in den letzten Tagen auch nicht gefeiert und dies hier sei –

Schon verstanden.

Zum Essen hören wir den Hippiesong «White Rabbit» von Jefferson Airplane. Danach steht das letzte Spiel an: Ich soll bei einem benachbarten Bauern den Stall ausmisten. Ein bayerischer Klassiker, erklärt Urs. Zum Nachtisch gewährt er uns einen kurzen Einblick in Reginas Blumenscheune. Die wirkt jetzt so bunt, dass es mir vor den Augen flimmert. Und wenn ich genau hinschaue, kann ich die Pflanzen sogar wachsen sehen. Urs lehnt die Tür nur an, «fois die Biene Maja neifliagn wui». Klingt logisch.

Eine halbe Stunde später stehen wir vor dem Nachbarn, Bauern Drexlmeir, der uns weitaus weniger blumig begrüßt: «Drexi.»

«Urs.»

«Des is da Waschtl.»

«Waschtl.»

Der Drexi spricht so tief bairisch, dass ich ihn kaum verstehe. Allerdings scheint bei mir die Verbindung zwischen Ohr und Hirn gerade auch etwas gestört zu sein. Also lächle ich einfach genauso breit wie die anderen. Der Bauer schaut mich misstrauisch an. Ich würde ja gern mit der Grinserei aufhören, aber ich schaffe es einfach nicht. Ein kleiner Junge mit strohblondem Haar und Sommersprossen kommt hinter dem Bauern hervor, zeigt mit dem Finger auf mich und brabbelt etwas in einer fremden Sprache. Der Bauer nickt.

«Hobt's ia scho gschnapselt?», will er wissen.

Wir nicken eifrig und bemühen uns, ernst zu bleiben. Aber dadurch werden unsere Lachanfälle bloß noch heftiger. Nur Urs kann Fassung bewahren. Wahrscheinlich wirken die Pilze bei ihm nicht so stark, weil er mehr Muskelmasse hat.

Der Bauer legt mir seinen Arm um die Schultern und führt mich zum Stall. Der Boden ist angenehm weich und gibt freundlich unter meinen Füßen nach. Man muss sich fast gar nicht bewegen und kommt trotzdem voran. Toll!

Im Kuhstall erschlägt mich die Landluft fast. Ich versuche, mich an den Geruch der Blumen zu erinnern. Es funktioniert. Im Stall stehen zehn Kühe nebeneinander in engen Boxen. Ich werfe einen Blick hinein und sehe, dass dort beträchtliche Haufen Kuhkacke liegen. Wächst aus dem einen da etwa ein Pilz? Nein. Ich schüttele den Kopf, um das Trugbild zu verscheuchen. Der Bauer drückt mir eine Mistgabel in die Hand und sagt etwas, das in meinen Ohren klingt wie: «Soznbazn des kannstnnu amoi ganz naussnschippn.»

Ich schaue ihn interessiert an. Der kleine Junge lacht. Urs lacht auch. Die anderen hinter mir ebenfalls. Jan hat sich auf den Boden gesetzt und betrachtet fasziniert einen Strohhalm.

«Na, i hob di bloß dableckt», sagt der Bauer. Zum Glück gehört dieser Satz zu den zwanzig bairischen Wendungen, die ich verstehe, weil ich sie oft genug höre. Er bedeutet: Ich habe dich bloß verarscht.

«Kimmst!» Sein Sohn nimmt mich an der Hand und zieht mich in einen Nebenraum, der etwa dreißig Quadratmeter groß und in viele kleine Stallkammern unterteilt ist. In jeder Kammer liegt ein wenig Stroh. Darauf sitzen Kaninchen: kleine, große, gescheckte, schwarze, weiße. Der Junge lacht mich an: «Des is mei Stoi, den kost ausmistn. Aba passts mia schee auf mit die Karniggel.»

Ich nicke.

Der Junge beugt sich über ein Holzbrett und hebt ein kleines weißes Kaninchen aus dem Stall. Er drückt es mir in die Hände. Das kleine Kaninchen ist so weich. Es zittert ein bisschen, weil es so aufgeregt ist, aber das kann ich gut verstehen, ich bin ja auch so aufgeregt.

Der Bauernjunge legt den Kopf auf die Seite und nimmt mir sein Kaninchen wieder weg.

«So, jetzat gibst mia den Edmund wieda und mochst sei Stoi sauba.»

Wir arbeiten Hand in Hand: Der Junge nimmt die Kaninchen aus dem Stall, ich hole mit der Mistgabel das dreckige Stroh heraus. Blöderweise fallen die kleinen Köttelchen immer zwischen den langen Zinken durch. Deshalb greife ich den Mist einfach mit den Händen. Der Bauer nickt anerkennend. «Du kost zupacka. So Leit kemma braucha.»

Nach getaner Arbeit fahre ich die Schubkarre an meinen Freunden vorbei zum Misthaufen. Zum Dank für diese Erfahrung will ich dem Bauer die Hand geben, aber der hebt seine nur hoch und winkt.

Der kleine Junge sagt etwas, das in meinen Ohren klingt wie: «Wennstn Stodtn Hosn die Kettel gpfeacht zu damisch sauba.»

Ich strubbele ihm durch die Haare. Daraufhin schreit er «Iiiiih!» und läuft ins Haus. Auch wir machen uns auf den Rückweg. Auf der Wiese kommt Jochen auf die Idee, seine

Schuhe auszuziehen. Die Halme kitzeln ihn herrlich an den Füßen; und die Kuhfladen kühlen.

Zu Hause angekommen, stimmen wir darüber ab, wie wir den Abend verbringen wollen. Das Ergebnis: erst Strip-Club, dann Dorfdisco.

Nur einer hat gegen den Strip-Club gestimmt: Jan. Er findet, das gehöre sich nicht in einer Beziehung. Ich sehe das nicht so eng. Andererseits: «Was ist, wenn mich in Dumbling jemand erkennt?»

«Ah geh!» Urs winkt ab.

Die nächste Dorfdisco ist das «Geilo», zwei Orte weiter, der nächste Stripladen liegt praktischerweise gleich nebenan und nennt sich «Route B 12». Mit seiner Ankündigung, er könne noch fahren, weil er vollkommen nüchtern sei, macht Christoph sich endlich Freunde. Weil er einen schicken BMW-Zweisitzer fährt, verliert er sie gleich wieder.

Urs bestellt zwei Taxen. Weil es in Dumbling nur einen Fahrer gibt, muss der Besitzer des Unternehmens erst einen Spezl anrufen, aber der sitzt gerade noch beim Abendessen. Bis die Wagen da sind, wird es daher «a hoibe Stundn» dauern. Kein Problem, es ist erst halb zehn, so habe ich Zeit, den Mankini auszuziehen, zu duschen und noch ein bisschen herumzuballern. Wir verlagern unseren Schießstand auf die Hochparterre-Veranda, essen noch ein paar Pilze, trinken Wodka und heizen uns mit lautem Hip-Hop ein. Nach einer halben Stunde, als gerade als die Dämmerung einsetzt, hören wir endlich Autoreifen über den Kies knirschen. Jan ruft: «Die Taxis sind da!»

Jochen stürmt mit dem Gewehr in der Hand nach unten. Ich hinterher. Die Jungs folgen. Plötzlich heult eine Sirene auf, eine Lautsprecherstimme befiehlt: «Lassen Sie die Waffe fallen!»

Vor der Tür steht ein Polizeiauto.

«Was bist denn du für 'n Taxi?», fragt Jochen und starrt gebannt in das kreisende Blaulicht.

«Lassen Sie die Waffe fallen», tönt es erneut aus dem Megaphon.

«Jochen, das ist kein Taxi!», sage ich beschwörend. Und zu den Polizisten: «Der tut nichts.»

Jochen blinzelt. Ein Beamter steigt aus. Seine Hand ruht seitlich am Gürtel, auf der Dienstpistole.

«O wacka», sagt Jochen und hebt das Luftgewehr. «Ich gebe Ihnen das Ding lieber. Nicht, dass sich noch jemand verletzt.»

«Fallen lassen!», ruft der Polizist.

«Die Waffe oder mich?»

Der Beamte schnippt mit dem Daumen seiner rechten Hand den Druckverschluss des Pistolenhalfters auf. «Auf den Boden!»

Meine Freunde sind einer nach dem andern aus dem Haus gekommen. Carsten, der offenbar schon wieder etwas drüber ist, versucht, hinten im Polizeiauto einzusteigen, doch da ist abgeschlossen. Er schaut den Polizisten auf dem Beifahrersitz an und macht eine fragende Geste. Dann dreht er sich zu den anderen. «Da sitzt schon einer drin.» Carsten tritt einen Schritt zurück und liest die Aufschrift auf dem Auto. «Scheiße, das sind die Bullen!»

Jochen hat sich auf den Boden geworfen, der Polizist auf ihn drauf. Er nimmt meinen Kumpel in den Hebelgriff und zerrt ihn hoch. Handschellen klicken.

Jetzt kommt auch Urs aus der Tür. Er ist noch damit beschäftigt, in den Ärmel seiner Jacke zu finden. Als er den Polizisten sieht, bleibt er stehen.

«Servus, Hiasl. Wuist an Jochen eikastln?»

«Urs! Bist dahoam?»

«Jo freili. Mia hom des Taxi gwortet. Bist jetzat unta die Taxla ganga?»

Der Polizist grinst, hält aber immer noch Jochen im Drehgriff fest. «Naa, da Hinterreiterferdi hod oagrufa. Ea is mit seim Hund spoziern gwen und hod Schisse gheat. Da hod ea gmoant, hia san Eibrecha, die wo mit Gewehrn auf die Bliamal von da Regina schiaßn.»

«So a Schmarrn. Des san mei Spezln.» Urs legt mir die Hand auf die Schulter und schiebt mich vor. «Des is da Waschtl.»

Der Polizist lässt endlich Jochen los und reicht mir die Hand. «Hias, habe die Ehre.»

«Waschtl», sage ich, woraufhin Jochen zu kichern anfängt.

«Und wea seids ia?», will der Polizist von den anderen wissen.

«Die san in Ordnung», beschwichtigt ihn Urs. «Mia hom bloß a Hochzeitsschiaßn gmocht. Da Waschtl wead dem Knoll sei Schwiegersohn.»

«Schmarrn!»

Ich nicke.

Jetzt ist auch der andere Polizist aus dem Auto gestiegen, er nimmt die Mütze ab und streckt die rechte Hand aus, um mich zu beglückwünschen. «Du heiratst die Roni! Jo, da gratulier i.»

Auch der andere Polizist reicht mir die Hand. Er überlegt.

«War die ned ma mit so am Grischpal zamm gwesn, dea wo nach Kina obghaun is?»

«Es war Nepal», korrigiert Christoph kleinlaut.

«Und wo is da Knoll?»

«In Texas», erkläre ich und erzähle von den streikenden Mexikanern. Die beiden Polizisten hören interessiert zu. Allmählich entspannt sich die Situation wieder. Der Beamte nimmt Jochen die Handschellen wieder ab, der macht ihm Komplimente zu seinem festen Griff. Urs zieht Hias zur Seite und tuschelt mit ihm. Danach müssen die Beamten noch unsere Personalien aufnehmen, «fias Protokoll». Jochens Luftgewehr wird konfisziert, er kann es sich am Sonntag von der Wache holen, wenn wir wieder nüchtern sind.

Gerade will Urs die Beamten zu einem Bier einladen, da kommen die Taxen über den Feldweg gefahren. Wir steigen ein. Hias winkt zum Abschied. Und Christoph fährt hinterher.

DE BUAM

(hochdeutsch: Diese Jungen)

Das Route B 12 ist offenbar einer dieser Truckerläden, wie man sie nur an entlegenen Landstraßen findet. Ich war noch nie in so einem Etablissement. Auf dem Parkplatz stehen zwei kleinere PKWs, fünf LKWs und eine Menge chromglänzender Motorräder. Sieht aus wie der Parkplatz der Hells Angels.

«Nicht, dass ich jetzt kneifen will, aber das scheint mir ein bisschen gefährlich zu sein», gebe ich zu bedenken. Außerdem will ich nicht, dass sich hier in der Gegend herumspricht, ich sei in einem Strip-Lokal gewesen. «Wenn Knoll das mitkriegt, wird er bestimmt sauer.»

Urs grinst. «Ah geh! Mia sogn hoit, du bist da Franz.»

Jan hat die Hände über der Brust verschränkt. «Ich gehe da nicht rein. Nunja würde das nicht wollen.»

Jochen schaut ihn verwundert an. «Alter, mach dich mal locker.» Aber Jan schüttelt bockig den Kopf und besteht darauf, draußen zu warten.

Urs lässt seinen Blick über den Parkplatz schweifen. Sein Blick bleibt an den Motorrädern hängen. Er nickt nachdenklich. «Do mias ma je'n Augenblick mit Fozzn rechnen.»

«Dann sind wir ja richtig!», beschließt Jochen und marschiert los, geradewegs durch die Tür. Carsten geht hinterher, alle folgen, bis auf Jan.

Hinter der Eingangstür sitzt ein Pförtner. «Servus, Urs», brummt er.

Gerade will ich mich als Franz vorstellen, da sagt Urs: «Servus, Toni. Des is da Waschtl. Dea hod heit sein Junggesellenobschied. Ea wead da Schwiegersohn vom Knoll.»

«Ja, servus, Waschtl. Do gratulier i. Mia hom heit gonz was Feins.»

Nachdem wir je zwanzig Euro Eintritt bezahlt haben, kriegen wir zehn «Dumbling Dollar», die wir den Tänzerinnen an den Slip stecken sollen. Es sind farbkopierte Dollarscheine, nur ist statt George Washington eine blonde Bayerin mit geflochtenen Zöpfen darauf abgebildet – laminiert, damit man sie abwaschen kann.

Quer durch den Raum zieht sich ein Podest, aus dem zwei Stangen für die Tänzerinnen ragen. An der langen Wand befindet sich die Bar, gegenüber steht das DJ-Pult. Der Laden ist gut gefüllt mit dicken Männern. An einem Billardtisch in der Ecke spielen ein paar Typen in Flanellhemden. Ein paar andere Hemden sitzen daneben am Tisch und starren feindselig zu uns herüber. Sie sehen aus wie Trucker. Ihnen gegenüber, in einer großen Nische, hocken die Besitzer der Motorräder. Kein Zweifel: echte Rockertypen mit Lederjacken, Kutten und extrabreiten Nacken. Solche Kerle trifft man in Städten gar nicht mehr.

Wir setzen uns nebeneinander an das Podest. Das Licht ist gedimmt, aus den Boxen quält sich die Oma aller Strip-Songs: «You can leave your hat on» von Joe Cocker. Nebelmaschinen furzen, überall ist Rauch. Ich muss husten. Dort, wo das Podest an die Wand stößt, öffnet sich eine Tür, und ein langes Bein klappt heraus; es beugt und streckt sich, als haute ein unsichtbarer Orthopäde im Takt mit seinem Hammer auf das Knie. Endlich tritt die Tänzerin ganz auf die Bühne. Sie trägt ein knappes Lederkostüm mit mehr Nieten drauf, als alle Rocker in der Ecke zusammen auf ihren Jacken haben. Als sie näher kommt, verstehe ich, wozu der Nebel da ist: Diese Dame hat die vierzig weit überschritten, die Schwaden sind eine Art flexibler Weichzeichner. Generell finde ich ältere Frauen super, jedes Alter hat seine erotische Ausstrahlung. In Strip-Bars aber sollte es doch um alte Säcke gehen, die junge Frauen anstarren, und nicht umgekehrt.

Die Frau tänzelt lasziv auf die erste Stange zu, schwingt um sie herum, reißt sich dabei mit der freien Hand den Nieten-BH herunter und entblößt zwei Ballonbrüste, die aussehen wie drangeschraubt.

«Ein Applaus für Säääändy!», ruft der DJ durchs Mikrophon. Und schon lässt Säääändy ihre Hüften kreisen. Sie legt sich auf den Bauch, reckt uns den Hintern entgegen, steht wieder auf und schlackert wild mit der falschen Oberweite. Dabei hält sie sich an der Stange fest – wahrscheinlich, um nicht von der Unwucht durch den Raum geschleudert zu werden.

Die Flanellhemdträger und meine Freunde klatschen, ich drehe mich beschämt zur Seite. Aus den Augenwinkeln sehe ich die Frau direkt auf mich zukommen. Der DJ ruft: «Wir feiern heute Abend Junggesellenabschied hier. Ein Applaus für Waschtl!»

Die Jungs applaudieren, während Sändy mich auf die Bühne zieht. Der DJ ergänzt: «Er wird der Schwiegersohn vom Knoll!» Na toll, warum geben die nicht gleich meinen Personalausweis rum?

Die Rocker haben sich erhoben und kommen langsam näher. Auch das noch. Weil ich etwas blöd rumstehe, drückt mich Sändy auf einen Stuhl in der Mitte des Podests. Sie setzt sich auf meinen Schoß, kehrt mir dabei den Rücken zu und rutscht knarzend an mir rauf und runter. Dann schiebt sie ihren Hintern vor mein Gesicht und beugt sich vor, völlig überzeugt von ihrer sexuellen Anziehungskraft, die mir leider verborgen bleibt. Jetzt ist sie über mich rübergeklettert und turnt hinter meinem Rücken an der Stange herum. Anscheinend macht sie dabei Faxen, denn Urs fällt vor Lachen fast vom Stuhl.

Ich sehe nackte Körperteile links und rechts von mir auftauchen. Liegt vielleicht auch an den Pilzen. Plötzlich steht Sändy wieder vor mir, beugt sich über mich und nestelt an meinem Gürtel herum. Mit einem Ruck hat sie ihn aus den Maschen gezogen und haut ihn mir lachend um die Ohren. Dann knöpft sie auch noch meine Hose auf.

Plötzlich hält sie einen Plastikbecher Eiswürfel in der Hand.

Bevor ich mich dagegen wehren kann, kippt sie die ganze Ladung in meine Unterhose. Das ist so kalt, dass ich am liebsten aufspringen und die Würfel durchs Hosenbein rausschütteln möchte. Aber Sändy hat sich auf mich gesetzt und beginnt einen wilden Ritt auf den Eiswürfeln. Der Laden tobt. In meiner Hose tritt der Kälteschmerz ein.

Der DJ ruft durch das Mikro: «Ein Applaus für Waschtl aus Minga, der Junge ist heiß!!!»

Im Moment wäre ich das wirklich gern.

Sändy hat sich so in Fahrt geritten, dass wir beide mit dem Stuhl umkippen. Zack, liege ich auf dem Rücken, sie hat sich in meine Kleidung verkrallt und lastet schwer auf meiner Brust. Ich greife unter ihr hindurch in meine Hose, bekomme eine Handvoll angetauter Eiswürfel zu fassen und schleudere sie, so weit ich nur kann. Aus den Augenwinkeln sehe ich sie auf dem Billardtisch landen.

Sändy nutzt die Chance, um mit gespielter Vorfreude auch mal einen Blick in meine Hose zu werfen. Da regt sich natürlich nichts. Wie auch? Es ist nass, kalt, und ich wünsche mir nichts mehr als trockene Unterwäsche.

Sändy scheint tatsächlich enttäuscht zu sein und lässt endlich von mir ab. «Bist du okay?», fragt sie.

«Ja mei», sage ich, nehme aber trotzdem ihre Hand und verabschiede mich mit einem Handkuss, um meine Kumpel nicht zu enttäuschen. Unter dem Gejohle meiner Freunde und der Rocker verschwinden Sändy und ich in entgegengesetzte Richtungen von der Bühne.

Ich eile zum Klo und muss vor dem Spiegel feststellen, dass ich aussehe, als hätte ich mir in die Hose gepinkelt. Also stelle ich mich erst mal ein paar Minuten in einer Rückwärtsbeuge unter das Handgebläse.

Als die Hose fast trocken ist, klingelt mein Handy. Unbekannte Nummer. Sollte man nie drangehen. Aber vielleicht ist es Jan.

«Hallo?»

«Sebastian, ich bin es, Mama. Wo bist du denn, es ist so laut?»

Mist, in Tiefenwalde gibt es noch analoge Telefonanschlüsse.

«In einem Club, äh, einer Kneipe, einer Studentenkneipe. Ich feiere meinen Abschied vom Singleleben.»

«Ich kann nicht schlafen.» Meine Mutter schluchzt. «Ich vermisse deinen Vater. Er ist nicht zufällig bei dir?»

«Papa ist in Amerika. Schon vergessen?»

«Ich dachte, das sei nur so dahingeredet. Er hat mir schon so oft versprochen, mit mir wegzufahren und –»

Ich unterbreche sie. «Mama, ich kann gerade ganz schlecht reden.» Fieberhaft suche ich Knolls Telefonnummer in Texas aus meinem Handy. Dort müsste jetzt Nachmittag sein, da erreicht sie meinen Vater. Dann tue ich so, als sei die Verbindung gestört, und lege auf. Ich kann mich ja nicht immer um alles kümmern, nicht mal meine Hose ist richtig trocken geworden.

Als ich die Toiletten wieder verlasse, warten im Gang schon die Rocker. Sie sehen finster aus, stehen dort mit verschränkten Armen und starren mich an, als gehörte ich zu einer verfeindeten Gang. Ein Typ, auf dessen Kutte «Chef» steht, beugt sich vor.

«Du weast da Schwiegasohn vom Knoll?»

Ich seufze und nicke ergeben.

Der Typ legt mir die Hand schwer auf die Schulter. «Ois guade.»

Die anderen klatschen. Einer nach dem anderen kommt zu mir und gratuliert. Danach gehen uns die Gesprächsthemen aus. Macht aber nichts. Da Rocker eher Männer der Tat sind als der Worte, ziehen sie sich an ihren Tisch zurück, und ich gehe wieder zu meinen Freunden. James drückt mir einen Mai Thai in die Hand.

«Normally, I don't like Strip-Bars, aber deine Performance war special!»

Wir klatschen ab.

Plötzlich stehen die sechs Flanellhemden direkt vor mir. Anscheinend haben die Eiswürfel ihr Spiel durcheinandergebracht. Sie haben sie wieder aufgesammelt. Der Größte von ihnen streckt den Arm aus und kippt mir den Becher über den Kopf. «Hier ist dein Eisbecher», presst er heraus. «Du Schwuchtel.»

James macht einen Schritt nach vorn, aber Jochen hält ihn zurück. Ich klaube mir die Eiswürfel aus dem Kragen und überlege gerade, wie ich am schnellsten die Rocker alarmieren kann, da baut mein Trauzeuge sich vor dem Oberflanellhemd auf. Oje – den Blick kenne ich. Wenn Jochen so schaut, geht meistens etwas kaputt.

Die Rocker sind offenbar gerade ins Gespräch vertieft. Na ja, wenn es hier eine Schlägerei gibt, habe ich wohl die beste Rückendeckung, die ich mir wünschen kann.

Die Flanellhemdenträger stellen sich in Position. Der eine haut die rechte Faust klatschend in die geöffnete Linke. Jochen beugt sich vor und flüstert ihm etwas ins Ohr. Dabei deutet er auf jeden Einzelnen von uns. Das Oberflanellhemd nickt. Sein Körper hat jetzt deutlich an Spannung verloren. Wie ein Schuljunge nach einer Standpauke macht er auf dem Absatz kehrt und nimmt die anderen Hemden mit.

«Was hast du denen denn gesagt?», will ich von Jochen wissen.

«Nur 'ne kleine Info.»

Inzwischen ist der Chefrocker rübergekommen; er fragt, ob alles okay sei. Ich nicke. Dann empfiehlt er uns, den Laden demnächst zu verlassen, einer von den Flanellhemden habe gute Kontakte zum Polizeipräsidenten und «do gibt's schnei a Razzia». Er schaut uns ernst an. «Do hauts liaba ob, ge?»

Man soll ja gehen, wenn es am schönsten ist. Außerdem wollen wir auch den prinzipientreuen Jan nicht so lange draußen warten lassen. Zum Abschied winke ich den Rockern nochmal zu. Sie grüßen lässig mit zwei Fingern zurück, wie es Motorradfahrer eben so machen.

Für James ist das Ganze wohl ein bisschen viel gewesen. Draußen vor der Tür muss er sich erst einmal setzen. Carsten legt den Arm um ihn und redet tröstend auf ihn ein. Dann gibt er ihm etwas, was James sich in den Mund steckt.

«Was war denn das jetzt?», will ich wissen.

«Ich habe ihm ein paar Pilze gegeben, damit er ein bisschen aus sich rauskommt. Denn jetzt wird getanzt!» Sicherheitshalber esse ich auch noch zwei, drei Pilze. Man kann nie locker genug sein.

Nachdem Urs ein paar Worte mit den Türstehern gewechselt hat, kommt unsere Herrentruppe ohne Probleme ins «Geilo».

«Das ist hier ja wie in Bielefeld!», freut sich Carsten, der natürlich alle Discotheken im Umkreis von Tiefenwalde kennt. Alle beide. Er und Mike finden sofort in den Beat. Bei James scheinen die Pilze zu wirken, denn er zeigt auf der Tanzfläche ein paar Bewegungen, auf die in fundamentalistischen Staaten die Todesstrafe steht. Jan dagegen wird von einer jungen blonden Frau massiv angetanzt. Bin gespannt, wie er das mit seinem Keuschheitsgelübde vereinbaren kann.

Der DJ spielt Hits, zu denen wir in unserer Jugend nicht tanzen wollten, weil wir uns zu erwachsen dafür fühlten. Jetzt, da wir uns jung fühlen wollen, kommen sie gerade richtig: «What is love?» von Haddaway, «Hello Africa» von Dr. Alban, aber natürlich auch Evergreens wie «La isla bonita» oder das etwas neuere «From zero to hero».

Seltsamerweise stachelt mich gerade dieser Hit in seiner Banalität so dermaßen auf, dass ich mir am liebsten auf der Tanzfläche die Klamotten vom Leib reißen würde. Vielleicht liegt das an meinem verschleppten Striptease-Trauma. Ich habe Menschen immer belächelt, die sich zu so was hinreißen lassen. Aber seit ich in München wohne, versuche ich mit meinen Vorurteilen aufzuräumen. Der nächste Hit: «Insomnia» von Faithless. Schlaflosigkeit. Das Stück fand ich immer irgendwie gut. Jetzt, auf Pilzen, erst recht. Dieses lange hypnotische Intro. Ich fange an, mich zu dem Beat zu bewegen. Er ist schlicht, ein satter hoher Ton, ein satter tiefer Ton, hoher Ton, tiefer Ton, keine Melodie, nur Treibenlassen. Dann setzt die Stimme des Sängers ein, dunkel, hypnotisch, er besingt die Nacht, einen schlaflosen Schreiber, ich höre auf zu denken, folge dem Beat, der sich immer weiter steigert. Wo bleibt die Melodie? Ich sehe die Jungs auf der Tanzfläche, höre die Stimme des Sängers:

Keep the beast in my nature under ceaseless attack.
I can't get no sleep.
I can't get no sleep.

Ein Augenblick Stille, eine Nanosekunde Klarheit, wie zwischen Blitz und Donner. Dann bricht die Melodie in den Raum: rein, kompromisslos, erlösend. Sie versöhnt mich mit Vergangenheit und Gegenwart. Eine neue Melodie, ein Bruch im Lied, im Leben. Ein neuer Anfang, einfach so. Das ist die Brücke.

Ich ziehe mein T-Shirt aus.

Als ich die Augen wieder öffne, hat sich ein kleiner Kreis um mich gebildet. Die Jungs sind irgendwo anders, ich sehe nur Jochen. Er schaut mich erstaunt an.

«Haben wir die gleichen Pilze gegessen?»

«Hast du mein T-Shirt gesehen?»

«Das hast du da hinten in die Ecke geworfen.»

Nach diesem emotionalen Durchbruch bin ich ziemlich geschlaucht. Jochen reicht mir ein Taschentuch, mit dem ich mir den Schweiß von der Stirn wische. Er will das T-Shirt holen, ich gehe zur Theke. Auf dem Weg dorthin komme ich an Jan vorbei, der jetzt mit dem Rücken gegen die Wand steht. Seine Vorderseite wird von der Rückseite des Teenagers, man muss das wohl so sagen, sexuell belästigt. Aber er hält sich tapfer.

Ich trinke eine kleine Flasche Wasser und suche die Toilette. Davor steht ein Zigarettenautomat. Genau! Ich fange wieder an zu rauchen, gute Idee! Ob ich irgendwo noch Kleingeld habe? Zwei Arme packen mich von hinten. Ich höre Urs' Stimme. «So, Waschtl, Zeit fia des letzte Spui.»

Mit vereinten Kräften schleppen meine Freunde mich auf die Damentoilette. Im Vorraum zückt Urs ein paar Handschellen. «An scheenen Gruß vom Hias soi i sogn.» Dann kettet er mich an das Waschbecken. Carsten stellt mir noch ein Bier auf den Boden.

«Den Schlüssel haben wir einem Mädchen gegeben. Jetzt musst du wohl doch ein paar Frauen anquatschen.»

Die Jungs winken zum Abschied und lassen mich allein auf den Fliesen zurück. Ich glaube es nicht. Erst mal einen Schluck Bier. Die Tür geht wieder auf. Zwei Teenager.

«Hey, das hier ist die Damentoilette.»

«Ich weiß, tut mir leid.»

«Bist du ein Perverser oder so?»

«Ich heirate bald.»

«Wen denn? Das Waschbecken?»

So geht das die nächsten zehn Minuten weiter.

«Ey, du hast da schwarze Schmiere auf der Stirn. Was steht denn da? Jugoslawe?»

«Nein, Junggeselle. Jugoslawien wurde aufgelöst.»

«Könntest du dich auch mal auflösen?»

Der blonde Teenager will von mir wissen, warum Jan so verklemmt sei.

«Wahrscheinlich, weil er seit Jahren eine feste Beziehung hat.»

«Dann bist du sicher Single, oder?»

«Nein, ich bin verlobt.»

Daraufhin lacht sie, als hätte ich einen Scherz gemacht.

Ein paar Frauen ignorieren mich, andere versuchen kichernd, mir die Wimpern zu tuschen, zwischendurch kommt die Toilettenfrau und beschimpft mich, weil sie denkt, ich wolle ihr Konkurrenz machen. Den Schlüssel hat keine von ihnen.

Nach einer halben Stunde geht draußen die Musik aus. Ich höre aufgeregte Stimmen, ein ziemliches Durcheinander. Ein paar Mädchen kommen hereingestürmt und verbarrikadieren sich in den Toiletten, bevor ich sie fragen kann, ob sie einen Schlüssel haben. Vielleicht sollte ich wie im Film das Abflussrohr aus der Wand reißen. Oder mir die Hand brechen. Aber dann kann ich nicht mehr schreiben. Mist!

Wieder geht die Tür auf: eine weibliche Polizeibeamtin. «Guten Abend, das ist eine Razzia», ruft sie. «Alle Mädchen unter 18 Jahren machen jetzt bitte die Toilettentüren auf und kommen mit erhobenem Personalausweis –», sie stutzt. «Wer sind denn Sie?»

«Junggeselle», sage ich zum hunderttausendsten Mal. «Haben Sie vielleicht einen Schlüssel für meine Handschellen?»

Sie schaut mich an, wirft einen Blick unter das Waschbecken und lacht auf. «Ja, habe ich. Aber bevor ich Sie losmache, muss ich erst mal den Einsatzleiter holen.»

Sie prüft den Sitz der Handschellen und verschwindet mit breitem Grinsen. Kurz darauf ist sie wieder da. Mit ihrem Einsatzleiter und ein paar anderen Kollegen.

«Servus, Waschtl.»

«Servus, Hias. Was machst du denn hier?»

«Mia worn nebenan gwesn zua Razzia, do hob i draußn den Urs troffn, dea hod gmeint, mia soitn hia noch dem Rechtn schaugn.» Er wirft einen Blick unter den Tisch. «San des etwa mei Handschellen?»

Hias zieht einen Schlüssel aus seinem Ledergurt, beugt sich vor und schließt mich los. Jetzt erkenne ich hinter den Polizisten auch Jochen, Urs, Mike und die anderen. Sie lachen und klatschen. Hias führt mich am Arm nach draußen. Jemand hat das Licht angemacht. Die Party im Geilo ist zu Ende. Es sieht kalt und dreckig aus. Die meisten Gäste sind gegangen oder von der Polizei gegangen worden. Ich würde auch gern nach Hause. Die Polizei nimmt hier und da Personalien auf, ein paar betrunkene Mädchen weinen, dass ihnen die Mascara über die Wangen läuft, ein paar Jungs sind zu betrunken, um noch allein zu gehen. Jan, den die Polizei gewaltsam von seinem Teenie befreien musste, ist jetzt total aufgekratzt und will unbedingt noch irgendwohin. Aber die Mehrheit von uns hat genug erlebt und will ins Bett.

Draußen an der frischen Luft erteilt uns Hias eine zweite Verwarnung. «So, Buam. Jetzat mochts oba Schluss fia heit, ge? I wui aich koa dritte Verwarnung gem.»

Wir nicken. Das Taxi kommt. Diesmal fahre ich bei Christoph mit, denn der ist erstens noch nüchtern und wird mich zweitens nicht mit irgendwelchen Spielchen überraschen.

Der kleine BMW ist schneller als das Großraumtaxi. Christoph und ich schweigen. Das tut ganz gut. Christoph sieht deprimiert aus. Klar, er ist der Einzige, der sich heute Abend nicht amüsiert hat. Ich räuspere mich.

«Das kriegen wir schon wieder hin.»

Er schnaubt abfällig durch die Nase. Schon verstanden. Ich beschließe, von jetzt an den Mund zu halten. Nach zehn Minuten biegen wir in den Feldweg ein, der zu Urs' Haus führt.

«Jetzt mal im Ernst, Christoph. Ich weiß noch nicht, wie, aber das wird schon wieder werden.»

Er schaut weiter geradeaus. «Es war ein Traum. Mein ganzes Leben war ein Traum. Den Menschen zu helfen ...», er schüttelt den Kopf, «mit toller Kleidung. Ein Traum. Das kannst du nicht verstehen. Schau dich an!» Er blickt zornig zu mir herüber. «Bei dir läuft immer alles toll: toller Job, tolle Frau, tolle –»

«Christoph! Vorsicht!»

Mit voller Wucht kracht der Wagen gegen ein riesiges schwarzes Etwas. Ein monströses Brüllen, Airbags knallen uns von allen Seiten entgegen, ein schwerer Körper wird auf die Windschutzscheibe geschleudert, sie splittert. Die Reifen blockieren, Christoph flucht, kurbelt wild am Lenkrad, der Wagen dreht sich um die eigene Achse, wir werden hin und her geschüttelt. Mein Kopf knallt gegen den Gurthalter, alles dreht sich. Schließlich kommen wir auf dem Feld zum Stehen. Der Wagen gibt noch einen langen kaputten Seufzer von sich. Danach herrscht Stille.

Adrenalin schießt durch meine Adern. Mein Herz rast. Ich fühle in meine Glieder hinein. Nichts gebrochen. Christoph?

Er hat die Augen weit aufgerissen. Seine Lippen beben, Speichel rinnt ihm aus dem Mund. «Nicht das auch noch, nicht das auch noch, bitte bitte nicht», brabbelt er. Die Windschutzscheibe sieht aus wie ein Spinnennetz.

Ich stoße die Tür auf, komme auf die Beine, etwas wackelig zwar, aber ich kann laufen. Mit einer Hand stütze ich mich auf die völlig zerdrückte Motorhaube, schleppe mich zur Fahrerseite und reiße die Tür auf.

Christoph hockt wie angewurzelt im Sitz. Er zittert am ganzen Körper. Ich schnalle ihn ab und helfe ihm aus dem Auto. Er kann stehen. Obwohl er nicht dreckig ist, klopfe ich ihn ab.

«Was …? Wogegen …?», fragt er. Ich schaue mich um. Kein Baum weit und breit. Zehn Meter neben uns liegt ein massiges, zuckendes schwarzes Wesen. Christoph lässt sich auf den Boden sinken.

«Ogottogottogottogott», murmelt er. Vorsichtig gehe ich auf den großen Körper zu. Je näher ich komme, umso mehr kann ich erkennen: Schwarze Flecken, weiße Flecken, schwarze – wir haben eine Kuh überfahren! Das arme Tier gibt ein letztes Röcheln von sich, tritt noch einmal mit den Hufen und streckt sich durch. Der Kopf fällt auf die Seite und bleibt reglos liegen. Immerhin musste sie nicht lange leiden.

Ich laufe zu Christoph. «Wir haben Glück gehabt», rufe ich. «Es war nur eine Kuh!»

Es ist, als würde ein Blitz durch seinen Körper fahren. Er hört auf «Ogottogottogottogott» zu murmeln, schließt die

Augen, dreht den Kopf von links nach rechts und flüstert irgendwelche fremdartigen Wörter, die ich nicht verstehe. Sie klingen indisch.

«Christoph!», rufe ich und rüttele ihn. Er schlägt die Augen auf und schaut ins Leere.

«*Nur* eine Kuh? Etwas Schlimmeres konnte nicht passieren! Das bringt tausend Jahre Unglück.»

«Aber nur in Tibet.»

«Nepal!»

Ich trete vorsichtshalber einen Schritt beiseite.

Zum Glück kommt jetzt das Taxi mit den anderen. Die Jungs steigen aus und begutachten die Unfallstelle.

Carsten: «Ach, du Schiet!»

Urs: «Do wead uns da Drexi sauba zamm foin lossn.»

James: «Fuck! You hit the bull's eye again!»

Jochen: «Die schönsten Pausen sind ...»

Alle: «JOCHEN!!!»

Der Taxler hat eine Decke im Wagen, die legen wir Christoph um. Wir schicken den Fahrer mit einem Schweigegeld nach Hause und begleiten Christoph stumm zum Haus. Urs schaut auf die Uhr: «Glei is zwei. I wead zum Drexi rübergeing, bevoa dea aufsteiht und sei Kuh meika wui.»

Das war es also mit dem Junggesellenabend. Christoph flüstert weiterhin wirr vor sich hin. Jochen und Carsten haben ihn in die Mitte genommen. Carsten drückt Christoph heimlich etwas in die Hand. Der reagiert erst nicht, steckt es sich dann aber in den Mund und schluckt.

«Was hast du ihm gegeben?»

«Ein paar Pilze. Der muss erst mal aus seiner Depression rauskommen.»

«Durch Drogen? Tolle Idee, Carsten!»

«Psychoaktive Substanzen werden bei Soldaten gegen Traumata eingesetzt. Mit Erfolg.»

Ich seufze. Jetzt ist sowieso alles egal.

«Wenn wir ins Haus gehen, fällt uns die Decke auf den

Kopf», meint Jochen. «Lasst uns hier draußen die Sonne begrüßen.»

Er holt ein paar Holzscheite. Kurz darauf sitzen wir am prasselnden Feuer. Jan fabuliert, was alles hätte passieren können, wenn er sich mit dem Teenie eingelassen hätte. Um halb drei schläft James mit dem Kopf in Carstens Schoß ein. Auch ich werde langsam müde. Nur Christoph scheint endlich aufzuwachen. Er holt neue Holzscheite und stochert im Lagerfeuer herum. Kurz darauf verschwindet er und kommt mit einem riesigen Ast wieder. Vielleicht hatte Carsten ja recht, und der Mann musste nur aus seiner Isolation herausgerissen werden?

Christoph wirft den großen Ast ins Feuer. Wir schauen ihm belustigt zu, wie er da mit den Flammen herumspielt. Jetzt hat er sich einen kleineren brennenden Zweig gegriffen und beginnt damit zu tanzen. Er stimmt einen seltsamen indischen Singsang an und wedelt in der Dunkelheit mit dem Zweig wie ein Artist. Eine kleine Feuershow zum Abschied! Genau richtig.

Wir lehnen uns zurück. Christophs Tanz nimmt an Dynamik zu. Immer hektischer wirbelt er den Zweig durch die Luft, es ist, als fechte er mit einem unsichtbaren Gegner. Mal lacht und gluckst er dabei, in der nächsten Sekunde wirkt er verbissen, fast aggressiv. Jetzt sticht er den Zweig direkt über sich in die Luft. Dabei ruft er gellend: «Weiche, Feuerdrachen!»

Okay, wir werden ihm das Ding wegnehmen, bevor er sich damit verletzt. Ich nicke den Jungs zu. Carsten, James, Mike, Jan, Jochen und ich stehen langsam auf und beginnen vorsichtig, Christoph einzukreisen. Der hält inne und lässt den Ast fallen.

«Gut so», sagt Carsten beruhigend.

«Setz dich erst mal hin», versuche ich mein Glück. Aber Christoph starrt mich nur hasserfüllt an.

«Du!», keucht er. Dann dreht er sich panisch nach allen Seiten, erkennt, dass er so gut wie umzingelt ist. Er packt den großen Ast an dem Ende, das aus dem Feuer ragt, und schwenkt ihn im Kreis um sich herum. Wir weichen zurück. Christoph deutet mit dem freien Arm auf die Scheune.

«Der große Feuerdrachen muss sterben, damit ich leben kann», kreischt er, dreht sich um und stürmt los, eine Feuerspur hinter sich her ziehend.

«Nein! Christoph!», rufen wir gleichzeitig, doch da ist er schon in der Scheune verschwunden, wo es jetzt hell wird. Die Flammen breiten sich blitzschnell aus, schlagen aus den Fensterluken. Das kann doch nicht wahr sein! Die Jungs stehen wie angewurzelt da. Ich renne los, Jochen hinter mir her. «Bleib hier!», ruft er.

Aber da bin ich schon drin. Ich sehe kaum etwas, es ist heiß wie in einem Backofen. Überall knackst und prasselt es. Ich ziehe mein T-Shirt über Mund und Nase. Plötzlich höre ich links von mir einen spitzen Schrei. Christoph hat einen zusammengerollten Bewässerungsschlauch aufgedreht. Mit beiden Händen fängt er Wassertröpfchen auf und schüttet sie ins Flammeninferno. «Sch! Sch!», zischt er, als wolle er ein Tier verscheuchen.

Ich versuche ihn in den Schwitzkasten zu nehmen, aber er windet sich heraus. Da, wo wir hergekommen sind, steht jetzt alles in Flammen.

«Christoph!», schreie ich, da drängt Jochen mich beiseite und rammt ihm seine Faust in den Magen. Christoph sackt zusammen. Wir packen ihn, Jochen nimmt die Schultern, ich die Füße, und zerren ihn durch das Feuer nach draußen.

Da sind die Jungs. Acht Hände klopfen die Flammen auf unseren Kleidern aus. Die Scheune ist eine einzige, riesige Feuersäule. Weil uns erst nichts Besseres einfällt, setzen wir uns auf den Rasen.

Dann rufe ich mit dem Handy die Feuerwehr. Obwohl ich die Adresse nicht kenne, weiß der Mann am Notruf sofort, wo das Haus von Urs steht.

«Is da Urs do?»

«Noch nicht.»

«Na servus!»

Auf dem Rasen ist es jetzt so heiß geworden, dass wir uns auf den Kiesweg zurückziehen müssen. Es ist fast taghell.

Zehn Minuten später hören wir in der Ferne eine Sirene. Und dann noch eine. Nein, das zweite ist kein Martinshorn – es ist Urs' Stimme. Er kommt fast gleichzeitig mit der Feuerwehr an, rennt brüllend auf uns zu.

«WER VON EUCH DEPPEN –?»

Wir versuchen, ihn zu beruhigen, aber er schubst uns weg, außer Rand und Band.

«Ich war das», sagt Christoph laut und deutlich. Urs stürzt sich auf ihn. Seine Hände umklammern Christophs Hals. Der wehrt sich nicht. Urs schüttelt ihn, rasend vor Wut. «Du hast so an Deppscha! Die Tobagolilie, davo gabs bloß zwoa Stickal! Da scheene Platinregn, i hob den a Jahr long je'n Dog giaßa miassa und du –»

Christoph liegt reglos auf dem Rücken, die Arme zu beiden Seiten ausgestreckt. Mike nimmt Anlauf und rammt Urs von Christoph herunter. Auch wir anderen werfen uns auf Urs. Doch selbst zu fünft gelingt es uns nicht, den rasenden Rankler zu bändigen.

Mit 12 bar trifft uns ein harter Wasserstrahl von der Seite. Hurra, hurra, die Feuerwehr ist da! Zwei Männer halten den Schlauch, im Hintergrund rollen andere einen weiteren aus. Wir rappeln uns auf. Mike hilft Urs auf die Beine.

«Passt scho, Buam. Passt scho.» Urs geht zu Christoph, der noch immer apathisch im Gras liegt. Seine Augen stehen weit offen. Ein Wink zu den Feuerwehrleuten. Nur eine Sekunde schwenkt der Löschstrahl von der Scheune zu Christoph, aber das reicht aus, um ihn wieder auf die Beine zu bringen.

Jetzt kommt auch die Polizei.

«Servus, Waschtl, Urs.»

«Hias.»

«So a Remasuri. Wo is denn do possiat? I hob do gsogt, ia soits Schluss mocha.»

Wir schauen alle zu Boden. Urs hebt den Kopf.

«A Funknflug.»

«A Funknflug?!»

«Jo.»

Hias schaut von Urs zu mir, zu Jochen, zu Carsten, zu James, zu Mike und schließlich zu Christoph. Wir stehen alle nass, müde und mit geschwärzten Gesichtern in der Reihe. Wie Verbrecher.

«Koa Brandstifung ned?», fragt Hias.

«Naa!» Urs schüttelt mit gespieltem Entsetzen den Kopf.

«Und die Bliamal von da Regina?»

Urs seufzt. «Mei – die san hi!»

«Funknflug?»

«Funknflug.»

«Des kennts bezeign?»

Wir nicken. Urs klopft dem Polizisten auf die Schulter.

«Mia san am Feua gsessa, und do samma eigschlafa. Koa passiern, ge?»

«Do sogst wos. I bin heuer scho beim Drexi gwein. Dea hod mia wos vazäit: Ihm sei Kuh is aufn Stoi auffe kraxelt und hod sich oba gschmissa. Seibsmord.»

«A geh!»

Die Polizei nimmt unsere Aussagen auf, die Feuerwehr hat den Brand inzwischen unter Kontrolle gebracht. Am Horizont wird es hell.

Als die Uniformierten abgerückt sind, stehen wir vor den Autos in der Einfahrt herum, blass, verfeiert, das Abenteuer noch im Gesicht. Tief in mir spüre ich, dass es einen Weg hinaus aus diesem Chaos gibt.

Für mein Gewissen.

Für meine Freunde.

Für die Waisenkinder.

Es ist Wahnsinn, sagt die Vernunft. Aber ich will jetzt keine

Aphorismen bemühen. «Jungs, kommt mal her», rufe ich. Langsam kommen sie näher. Nur Christoph, der etwas abseits steht, zögert, doch ich ziehe ihn zu den anderen in meinen Kreis. «Mir ist was eingefallen.»

Jochen nickt sofort. «Ich bin dabei.»

Ich lege ihm meinen rechten Arm um seine Schulter. Den linken Arm lege ich um Christoph. Der lässt es geschehen. Die anderen tun es uns gleich. Wir stehen da wie eine verunsicherte Sirtaki-Runde zwischen zwei Takten, nur ernster. Ich beuge mich herunter. Die anderen folgen.

«Okay», sage ich und hole tief Luft. «Wollt ihr, dass unsere Party so zu Ende geht?»

Die Antwort ist Gemurmel: «Na ja, is ja schon spät.» Und: «Weiß nicht.»

Das hatte ich mir anders vorgestellt.

«Wenn ihr mitmacht, bekommen wir so viel Geld zusammen, dass wir nicht nur die Scheune wieder aufbauen können. Dann wird auch alles andere wieder gut. Das klingt jetzt vielleicht bescheuert, aber wir machen die Modenschau einfach selber!»

Jemand hustet. Christoph will ausbrechen, aber ich halte ihn fest.

«Passt auf: James hat doch einen Draht zum Zoll, er sorgt dafür, dass die Klamotten freigegeben werden. Jochen kümmert sich um die Werbung. James kennt jede Menge hübscher Kerle, Urs kennt jede Menge starker Kerle, und ich kümmere mich um die Journalisten. Der Rest von uns wird modeln.»

«Und deine Hochzeit?», fragt Jan.

«Das kriegen wir schon alles unter einen Hut.»

Niemand sagt etwas. In den Gesichtern meiner Freunde erkenne ich keine Spur von Begeisterung. Eher Müdigkeit.

Jochen dreht sich zu mir. «Lass mich mal.»

Er schaut jedem einzeln ins Gesicht, blickt dann kurz auf den Boden, hebt den Kopf. Seine Augen sind geschlossen.

«Wollt ihr wissen, was ich den Typen im Strip-Lokal erzählt habe, die uns aufmischen wollten?», sagt er eindringlich. Dann öffnet er seine Augen. Sie funkeln. Ich halte den Atem an.

«Ich habe gesagt: Ihr habt keine Chance. Denn die da», er schaut zu mir, zu Urs, James, Mike, Jan, Carsten und Christoph; sieht jeden genau an. «Die gehören zusammen. Deshalb sind wir stärker. Weil wir zusammenhalten. Weil wir Freunde sind.»

Entschlossenheit zieht über alle Gesichter.

«Und deshalb werden wir auch diese Sache hier schaffen. Seid ihr dabei?»

Wir können nicht anders – wie aus einem Mund rufen wir: «Wir sind dabei!»

Auch Christophs Blick ist plötzlich klar geworden.

«Und von den Einnahmen bauen wir die Scheune wieder auf.»

Urs schaut ihn an.

«Und wos is mit dena Waisen?»

«Vergiss die Waisen. Die kriegen die zweite Kollektion.»

MIA HAUT'S DES GSTELL ZAMM

(hochdeutsch: Ich bin sehr müde)

Gegen fünf Uhr morgens setzt mich Urs vor der Haustür ab. Ich schaue an der Fassade entlang, hinauf zum dritten Stock. In unserem Wohnzimmer brennt Licht. Ist Roni etwa schon wach?

Nein, das kann nicht sein, oder? Ich sprinte die Treppen hoch, nehme mindestens zwei Stufen auf einmal. Durch die Wohnungstür höre ich Kichern und johlende Frauenstimmen, drei verschiedene, vielleicht sind es auch mehr. Und eine Männerstimme. Stöhnen. Mit zitternden Händen klaube ich den Schlüssel aus meiner Hosentasche und schließe auf. Dieses Lied höre ich heute nicht zum ersten Mal.

Baby take off your coat
real slow.
Take off your shoes
I'll take off your shoes.
Baby take off your dress
Yes yes yes

Alle Müdigkeit fällt von mir ab. Auf leisen Sohlen schleiche ich über den Flur, unter den Geweihen entlang, an denen keine Jacken hängen. Dafür ist die Garderobe völlig überfüllt. Vorsichtig spähe ich durch die Wohnzimmertür, deren Scheiben von innen beschlagen sind. Roni sitzt auf der Ledercouch. Über sie gebeugt steht ein glänzender Bodybuilder, etwa halb so alt wie die Frau aus dem Route B 12. Er trägt nur seine Muskeln, eine Menge Öl und – wenn ich es richtig sehe – einen kleinen Lacktanga mit einem Reißverschluss am Vorderteil. Anscheinend hat er sich zwei Paar Socken vorne hineingestopft.

Roni trägt Jeans, T-Shirt und ein blinkendes Krönchen – wie die Prinzessin eines Elektroladens. Sie schaut leider gar nicht verlegen, sondern scheint die Show des Ölprinzen zu genießen. Ihre Hände gleiten über seinen Waschbrettbauch nach unten. Tiefer, tiefer. Roni tut, als hätte sie sich dort verbrannt, versteckt ihre Hände jetzt hinter dem Rücken. Eine Frauenstimme jauchzt. Klingt wie ein bayerisches Juhitzen.

An der Wand gegenüber vom Ledersofa sitzen Ronis Freundinnen auf dem Boden. Nur Nunja steht und pfeift auf den Fingern. Da ist ja auch Walli von oben. «Von oben ohne» träfe es im Moment wohl besser, denn sie hat ihre Bluse ausgezogen und schwenkt sie über dem Kopf. Dabei kreischt sie vor Vergnügen. In ihren Augen funkelt Lust.

Der Stripper genießt es sichtlich, sich inmitten von zwölf Frauen ausleben zu dürfen. Ich dachte, die wollten nur ins Nagelstudio? Nunja hat doch noch gesagt, dass sie so etwas Prolliges auf keinen Fall … Himmel! Wallis Gejauchze hat den Kerl wohl angefeuert, denn jetzt steht er hinter Roni auf der Couch, presst sich an sie, als wolle er verkehrt herum Lambada tanzen. So etwas macht man doch nur in Videoclips!

Ich lege meine Hand auf die Türklinke. Der Stripper hat Roni wieder in die Polster gedrückt, geht ein paar Schritte vom Sofa weg, als wolle er Anlauf nehmen. Langsam öffnet er den Reißverschluss des Lacksacks. Mit einem Ruck reißt er sich den String herunter.

Meine Güte! Das Ding ist so groß wie ein Baguette! Nunja grinst breit und dreht die Musik lauter. Der Typ ist völlig in Fahrt und lässt die Fleischpeitsche kreisen. Dabei sieht er Roni ins Gesicht. Die wirkt eher amüsiert. Ich würde sie gern aus dieser entwürdigenden Situation befreien, aber ich kann da nicht einfach reinplatzen! Der Partner darf sich nicht auf dem Junggesellenabschied blicken lassen.

Aufreizend langsam macht der Stripper einen Schritt auf Roni zu, dann eine selten blöde Hüftbewegung. Wäre es wirklich eine Peitsche, würde sie jetzt knallen. Das halte ich nicht länger aus! Ich renne in unser Schlafzimmer, wühle in Ronis Kleiderschrank und finde eine Nylon-Strumpfhose. Vor dem Garderobenspiegel ziehe ich sie mir übers Gesicht. Dann stürme ich durch den Flur, renne kurz gegen die Garderobe und reiße mit einem Ruck die Wohnzimmertür auf.

Alle Köpfe drehen sich zu mir. Walli kreischt: «No oana! Dea is gnau mei Liga!» Auch Roni wendet ihren Blick von den Lenden des Typen ab. «Wer hat denn Sie hier reingelassen?», fragt sie.

Ich zeige auf Walli. Die versteht sich als Auserwählte und tanzt in ihrem hautfarbenen BH-Monstrum auf mich zu. Ich bedeute Nunja, die Musik wieder lauter zu stellen.

Jetzt dreht sich der Stripper zu mir um. Er sächselt: «Wös mochst dü dünn hiar? Dös is mein Jöb. Vorzüh düch, die hötten nüa oinen bestellt.»

Ich schüttele den Kopf und ziehe mir die Jacke über die rechte Schulter. Langsam lasse ich zur Musik die Hüfte kreisen wie Sändy im Route B 12. Nunja schiebt den Regler hoch.

You give me reason to live.
You give me reason to live.
You give me reason to live.
You can leave your hat on!

Da bin ich aber froh. Walli will wieder angetanzt kommen, aber ich mache mit meinem ausgestreckten Zeigefinger eine weite, kreisende Bewegung, die bei Roni endet. Sie schaut mich an, legt den Kopf ein bisschen schief und grinst. Verdammt, sie hat mich erkannt. Egal. Hauptsache, der Bodybuilder lässt sie in Ruhe. Doch der hat es jetzt anscheinend auch auf mich abgesehen.

«Wus söll denn dös werden, dü Fötzke?», fragt er. Ich ziehe auch noch die andere Schulter aus der Jacke. Niemand darf mich einen Fötzke nennen!

«A Wettkampf», brüllt Walli. «Is des scheee!»

Jetzt klatschen auch die anderen Frauen im Takt und rufen «Wettkampf! Wettkampf! Wettkampf!».

Roni flüstert Nunja etwas ins Ohr. Die grinst jetzt auch – und dreht die Musik leiser. «Bist du fertig?», fragt sie den Typen.

«Wönn dü Damön zufriedön sünd», ruft der Ossi, reißt die muskulösen Arme hoch und präsentiert bei der Gelegenheit nochmal sein drittes Bein.

Die Frauen klatschen Beifall.

«Jetzt soll mal der Maskenmann zeigen, was er draufhat», fordert Roni.

Der Ossi gibt ihr ein Küsschen auf die Wange, die anderen brüllen: «Maskenmann! Maskenmann! Maskenmann!»

Nunja stellt die Musik wieder an. Im Rhythmus streife ich die Jacke von meinen Schultern. Erst jetzt fällt mir auf, dass mein T-Shirt bis zur Brusthöhe verbrannt ist und aussieht wie ein Porno-Bustier. O Gott, das wird ein trauriges Kapitel meines Lebens. Egal. Ich schleudere die Jacke in eine Ecke.

Der Stripper schaut mich an und lacht. «Der höt Spöck an den Hüften. Un' dreckisch issa öch!»

Ein paar von Ronis Freundinnen lachen ebenfalls. Der Stripper fängt jetzt an, meine Bewegungen nachzuäffen. Dann geht er wieder zu Roni, legt seine Hände auf ihre Hüften.

In dem Moment brennt bei mir eine Sicherung durch. Ich stürze mich auf ihn, reiße ihn auf die Couch. Mit einem überraschten «Öh!» fällt er um. Roni kann sich gerade noch mit einem Sprung in Sicherheit bringen. Blöderweise ist der Kerl so eingeölt, dass ich ihn nicht richtig zu fassen kriege. Und die Muskeln sind anscheinend auch echt!

Irgendwie hat er sich aufgerichtet, mich an den Beinen gepackt, er zieht mich kopfüber hoch, um mich wie einen frisch gefangenen Fisch den Frauen zu präsentieren. Von wegen! Mit einer Hand halte ich meine Strumpfmaske fest, mit der anderen bekomme ich eines seiner Beine zu fassen und bohre den Daumen tief in seine Kniekehle. Er knickt ein, ich reiße ihn zurück aufs Sofa. Wir raufen, mein dreckiges auf seinem öligen Fleisch. Hier geht es um meine Frau. Ich kämpfe mit zusammengebissenen Zähnen. Mein Konkurrent dagegen lacht die ganze Zeit.

Jetzt setzt er sich auf meinen Brustkorb. Ich will ihn runterdrücken, aber er rutscht vor, mit den Knien auf meine Arme. Wie in der Grundschule. Sein rotes Lacksäckchen liegt auf meiner Brust, so nah, dass ich die Zähne des Reißverschlusses zählen könnte. Sind nicht so viele.

«Jötzt wölln wir doch mal söhn, wer sich do untö der Mütze verstöckt», sagt er und reißt meine Tarnung runter.

Ein «Huuuch» erfüllt den Raum. Keiner rührt sich. Ich auch nicht. Bin total außer Atem.

«Wöhä bistn dü?»

Roni schiebt den Stripper von mir runter.

«Mein Verlobter.» Sie bettet meinen Kopf in ihren Schoß und streichelt mir über den Kopf. Tränen schießen mir in die Augen. Ich kann nichts dagegen tun.

«Was machst du denn schon hier?», fragt sie zärtlich.

«Heult döa etwö?»

«Schschschsch», machen die Frauen, und der Nackte zieht sich seine verwaschene hellblaue Jeans an.

Jetzt ist sowieso alles egal. Ich erzähle die Geschichte meines Junggesellenabends, berichte von dem Striptease-Laden, den Polizeieinsätzen, von Christophs Pilztrip und dem Großbrand. Roni kann es nicht fassen.

«Ihr habt Mamas Blumen verbrannt?»

Ich nicke nur traurig. Und da ich gerade dabei bin, erzähle ich auch noch von dem Plan, für Christoph eine Modenschau auf die Beine zu stellen.

«Sö wie du donzt?», fragt der Stripper. «Dö koft keina wos.»

Ich zucke mit den Schultern. «Wahrscheinlich habt ihr alle mehr Ahnung vom Modeln als ich.»

Nunja schaut mich an. «In München ist doch eh jede Frau schon mal gelaufen. Habt ihr überhaupt schon Frauen?» Wieder schüttele ich den Kopf. Nunja greift sich in die Locken. «Ich bin dabei.» Die anderen Brautjungfern nicken.

«Ich auch.»

«Ich auch»

«Ich auch.»

«Ich öch», sagt der Stripper.

Walli klatscht ihm mit der flachen Hand auf den Po.

«Und i hatt' scho a Location.» Sie grinst.

Fehlt nur noch Roni.

«Und was ist mit dir?», frage ich.

«Nein, die Frage sollte lauten: Was ist mit unserer Hochzeit?»

«Die ist ja erst drei Wochen nach der Show. Ich weiß, es ist dämlich, aber du hast doch selbst gesagt, wir sollten Christoph helfen.»

Roni seufzt.

«Unter einer Bedingung.»

«Welcher?»

«Ich darf sein Brautkleid tragen.»

Bei diesem Stichwort kreischen die Brautjungfern so hell auf, wie man es von ihnen erwartet.

SCHAUGST AMOI, DO SIEGST AS SCHO

(hochdeutsch: Zu diesem Zeitpunkt lässt sich keine zuverlässige Prognose über das weitere Geschehen abgeben)

Colonel John «Hannibal» Smith vom A-Team hat einmal gesagt: «Ich liebe es, wenn ein Plan funktioniert.» Unseren Plan hätte er geliebt. James ruft seinen Spezl beim Zoll an, der gibt die Ware frei. Jochen hat eine simple, aber effektive Guerilla-Werbestrategie entworfen: Bea deponiert mit ihren Freundinnen die Flyer von Christophs Modenschau in den Taschen der Edelfummel in Münchens Nobelboutiquen. «Das ist virales Marketing», erklärt er uns.

Sogar Christoph hat zu neuem Elan gefunden und sein Projekt einigen Charity-Ladys und großen Konzernen vorgestellt. Das Catering wird nun von einem bekannten Münchener Feinkosthaus gesponsert, die Getränke stellt eine Champagnermarke, und die Initiative «Free Nepal» versorgt uns mit Krisenhelfern für Theke, Kostüme, Beleuchtung und sonstige Hilfsarbeiten. Anscheinend haben die Faktoren Mode und Wohltätigkeit genau den Nerv der Münchener Society getroffen. Chris Nepal ist in aller Munde, gibt Interviews, trifft sich mit Designern und ist für uns plötzlich kaum noch zu sprechen. Selbst als ich ihm erzähle, dass Roni in seinem Brautkleid auftreten würde, meint er bloß: «Jaja.»

Zwischendrin ruft Regina aus Texas an. Ich beichte ihr den Großbrand. «Na, ist ja nicht deine Schuld, Schwiegersohn», sagt sie mütterlich. «Dieser Christoph bringt nur Unglück!» Dann schaltet sie auf Lautsprecher und bittet mich, die ganze Geschichte auch noch Knoll zu erzählen. Ich bin schonungslos ehrlich, lasse kein Detail weg. Bis auf den Strip-Club.

Als ich fertig bin, ist es still in der Leitung. Dann höre ich ihn sagen: «Ja mei!»

«Wie, du bist gar nicht sauer?»

«Moch dia koa Kopf ned, Waschtl. Mei Spezl hod die

Hüttn eh verkaufa woin. Jetzat kriagta no a Diridari von da Versicherung.»

«Er kriegt eine Gitarre von der Versicherung?»

Regina erzählt, Urs habe bereits einen Tag nach dem Junggesellenabschied angefangen, im Botanischen Garten neue Ableger seltener Pflanzen zu klauen. Sicherheitshalber wollen unsere Eltern aber trotzdem ein paar Tage früher wiederkommen und gemeinsam den Garten für die große Entscheidung auf Vordermann bringen.

«Wie ist es eigentlich mit den Mexikanern gelaufen?», will ich wissen.

«Guad. Dei oida Hea hot dena wos vazeit, und danach hom die schinackelt, wia s' no nie schinackelt hom.»

«Hat meine Mutter ihn angerufen?»

«Jo.»

«Und was hat sie gesagt?»

«Wos von guaden und schlechdn Zeitn, i woaß ned, wennst moagn oarufst, koast se seiba frogn. Sie kimmt in da Friah mim Fliager in Dallas o.»

Als ich Knoll mal auf seine Wortkargheit angesprochen habe, meinte er, am besten erledigten sich die Dinge, wenn man ruhig bleibe und ihnen ihren Lauf lasse. Recht hat er.

«Äh, kann ich mal meinen Vater sprechen?»

«Naa, an Schorschi hob i zum Friseur obigschickt. Is sonst no was?»

«Nein, Knoll. Sonst ist nichts.»

«Habe die Ehre.»

«Ja, ich auch, danke.»

Am Wochenende vor Christophs Show knöpfen wir uns Wallis «location» vor: eine stillgelegte Glühbirnenfabrik zwischen München und Pullach, die einmal ihrem Erbgroßonkel gehörte. Sie erinnert mich an die Industrieruinen hinter dem Berliner Ostkreuz: Ziegelmauern, eingeschlagene Fenster, verrammelte Türen. Drinnen sieht es aus wie zu Kaiser Wilhelms Zeiten. Der Raum ist zwanzig Meter hoch, an der Decke ziehen sich metallene Rohre entlang, am Boden verstauben Fließbänder. Perfekt! Die Birnen, die überall herumliegen, nutzen wir als Deko, die stillgelegten Fließbänder als Laufstege. Den Rest belassen wir rustikal.

Als der Wirt vom Trachtlerhof mit uns das Menü für die Hochzeitsliste durchgehen will, verschieben wir die Angelegenheit um eine Woche. Erst die eine Show, dann die andere.

Christoph ist voll in seinem Element: Er wischt hier Staub, hängt dort schwarzen Filz über einen Flecken, stellt die Stühle an die Fließbänder, koordiniert die vielen Helfer und gibt selbst dem Journalisten vom Anzeigenblättchen bereitwillig Auskunft. Am Ende haben 400 Gäste ihr Kommen zugesagt, davon 150 Redakteure und Reporter. So viele Kollegen kenne ich gar nicht. Die Lokalsender reißen sich um die Vorberichterstattung, und auch ein paar Promimagazine haben schon hinter die Kulissen geschaut. Vor lauter Medienrummel sind wir noch gar nicht dazu gekommen, für den Laufsteg zu üben. Roni macht sich Sorgen, den Auftritt zu vermasseln, denn: «Nur schlechte Leute gehen immer gut.»

Am Abend vor der großen Show soll die Generalprobe stattfinden. Wird auch höchste Zeit! Schließlich sind wir seit unserem Catwalk-Contest auf dem Junggesellenabend nicht mehr gelaufen. Mike und Carsten sind eigens aus Tiefenwalde angereist. Jochen hat seinem Chef gesagt, er sei auf einer «Kreativ-Konferenz» in Berlin, Urs' Pflanzen wachsen von allein, und Ronis Freundinnen haben sich frei genommen. Nur Stripper Riko hat seinen Auftritt in der Glühbirnenfabrik abgesagt – wegen Lampenfieber.

Am Abend der Generalprobe stehen wir mit Sack und Pack vor der Halle. Drinnen läuft schon die Musik. Ich klopfe. Keine Reaktion. Ich klopfe erneut, diesmal lauter. Ein Typ im taillierten Rentierpulli öffnet. «Geschlossene Veranstaltung, sorry», sagt er und will uns die Tür vor der Nase zuschlagen. Aber ich stelle meinen Fuß in die Lücke.

«Das muss ein Missverständnis sein. Wir sind die Models.»

«So?» Der Typ mustert uns von oben bis unten, verdreht die Augen und ruft über seine Schulter: «Chris! Kommst du mal, bitte?»

Urs drückt den Schmalbrüstigen zur Seite und die Tür auf. Über die Laufbänder stolzieren magere Mädchen und schlaksige Typen, die allesamt professionell krank aussehen. Mir fehlen die Worte.

Christoph kommt auf uns zu. «Oh, ihr! Hi! Ja, schön, dass ihr da seid. Etwas früh, was? Die Show geht doch erst morgen los.»

«Aber wir sollten doch modeln!»

«Sorry», sagt Christoph. «Ich bin ja echt dankbar für eure Hilfe, aber ich hatte im Vorfeld so viel Presse, da kann ich jetzt keine Laien auf den Laufsteg lassen. Wenn einer von euch hinfällt, kippt die ganze Show.»

«Genau, Chris», schleimt sein Adlatus.

«Dem is da Ruhm zum Kopf naufi stiagn», findet Urs und wendet sich zum Gehen. «Zerscht fressens oam aus da Hand. Hamms gfressn, beißens.»

Doch so leicht gebe ich nicht auf. «Ein paar von den Frauen haben schon professionell gemodelt!», wende ich ein.

«Das ist offensichtlich schon länger her», meint der Lakai.

Mit Mühe und Not kann ich Nunja davon abhalten, ihm den Rollkragen über den Kopf zu ziehen. Roni tritt vor.

«Und das Brautkleid?»

«Ach, Baby, versteh doch ...» Christoph will ihre Hand nehmen. Aber Roni zieht sie weg.

«Bye-bye», sagt der Lakai und macht die Tür zu.

Zwei Tage später ist Chris Nepal berühmt. «Der neue Stern des Südens» nennt ihn ein Boulevardblatt, «Phäno-Nepal!» dichtet ein anderes. Auf den stummen Verkäufern kleben Titelseiten mit Models, die so ausgemergelt aussehen wie Gletscherleichen. Am späten Nachmittag zaubern die Fernsehmagazine noch einige Schätzchen aus der Metaphernkiste: «Mia san Mount Everest!» oder «Christall aus Nepal» dudelt es. Christoph soll seine Kollektion demnächst in London, Paris und New York vorstellen. Von mir aus kann er sie auch noch in Kabul, Teheran und Beirut präsentieren. Roni meint, er fliege nun eh von «Pontius nach Pilates».

Nunja hat sich so viel Material wie möglich von der Modenschau besorgt und will Ronis Hochzeitskleid nachschneidern, weil sie nicht einsieht, dass ihre beste Freundin schon wieder unter Christophs Launen leiden soll.

Ein paar Tage später will ich mit meinem Trauzeugen im Isarstüberl auf Christophs Abschied anstoßen. Aber Jochen vertröstet mich telefonisch. Zu Christophs Verschwinden meint er nur: «Der kommt schon wieder.» Leider habe ich auch das Gefühl.

Aber jetzt wollen wir uns endlich auf die wirklich wichtige Show konzentrieren: unsere Hochzeit. Ich habe ein schlechtes Gewissen, weil ich das größte Ereignis in meinem und Ronis Leben in der letzten Zeit ziemlich vernachlässigt habe. Es ist bereits Anfang September, und wir müssen noch die Blumendeko absprechen, das Menü aussuchen, Jochen davon überzeugen, dass er den DJ gibt, meinen Hochzeitsanzug besorgen, die Traurede mit dem seltsamen Priester abstimmen und uns beim Standesamt Dumbling vorstellen. Als größte Herausforderung aber entpuppt sich der Transport meiner lieben Verwandten aus Tiefenwalde. Denn die können sich nicht einigen, ob sie mit zwanzig Autos oder zwei Bussen fahren, ein Hotel komplett oder hundert Zimmer in verschiedenen Pensionen anmieten wollen.

Eigentlich ist das ja der Job des Trauzeugen. Weil der aber keine Zeit findet, hat er das Projekt an seine organisationsfreudige Assistentin und Geliebte delegiert. Die hat umgehend eine saubere Tabelle erstellt. Von den dreihundert Leuten, die wir auf der Liste hatten, haben dreihundertfünfzig zugesagt. Viele haben einfach beschlossen, noch einen Freund oder eine Freundin mitzubringen.

Leider enthält die Tabelle auch eine Spalte, die mit dem Wort «Problem» überschrieben ist. Dort steht: Oma will nicht bei Cousin Mike mitfahren, weil der so rast, Großcousine Anja aus Sylt (von der ich noch nie gehört habe) würde irrsinnig gern kommen, kann aber nicht verbindlich zusagen, weil sie nicht weiß, wohin mit ihrem neugeborenen Baby. Cousine Lea bittet uns, die Hochzeit zu verschieben, weil sie fürs Abi lernen muss, und Tante Ingrid kommt nur, wenn ihr Bruder, also mein Onkel Fritz, nicht kommt. In der Rubrik «Übernachtung» haben die meisten meiner Verwandten angeben: «beim Brautpaar». Gut zu wissen, dass meine Familie mir auch in der Hochzeitsnacht beistehen möchte.

A FUCHZGER IS A FUCHZGER

(hochdeutsch: Es ist, wie es ist)

Wir stehen am Franz-Josef-Strauß-Flughafen und warten auf unsere Eltern. Regina hat uns gebeten, Wasser, Folie und Blumenspritzen mitzubringen. Keine Ahnung, wofür. Roni und ich drücken unsere Gesichter gegen die Glasscheibe, hinter der die Passagiere durch die Passkontrolle strömen. Familien, Geschäftsreisende, Mädchen- und Jungsgruppen trudeln in der Gepäckausgabe ein. Sogar ein paar Mexikaner sind darunter, mit riesigen Sombreros, buntgestreiften Ponchos und hawaiianischen Blumenketten, die überhaupt nicht dazu passen. Sie stehen unruhig neben dem Gepäckband. Warten wahrscheinlich auf ihre Gitarrenkoffer. Olé. Nur, wo sind unsere Eltern?

Die Mexikaner schauen suchend zur Glasscheibe. Einer von ihnen klappt die Hutkrempe hoch. Er sieht aus wie mein Vater, nur mit Schnurrbart. Nein, das *ist* mein Vater. Mit Schnurrbart. Ich winke wild mit den Armen. Aber er nickt nur zerstreut und dreht sich wieder zum Band, auf dem jetzt die Koffer angezuckelt kommen.

Kurz darauf betreten meine Mutter, mein Vater und Regina die Ankunftshalle. Knoll scherzt noch mit einem der Zollbeamten, dann bummelt er gemütlich hinter den anderen her. Ich will meine Eltern umarmen, aber die schütteln abwehrend die Köpfe. Die Haltung meines Vaters ist so angespannt, dass die Sehnen an seinen Handrücken hervortreten. «Bloß raus hier», zischt er. Meine Mutter blinzelt nervös. Oje, hoffentlich haben die sich nicht total zerstritten.

Schweigend gehen wir nach draußen zum Parkplatz. Endlich legt Regina den Arm um Roni.

«Ohne Mutti geht's eben doch noch nicht, was?»

Ich schaue meine Mutter an, sie lächelt siegreich. Knoll lüftet seinen Poncho. Darunter sieht es aus wie im Dschungel: Blüten, Gräser und Zweigchen stecken in vielen kleinen Innentaschen. «Wia da blede Farn kitzeln duad!» Er zieht ein langes grünes Blatt unter seiner Achsel hervor.

«Erst mal die Setzlinge!» Regina nimmt jedem behutsam die Blumenketten ab, besprüht sie mit Wasser und legt sie auf die Folien.

Jetzt lüften auch die anderen Schmuggler ihre Tarnkleidung. Mein Vater trägt eine Schlingpflanze um den Körper, Saatgut rieselt ihm aus der Hose. Regina hat sich weitere Setzlinge auf den Rücken geklebt, und meine Mutter verbirgt eine mexikanische Wunderblume samt Topf unter ihrem Poncho. «Für den Wettbewerb», erklärt sie. «Solche Pflanzen bekommst du bei uns gar nicht.»

Mit Sack und Pack fahren wir nach Dumbling und verwandeln das Haus generalstabsmäßig in unser Hochzeitshauptquartier. Unsere Mütter verteilen die Aufgaben: Regina, die als Köchin im Trachtlerhof arbeitet, will sich um das Menü kümmern, Knoll um den Wein. Sie will auch die Traurede des Pfarrers besorgen, ich werde sie lesen. Die Hochzeitsfotos, entscheiden wir, soll ein Kollege von der Zeitung machen. Und zu guter Letzt will Roni mit Nunja ins schwäbische Metzingen fahren, um im Outlet-Center ein Designer-Schnäppchen zu ergattern. Dass Nunja ihr Kleid nähen will, findet sie lieb, aber in der kurzen Zeit völlig utopisch.

Ich wollte ja eigentlich mit Jochen meinen Anzug kaufen gehen, aber der ist nicht zu erreichen. Bea sagt, er sei in einem sogenannten Kreativbunker in Oberbayern, um die Markenführung einer großen deutschen Bank neu aufzustellen. Dabei dürfe er auf keinen Fall gestört werden. Denn «wenn Jochen den Job gut macht», sie senkt die Stimme zu einem Flüstern, «wird er CD».

Das ist ja toll, dann kann er sich auf meiner Hochzeit selbst auflegen.

Wie es die gute deutsche Hochzeitstradition verlangt, wollen wir im engsten Familienkreis standesamtlich heiraten und danach im großen Kreis in der Kirche.

«Apropos, die Rede vom Priester würde ich gern vorher lesen», bemerke ich zum hunderttausendsten Mal.

«Darum kümmere ich mich», behauptet Regina. «Ich kenne seine Schwachstelle.»

«Sonst noch offene Fragen?», will mein Vater wissen.

Offenbar hat er während der Vertragsverhandlungen mit den Mexikanern sein Selbstwertgefühl wiedergefunden.

«Nun ja», druckse ich. «Wir wollten euch bitten, uns das Geld für die Hochzeit zu leihen.»

Mein Vater räuspert sich. Vielleicht hätte ich doch fragen sollen, bevor er die Tarifverhandlungen in Amerika beendet hat. Knoll runzelt die Stirn.

«Wieso soin mia des zoin?»

«Na ja, wir zahlen es ja zurück.»

«Ah geh! In Bayern gibt's a Kostgeld. Do zoit jeder an Fuchzga. Und a Fuchzga is a Fuchzga.»

«Aber meine Verwandtschaft kommt aus Nordrhein-Westfalen. Die kennen sich nicht mit bayerischen Bräuchen aus.»

«Do warn s' jo ned die eastn, die wo's glernt hom.»

Darauf stoßen wir an. Mein Vater sieht meiner Mutter lang in die Augen, aber die senkt den Blick.

Später am Abend erwische ich ihn allein und frage ihn, wie es denn so läuft. «Mal schauen», meint er. «Jetzt wollen wir erst mal dich unter die Haube kriegen.»

Ich staune ihn an. Seine Sorgenfalte ist so gut wie verschwunden. Dafür hat er helle Lachfältchen an den Augen bekommen, wie sie nur glückliche Menschen haben, die abseits der Zivilisation leben. Er erzählt mir, dass sich meine Mutter nach der Hochzeit mit dem Golflehrer treffen will, um sich über ihre Gefühle klar zu werden. Und er selbst will die Beratungsstelle endgültig dichtmachen.

«Und Radio Pepe?»

«Bleibt on Air. Mit mehr Musik. Vielleicht ein bisschen

mehr Salsa!» Er lässt die Hüften kreisen. «Deine Mutter will reisen. Und ich will deine Mutter. Alles andere wird sich irgendwie ergeben.»

«Meinst du, sie liebt den Golflehrer?»

«Er hat jedenfalls keine Postkarte bekommen.»

MITANAND

(hochdeutsch: In einer sich gegenseitig unentgeltlich unterstützenden Gemeinschaft)

Jochens Assistentin Bea ist jetzt auch Ronis Assistentin – oder besser: Wedding-Planerin. Sie hat sich offenbar derart für Jochens Abtauchen geschämt, dass sie sich jetzt statt seiner der Sache angenommen hat. Zuerst hat sie alle Fakten sortiert, einen Business-Plan erstellt und alle meine dreihundertfünfzig Verwandten angerufen, um ihnen den bayerischen Brauch des Kostgelds zu erklären. Jetzt kommen nur noch zweihundert. Denen hat Bea über die günstigen Agentur-Konditionen Hotelzimmer gebucht, einen Praktikanten und dessen Kombi für den Shuttle-Service abgestellt, einen Babysitter aufgetrieben, für meine Oma einen Rückzugsraum organisiert und für Regina herausgefunden, dass die Juroren des Gartenwettbewerbs am Tag vor unserer Hochzeit kommen wollen. Sie hat einen bayerischen Bäcker überzeugt, ausnahmsweise mal Welfentorte zu backen, die nötigen Formulare vom Standesamt angefordert, sie unterschrieben zurückgefaxt und bei der Gelegenheit auch noch dafür gesorgt, dass wir bei schönem Wetter draußen heiraten können. Wir haben sogar eine ganz neue Standesbeamtin bekommen, die Hochdeutsch spricht. «Zufall», meint Bea bescheiden. Ich glaube ihr kein Wort.

Ein Problem konnte unsere Wedding-Planerin allerdings nicht lösen: Roni und Nunja haben im Outlet-Center nicht das perfekte Hochzeitskleid gefunden – was meiner Meinung nach klar war. Jetzt muss Nunja doch die Nadel glühen lassen. Ich soll nur den Stoff bezahlen, womit der Familientradition Genüge getan wäre. Ob Nunja bis zur Hochzeit fertig wird, kann niemand sagen. Roni meint: «Kommt Zeit, kommt Naht.»

Und mein Anzug? Wie immer, wenn ich in Not bin, habe

ich James, meinen Stilberater, angerufen und ihn gebeten, mich zu einem klassischen englischen Herrenschneider zu führen. James hat exzellente Kontakte in die «fashion industry». Bei einem davon stehen wir jetzt vor der Tür. Er heißt Roberta.

Roberta sieht aus wie eine außergewöhnlich schöne Frau mit zu breitem Kreuz und zu schwach überpuderten Bartstoppeln. Sie hat ein ziemlich plüschiges Atelier, das mich an einen Theaterfundus erinnert.

«Ist das hier echt ein klassischer englischer Herrenschneider?»

«Sure, mein Lieber», antwortet sie. «Ich habe vor langer Zeit in der berühmten Saville Row gearbeitet.»

«Aha.»

«Dann gab es einen leider kleinen Skandal mit einem Mitglied des Oberhauses, das gar nicht so gern mit Glied war.»

Ich frage nicht weiter nach.

James hat von Nunja eine Stoffprobe bekommen, denn Roni und ich sollen ja auch äußerlich harmonieren: mattweißer Satinstoff, der ein wenig ins Goldene geht. Roberta dreht das Muster zwischen Daumen und Zeigefinger.

«Alles ist möglich, Darling», sagt sie, und ich glaube ihr aufs Wort. «Was ist dein Traum?»

«Friede auf Erden.»

«Süß.» Sie tätschelt mir die Wange. «Ich meinte modisch.»

Na ja, ich möchte eigentlich einen schönen Hochzeitsanzug haben, der gut zu dem Stoff da passt.

Als ich Roberta das sage, rollt sie mit den Augen. «Ich habe nicht gefragt, was der Traum von deiner Frau ist, sondern was *dein* Traum ist.»

«Also ich möchte gern einen gutsitzenden Anzug haben, der mich so aussehen lässt, als sei ich sehr schlank.»

«Also mit hüftlangem Jackett», notiert Roberta, was mich ein wenig kränkt. «Lass mich raten: Er sollte auffällig sein, bloß nicht zu ausgeflippt. Aber besonders darf er schon sein.»

James klatscht in die Hände und deutet stolz mit dem Zeigefinger auf Roberta. «Ich habe gewusst, wir sind hier righty-right. She's the man!»

Das habe ich auch schon gemerkt.

Roberta verschwindet durch eine Tür in einen Kleiderschrank und kommt mit einigen weißen Hemden und ein paar weißen Anzügen heraus. «Das ist nur für die Form», sagt sie, «den Stoff suchen wir später aus.»

Während ich anprobiere, macht James eine Flasche Prosecco auf. Als sie leer ist, haben wir die perfekte Passform gefunden: tailliert geschnitten, trotzdem eine Nummer größer, sodass ich gut darin tanzen kann und der Stoff dabei keine verräterischen Wellen über meinen Hüften schlägt.

Dann kommt die Gretchenfrage: «Welche Farbe?»

«Na ja, klassisch ist ja schwarz oder grau ...», beginne ich. Roberta verdreht die Augen.

«Welche Farbe willst *du*, Darling?» Sie verschwindet wieder in ihrem Schrankzimmer und kommt mit einem dicken Buch zurück, dessen Seiten aus Stoffmustern in tausend verschiedenen Farben bestehen.

«Flieder steht dir, wenn du mich fragst.»

«Ja, aber ein Mann kann doch kein Lila tragen.»

«Schau mich an.»

«Nun ja.»

Sie holt ein fliederfarbenes Jackett aus dem Schrank. Ich ziehe es an. Zugegeben, die Farbe steht mir gut. Darin sehe ich endlich mal nicht blass aus.

«Hast du vielleicht doch mal ein schwarzes Jackett da, nur mal so, um zu vergleichen?»

Nach und nach schlüpfe ich in schwarze, graue, blaue, dunkelgrüne, braune und silberne Jacketts. Darin sehe ich aus wie ein Banker, ein Clown oder ein Koksdealer. Alles nicht ganz das, was ich mir vorgestellt hatte. Das lilafarbene passt einfach am besten zu meinem Typ.

«Was hältst du von Samt?», säuselt Roberta und öffnet die zweite Flasche Prosecco.

«Finde ich geil!», rutscht mir heraus.

«Das wollte ich hören!»

Nach der dritten Flasche habe ich nicht nur einen Schwips, sondern auch den Hochzeitsanzug: Jackett und Hose aus blassem, fliederfarbenem Samt, dazu ein Hemd passend zu Ronis Kleid, mit klassischen goldenen Manschettenknöpfen. Als Krönung oder besser Fundament des ganzen: dunkelblaue Schuhe.

«Gürtel?»

«Brauchst du nicht.»

«Krawatte?»

Roberta verschwindet und kommt mit einer dunkelblauen Krawatte wieder. Sie schimmert ein wenig. Als ich genauer hinschaue, erkenne ich ein Muster. In einem Blauton, der sich nur Nuancen von dem der Krawatte abhebt, sind viele kleine «R» nebeneinander gedruckt. Eigentlich trage ich keine Krawatten – zu eng am Hals –, aber diese ist wirklich schön.

«Meine Abschlussarbeit bei Vivienne Westwood», sagt Roberta leise. «R – wie Roberta.»

«Aber die kann ich unmöglich annehmen!»

«Du musst!»

Ach, es gibt doch noch wahre Samariter in der Modebranche! Artig bedanke ich mich und verspreche, mir ihre Abschlusssarbeit nicht im Suff um den Kopf zu binden. Als ich mich James in voller Montur präsentiere, meint er: «I like your style! You look like the perfect Ehemann.» Dann wirft er einen Blick auf die Krawatte: «Great! Du hast sogar eine Leine.»

HOGLBUACHAN

(hochdeutsch: Hart im Nehmen)

In den vergangenen Tagen ist das Wetter für uns vom Smalltalk-Thema zu einem entscheidenden Faktor avanciert: Bei schönem Wetter wollen wir standesamtlich in Reginas Garten heiraten. Dann soll es einen kurzen Sektempfang geben und im Anschluss die kirchliche Trauung.

Jetzt sitzen wir beim so genannten gemütlichen Beisammensein in Reginas Paradies. Die Ableger aus Texas haben sich hervorragend eingefügt, Urs hat sie alle mit kleinen, handbemalten Schildern versehen. Rund um das Haus spenden Farne aus der Kreidezeit Schatten, der raue Bambus ist in wenigen Tagen meterhoch gewachsen, aber auch die bunte Schmuggelware aus Mexiko steht in voller Blüte.

Etwa fünfzig Freunde, Verwandte, Trauzeugen und Brautjungfern sind schon gestern angereist, damit sie morgen ausgeruht feiern können. Regina hat vierhundert Fleischpflanzl und mehrere Kilo Kartoffelsalat gemacht. Als sie Roni den Teller hinhält, lehnt diese ab, ihr sei ein wenig übel, sagt sie.

«Muss ich mir Sorgen machen?»

«Nein, Mama, ist bestimmt nur die Aufregung.»

Ich schaue, ob ich unsere Trauzeugen irgendwo sehe. Oder, besser gesagt: Ronis Trauzeugin. Jochen wird heute nicht mehr kommen. Er muss die ganze Nacht durcharbeiten und morgen früh um acht die große Bank-Präsentation halten. Habe ich per E-Mail erfahren. Von Bea. Trotzdem ist er sich sicher, dass er es pünktlich zu unserer Hochzeit schaffen wird. Ich schicke ihm eine nervöse SMS. Er antwortet nicht.

Nunja hat die vergangenen drei Tage rund um die Uhr genäht. Sie will heute Nachmittag mit dem Brautkleid vorbeikommen und die letzten Änderungen mit Reginas Nähmaschine einarbeiten.

Meine Familie treibt sich indessen in dem wirklich wunderhübschen Garten herum. Wäre das Szenario ein Gemälde von Matisse, es würde wahrscheinlich «Fröhliche Familie im Freien» heißen. Roni kommt auf mich zu, mit Regina im Arm, die ganz glücklich ist, dass wir hier heiraten werden. Sie ist nur ein wenig unruhig, weil die Juroren immer noch nicht da waren.

«Hoffentlich kommen die nicht mitten in der Zeremonie.»

Meine Mutter sitzt am anderen Ende des Gartens etwas abseits in einem Liegestuhl. Ich gehe zu ihr und hocke mich neben sie.

«Na, mein Großer», sagt sie. «Wie fühlst du dich?»

«Ich hoffe, dass alles gutgehen wird.»

«Ach, die Juroren werden sich schon richtig entscheiden. Ich meine, hier wachsen Pflanzen, die als ausgestorben gelten. Da hat Urs wirklich ganze Arbeit geleistet.»

«Ich rede von meiner Hochzeit.»

«Ach die. Ich weiß noch, wie es war, als ich deinen Vater geheiratet habe. Da war ich mit dir im dritten Monat schwanger und wusste am Morgen der Hochzeit nicht, ob ich noch ins Kleid passe.»

«Roni hat noch gar kein Kleid.»

Sie legt mir den Arm um die Schultern. «Es ist schon seltsam: Es kommt mir vor, als sei es noch gar nicht lange her, dass ich mit dir schwanger war. Und jetzt heiratest du.» Sie nimmt meinen Kopf in ihre Hände. «Bist du dir sicher, dass Roni die Richtige für dich ist?»

«Magst du sie nicht?»

«Doch, sie ist eine tolle junge Frau. Ich frage nur wegen unserer Scheidung. Dir soll es in dreißig Jahren nicht wie uns gehen.»

«Ich bin mir sicher, dass Roni die Richtige für mich ist, Mama. Aber warum bist du dir eigentlich so sicher, dass Papa nicht der Richtige für dich ist?»

Sie schaut mich an, als habe sie gerade erst gemerkt, dass

ich kein Kind mehr bin. In dem Moment kommt Regina über den Rasen und setzt sich zu uns.

«Ich habe eine gute und eine schlechte Nachricht.»

Meine Mutter schluckt kurz und dreht sich dann zu ihr.

«Zuerst die schlechte.»

«Die Juroren kommen erst morgen.»

«Aber vormittags heiraten wir», gebe ich zu bedenken. Dass wir die Blumen abends für die Tischdeko brauchen, lasse ich mal unerwähnt.

«Ich muss nur da sein, wenn sie kommen, falls sie irgendwelche Fragen zum Garten haben.» Ihre Augen bekommen einen etwas entrückten Ausdruck. Den kenne ich von Roni, wenn sie von ihrem Brauerei-Job spricht.

«Und die gute Nachricht?»

«Der Priester hat eine ganz tolle Rede geschrieben, nicht so einen Standard-Kram, hat er gesagt. Ja, meine Fleischpflanzerl haben noch jeden Mann zum Reden gebracht.»

«Darf ich die Rede mal lesen?»

«Natürlich nicht. Das soll doch eine Überraschung sein.»

Bevor ich Regina erklären kann, dass sie sich hat einwickeln lassen, klingelt mein Telefon.

«Ich kümmere mich um die Rede», sagt meine Mutter. «Geh ruhig ran.»

Es ist Jan. Seine Stimme zittert.

«Nunja hatte einen Unfall.»

Ich schaue zu Roni hinüber. Sie ist ins Gespräch mit Mike vertieft. Als sie meinen Blick spürt, dreht sie sich um und winkt. Ich winke zurück, zwinge mich, ebenfalls zu lächeln.

«Sie hat die letzten Nächte durchgearbeitet, um das Kleid fertig zu kriegen. Vor eine Stunde ist sie losgefahren. Auf der Autobahn hat ein Besoffener sie überholt. Er ist ins Schleudern geraten, sein Wagen hat sich quer gestellt, und Nunja ist voll in ihn reingekracht.»

Roni sitzt inmitten meiner Familie und lacht.

«Wie geht es ihr?»

Jan schnaubt. «Sie hat Glück gehabt. Wenn man das so sagen kann: Schleudertrauma und ein paar Prellungen. Ich habe eben mit ihr gesprochen. Sie wirkte völlig durcheinander und machte sich die ganze Zeit Sorgen um ihr Dekolleté: Der Gurt hat zwei fette Bluterguss-Streifen hinterlassen, sagt sie. Ich bin jetzt auf dem Weg ins Krankenhaus. O Mann, sie ist dem Typen mit bestimmt 100 Sachen in die Seite gekracht. Der Panda hat Totalschaden.»

Ich wage kaum zu atmen. Roni hat offenbar gemerkt, dass etwas nicht stimmt, und schaut fragend zu mir herüber.

«Was ist mit dem Kleid?», frage ich.

«Keine Ahnung. Der Wagen ist auf dem Schrottplatz. – Bist du noch dran?»

Ja, ich bin noch dran. Aber irgendwie auch nicht. Wie soll ich Roni bloß beibringen, dass ihre Trauzeugin und Brautkleidschneiderin im Krankenhaus liegt? Und wie sollen wir ohne das Hochzeitskleid heiraten? Das Ganze wächst mir allmählich über den Kopf.

«Waschtl?», fragt Jan.

Ich reiße mich zusammen.

«In welchem Krankenhaus liegt sie?»

«In Fürstenfeldbruck.»

«Ich komme.»

«Aber ihr habt doch heute die große Familienzusammenführung.»

«Die kommen auch allein zusammen.» Ich lege auf.

Jetzt kann mir nur einer helfen: Jochen. Der steht zwar vor dem ersten Karrieresprung seines Lebens, aber er wollte ja unbedingt Trauzeuge sein. Ich rufe ihn an. Sein Handy ist aus. Ich nehme Bea zur Seite und erkläre ihr die Lage. Sie sagt, sie könne Jochen auch nicht erreichen, der sitze den ganzen Tag im großen Meeting. Der Geschäftsführer von DDT sei persönlich aus Amerika gekommen, um sich Jochens Präsentation anzusehen. «Da kann jetzt niemand reinplatzen.»

«Bea, bitte. Ich weiß, wenn man in einer Agentur arbeitet,

scheint Werbung das Wichtigste zu sein im Leben, aber hier geht es um meine Hochzeit. Und du hast so viel organisiert – das kann doch jetzt nicht alles für die Katz gewesen sein.»

Bea überlegt einen Moment. Dann gibt sie mir die Handynummer der Assistentin des Agentur-Chefs. Ich soll sie anrufen, mich als Klaus-Markus Mosel ausgeben, der sei der Assistent des Vorstandssprechers der Bank, und behaupten, ich hätte wichtige Informationen für Jochen zu dem morgigen Pitch.

«Danke, Bea. Sehe ich dich morgen?»

«Worauf du dich verlassen kannst.»

Ich lege auf und wähle. Roni schaut mich wieder fragend an, ich mache mit der Hand die «Ball-flach-halten»-Geste.

Es klingelt einmal, sofort ist eine aufgeregte Frauenstimme dran. «Woher haben Sie diese Nummer?»

Ich ignoriere die Frage und sage meinen Text auf. Daraufhin wird die Assistentin so freundlich, als hätte ich ihr versprochen, sie dürfe von nun an auch kreativ arbeiten. Sie reicht mich weiter.

«Jochen, ich bin es, tut mir leid, dass ich dich in deiner Konferenz anrufe, aber ich stecke mächtig in der Klemme.»

Seine Stimme klingt konzentriert-geschäftig. «Ja, ich verstehe.»

«Nunja hatte einen Unfall, sie liegt im Krankenhaus, das Brautkleid ist hin, und ich sitze hier bei Knoll und weiß nicht mehr, was ich machen soll.» Meine Kehle schnürt sich zu.

«Interessant. Gut, dass Sie gleich angerufen haben. Wir werden das berücksichtigen.»

«Jochen! Ich schaffe das hier nicht allein.»

Einen Moment ist es still. Dann höre ich die vertraute Stimme meines besten Freundes.

«Du bist ja auch nicht allein. Wo liegt Nunja?»

«Im Krankenhaus Fürstenfeldbruck.»

«Ist das in Bayern?»

«Ja.»

«Wir treffen uns da in einer Stunde.» Er legt auf.

Roni kommt zu mir und will wissen, was los ist. «Du machst ein Gesicht wie sieben Tage Föhnwetter.»

Ich nehme sie in den Arm. «Mach dir keine Sorgen», beginne ich, und sofort macht Roni sich Sorgen. «Nunja hatte einen Unfall, aber es geht ihr gut. Also fast gut. Es ist nichts Schlimmes, glaube ich.»

Roni sackt zusammen, ich halte sie. Dann erzähle ich ihr die ganze Geschichte. Sie will sofort zu ihrer Freundin ans Krankenbett. An ihr Kleid denkt sie nicht. Und auch nicht an die Verwandtschaft. Ich erkläre Knoll die Situation.

«Ja mei», sagt er und deutet auf meine Familie. «Die san do bei uns guad aufghobn. Machts hi, es pressiert.»

«Danke, Knoll.»

Während mein zukünftiger Schwiegervater Ronis zukünftigen Schwiegereltern die Hiobsbotschaft überbringt, steigen wir ins Auto. Ein Blick auf die Uhr: Es ist vier Uhr nachmittags, am Tag vor unserer Hochzeit.

ZU FRIA FIAN BOANDLKRAMA

(hochdeutsch: Zu jung, um zu sterben)

Wir laufen so schnell durch die sterilen Krankenhausgänge, dass unsere Sohlen keine Zeit haben, auf dem Linoleum zu haften. Nunja liegt in einem weißgetünchten Doppelzimmer. Jan sitzt neben ihr auf dem Bett und hält ihre Hand. Die andere hängt am Tropf.

Als sie Roni entdeckt, treten Nunja Tränen in die Augen. Roni schlägt die Hände vor den Mund, breitet sie aber gleich wieder aus. Die beiden liegen sich schluchzend in den Armen. Wir lassen die Frauen einen Moment allein.

Vor dem Zimmer steht eine Metallbank für die Angehörigen. Wir setzen uns drauf.

«Nunja steht noch unter Schock», erzählt Jan. Er hat mit den Ärzten gesprochen. Sie raten ihr dringend davon ab, morgen zu unserer Hochzeit zu gehen. «Aber du weißt ja, wie dickköpfig sie ist.»

«Wahrscheinlich ist es am besten, wenn wir die ganze Sache absagen», schlage ich vor. «Keine Trauzeugen, kein Kleid, keine Rede, und unsere Eltern machen sich nur Gedanken um Reginas Garten.»

Jan, der eh gerade im Hand-halten-und-trösten-Geschäft ist, nimmt jetzt auch meine Rechte. «Ja mei», sagt er. «Ja mei.» Dann zieht er ein Stück Papier aus der Tasche. «Vielleicht ist das Kleid ja doch noch zu retten.»

Trotz Unfall, Schreck und Schleudertrauma hat Nunja sich von der Bahre aus noch die Karte des Abschleppdienstes geben lassen. Ich nehme sie wie ein Glückslos entgegen.

Jan verspricht, Roni zu erklären, was ich vorhabe, und sie zurück nach Dumbling zu fahren. Ich verschwende keine Zeit, bedanke mich und renne los. Im Gehen wähle ich Jochens Nummer. Doch der gewünschte Gesprächspartner ist zurzeit persönlich leider nicht erreichbar. Ich renne mit quietschenden Sohlen durch die Gänge zum Ausgang – vorbei an Ärzten, Schwestern, Patienten und Angehörigen, durch die Schiebetür nach draußen, weiter zum Parkplatz. Wo habe ich nochmal den Wagen –? Ich übersehe ein Taxi, der Fahrer steigt voll in die Eisen, ich spüre die Stoßstange an meiner Jeans und muss mich auf die Motorhaube stützen.

Der Fahrer, ein junger schwarzhaariger Typ, fuchtelt aufgebracht hinter der Windschutzscheibe herum. Neben ihm sitzt: «Jochen!» Er schaut mich an, nickt und drückt dem Mann einen Geldschein in die Hand, woraufhin der sofort mit dem Fuchteln aufhört.

Jochen steigt aus und kneift die Augen gegen das Sonnenlicht zusammen. Er sieht blass aus. Aber er grinst.

«So, mein Lieber. Hast du einen Wagen?»

«Ich habe dich auch grad angerufen, aber dein Handy war aus.»

«Ist nicht mehr mein Handy.»

Ich umarme ihn dankbar.

Um zehn vor sechs stehen wir beim Abschleppdienst Lochhammer vor dem Gelände. Ich klingele. Nach fünf Minuten kommt ein Mann im Blaumann aus der Werkstatt.

«Wos wuist?», fragt er mürrisch. Ich erkläre ihm meine Situation. «Des Brautkleid von dana Oiden?», fragt er ungläubig. «Ah geh!»

Jochen und ich nicken.

«Da Wogn is von da Polizei beschlognohmt. Da deaf koana ran. Is a Unfallfahrzeig, total zammgfozzt.» Er schüttelt den Kopf. «Den hots sauber aufgstellt.»

«Wir würden ja nur mal gern einen Blick in den Kofferraum werfen», flehe ich. «Bitte.»

«Homs an Ealaubnisschein?», fragt der Kerl.

«Einen *was*?»

«An Ea-laub-nis-schein.» Er hält die rechte Hand hoch und reibt mit dem Daumen über die Kuppen von Zeige- und Mittelfinger. Jochen zückt seinen Geldbeutel, zieht einen grünen Hundert-Euro-Schein heraus und drückt ihn dem Mann in die Hand. «Der gilt für zwei Personen.»

Der Mechaniker schiebt das Tor auf, führt uns vorbei an Autowracks und großen Abschleppern in eine Halle. Dort steht Nunjas Panda. Er ist durch den Aufprall noch einen halben Meter kürzer geworden und ähnelt jetzt eher der Skulptur eines verrückten Industriedesigners als einem Kleinwagen. Ein Wunder, dass Nunja überlebt hat.

Weil wir die verzogene Heckklappe nicht aufkriegen, müssen wir noch einmal fünfzig Euro «Leihgebühr» für einen Seitenschneider berappen. Dann endlich ist es so weit. Im Kofferraum liegen ein paar leere Plastikflaschen, ein offener Verbandskasten, einige Pappkartons und viele goldene Deko-Sterne. Unter alldem, in einer durchsichtigen Plastikhülle: das Kleid. Oder besser: die Hälfte davon. Die andere ist irgendwo im Unterboden des Wagens verschwunden.

Der Mechaniker steht kopfschüttelnd vor dem Panda: «Wie geht's da Frau?»

«Passt scho», sage ich.

Er wirft mir einen «Unter Bayern»-Blick zu. «Do is no zu fria gwein fian Boandlkrama», brummt er.

«Aber Sie sind doch sicher mit dem Bandlkran gekommen, um das Auto abzuschleppen», wundere ich mich.

Der Mechaniker setzt nun ein «Mei, die Preißn hoit!»-Gesicht auf. Mir doch egal, hier geht es mal ausnahmsweise nicht um meine Herkunft.

Ich greife in den Kofferraum, um das Kleid herauszuziehen. Es steckt fest, klemmt zwischen Rückbank, Kofferraum und dem Auspuff, oder was auch immer da unten ist. So wie es aussieht, hat irgendein Kolben oder Verteiler das Kleid in zwei Teile zerrissen, es mit Öl beschmiert, durchs Getriebe gedreht und mit Zündkerzen angekokelt.

Meine Knie werden weich. Jetzt bleibt nur noch ein letzter Ausweg: Christoph.

Ich hole mein Handy heraus. Jochen schaut argwöhnisch zu mir herüber. «Alter, du rufst jetzt nicht diesen Spinner an!»

Was soll ich denn machen? Ohne Brautkleid keine Traumhochzeit, ohne Traumhochzeit keine Traumehe. Hier geht es um alles oder nichts.

«Was willst du ihm erzählen?»

«Keine Ahnung, mich erniedrigen, kriechen, schleimen, ihn bestechen. Wenn das nicht klappt –» Der Mechaniker ergänzt: «– is da Kaas bissn.»

Wie auch immer. Ich schalte den Lautsprecher ein, damit Jochen zuhören kann. Freizeichen, Freizeichen, Christoph.

«Hallo, Christoph, hier ist Sebastian.»

Christoph atmet genervt aus. «Du, das ist jetzt ganz schlecht – ich bin in Paris …», er sagt tatsächlich «Pärris», und dann: «Muss die Show vorbereiten. Ich hab echt keine Zeit, mit dir zu plaudern.»

Als ob ich Zeit zu verlieren hätte! Egal, es geht um Roni. Ich beginne mit der Schleimerei: «Schön, dich zu hören.»

«Die Freude ist ganz auf deiner Seite. Was willst du?»

«Es geht um Roni. Nur du kannst jetzt noch helfen.»

Der Mechaniker und Jochen schütteln den Kopf. Ich ignoriere sie.

«Es gab einen Unfall, Ronis Hochzeitskleid ist futsch, ich sitze in Klemme.»

Einen Moment lang ist es still in der Leitung, kurz denke ich, Christoph habe einfach aufgelegt. Aber dann höre ich ihn mit eisiger Stimme sagen: «Ach. Und jetzt soll ich dir da raushelfen, alles klar.»

«Christoph, bitte.»

«Weißt du, das Brautkleid ist jetzt sehr gefragt, es gibt nur noch –»

«Ich zahle jeden Preis.»

«Zwanzigtausend», sagt er langsam.

Jochen zieht die Augenbrauen hoch. Der Mechaniker schüttelt wieder den Kopf.

«Also gut», sage ich. Das Geld bekomme ich schon irgendwoher. Zur Not zwacke ich etwas vom Kostgeld ab oder greife mal in den Klingelbeutel.

«Christoph, du musst heute noch den Kurier losschicken, hörst du? Ich brauche das Kleid bis morgen früh. Sonst platzt die Hochzeit. Christoph?»

Jetzt hat er einfach aufgelegt. So ein Drecksack. Mein Atem geht schneller. So tief saß ich noch nie in der Tinte. Die Hochzeit können wir nicht mehr absagen. Und wie soll ich Roni erklären, dass ihr Kleid hin ist? Meine Gedanken überschlagen sich. Vielleicht könnte einer meiner Freunde nach Paris fahren und anonym das Kleid kaufen? Nein, Christoph kennt sie vom Junggesellenabschied. Ein anderes Modell? Dafür ist es zu spät. Was mache ich bloß?

«I ko dia huifa.» Der Mechaniker hat sich vor mir aufgebaut.

«Wie denn?»

«Des weast scho seing. Aber zerscht amoi wui i wos dafia hom.»

Bin ich eigentlich nur von Irren und Erpressern umgeben? Was will der Typ denn noch?

Ich zücke mein Portemonnaie. Aber der Mann winkt ab. «Na, ko Geid ned.»

Ach du je. Ich werde hier nichts Perverses machen – schon gar nicht am Tag vor meiner Hochzeit. Der Mechaniker grinst. «I bring dia des Kleid, wennst a Wort auf boarisch sogst.»

Das alte Preißn-Spiel. Kenn ich schon, da kann ich nur verlieren. Ich frage trotzdem: «Welches denn?»

«Sogst amoi Oachkatzlschwoaf!»

Ich traue meinen Ohren kaum. Aber meinem Mund noch viel weniger. «Das ist doch albern», sage ich und schaue hilfesuchend zu Jochen. Aber der zuckt nur mit den Schultern. Dann nickt er mir zu.

«Das schaffste, du hast das im Blut! Dein Vater ist doch

auch 'n Bayer! Ganz langsam sprechen, eine Silbe nach der anderen.»

Ich schließe die Augen und versuche an unser Vorstellungsgespräch mit Walli zu denken. Was bedeutete das Wort nochmal? Richtig, Eichhörnchenschwanz. Also ganz ruhig jetzt. «Eich» heißt «Oach», «Hörnchen» nennen die hier «Katze», nein «Katzl» – oder «Kotzl»? Egal, das vernuschele ich einfach. Bei «Schwanz», also «Schweif», wird wieder das «ei» zum «oa», aber Vorsicht! Das «a» nicht zu lang ziehen, es ist eine kurze Silbe. Ich stelle mir das Wort vor: «Oachkatzlschwoaf». Dann denke ich an Knoll, wie er mit mir in seinem Garten sitzt, auf ein Eichhörnchen deutet und den Mund öffnet. Ich versuche mich in ihn hineinzuversetzen, direkt in seine Stimmbänder. Vor meinem inneren Auge sehe ich die Worte in Lautschrift. Ganz klar. Ich öffne die Augen.

«Oachkatzlschwoaf!»

Kam das eben aus meinem Mund?

«Jawoll!» Jochen zieht die rechte Faust zur Hüfte. «Alter, das klang voll bairisch.»

Auch der Mechaniker schaut mich überrascht an. Ich beginne wie Rumpelstilzchen von einem Bein aufs andere zu hüpfen und rufe: «Oachkatzlschwoaf, Oachkatzlschwoaf. I'm in love with Oachkatzlschwoaf!»

Der Mechaniker klappt den Mund wieder zu und winkt ab. «Passt scho.» Dabei sieht er mich an, wie mein Cousin Mike es immer getan hat. «Mit Autos hosts ned so, ge?»

Er legt mir seine Hand auf die Schulter und schiebt mich zum Panda, dessen Beifahrertür offen steht. Dann lässt er mich los, drückt den Sitz nach vorn, beugt sich zur Rückbank, zieht oben an der Lehne einen Hebel runter und klappt die Bank um. Jetzt greift er über das Polster unter die Bank. Und zieht das Kleid heraus.

Es ist unversehrt! Auf der Plastikhülle klebt zwar Öl, aber der Stoff darunter hat offenbar nichts abbekommen. Ich schüttele den Kopf und starre das Kleid an. Weil mir die Worte fehlen, sage ich einfach: «Oachkatzlschwoaf.» Mein Herz schlägt schneller vor Freude. Nicht zu fassen, das Kleid ist noch ganz!

Aber bevor ich mich mit der Beute vom Acker mache, will ich noch eines wissen: «Warum lasst ihr Bayern uns Zugereiste eigentlich immer dasselbe Wort sagen? Ist doch langweilig. Ihr sagt doch auch nicht immer das Gleiche.»

Der Mechaniker grinst. «Ja mei. Mogst a Hoibe?»

Ist nett gemeint, aber wir müssen leider zurück. «Sein Schwiegervater wartet», erklärt Jochen. Der Mechaniker schaut mich an und zwinkert.

«Sogst am Knoll an Gruß vom Schraubertoni, ge!»

HIMMEHERGOTTZEITN!

(hochdeutsch: Du lieber Himmel!)

Laute Schüsse reißen Roni und mich aus Reginas Gästebett. Ein Blick auf den Wecker: Es ist sechs Uhr morgens. Wahrscheinlich hat mein Vater einen Hirsch in den Garten getrieben und vor der Stechpalme gestellt. Ich zähle sieben Salven – der dürfte hin sein.

Wir stehen sicherheitshalber auf und sehen nach. Als Roni den Vorhang zur Seite schiebt, schmettern uns Pauken und Trompeten aus den Latschen: Vor dem Haus hat sich *Die Obrigkeit* postiert und spielt einen Defiliermarsch. Hinter ihnen ist der Schützenverein in Stellung gegangen.

Wir sind umzingelt. Jeder der Männer hält eine klobige Duellpistole mit nach außen gewölbtem Lauf in der Hand. Als die Blasmusik verstummt ist, nimmt der Dirigent seinen Hut ab und ruft: «Dem Brautpaar ganz a guads Eheleben, spendoble Schwiegereltern und imma a Hondbreit Helles in da Mass! Oans, zwoa, schiaßa!»

Die nächste Salve. Unter den Schützen erkenne ich tatsächlich meinen Vater, er steht neben Knoll. Die beiden ziehen glänzende Colts aus ihren Gürteln und ballern in die Luft wie die Kinder. Daraufhin setzt die Blasmusik erneut ein. Ich hätte nie gedacht, dass ich mich jemals über das Gedudel freuen würde, aber es klingt im Gegensatz zu den Salutschüssen immerhin melodisch. Roni und ich winken eine Weile, als wären wir das letzte bayerische Königspaar. Dann ziehen wir uns an und eilen hinunter in die Stube.

Die Wohnung wimmelt nur so von Fremden, Bekannten und Verwandten. Ich sehe sogar ein paar Kellner aus dem Trachtlerhof, die mit vollen und leeren Gläsern hin und her laufen. Da ist ja auch die Standesbeamtin. Sie trägt ein Dirndl, das strahlt wie neu. Auf dem Tisch steht ein riesiger Kessel mit Weißwürsten neben einem Wäschekorb voller Brezn. Ich schaue Roni an.

«Ist das der engste Familienkreis?»

«Ein Glücklicher kommt selten allein», sagt sie, greift in den Kessel, fischt sich vier Würste heraus und setzt sich zu der Standesbeamtin. Knoll reicht mir ein Bier.

«Ich habe mir noch nicht mal die Zähne geputzt», wende ich ein.

«Des konst mochn, wennst verheirot bist.»

Regina wuselt aufgeregt zwischen den Gästen herum, verteilt Essen und Getränke. Offenbar ist sie noch aufgeregter als ich.

«Mein Informant beim bayerischen Gartenverein ist aufgeflogen», flüstert sie mir zu. «Jetzt kann mir keiner mehr verraten, wann die Juroren kommen. Was mache ich bloß, wenn die erst morgen hier sind? Dann muss ich heute Abend eure Tischdeko zurück an die Stiele kleben.»

«Es wird schon alles gutgehen», beruhige ich sie, obwohl ich mir nach den Pannen der letzten Tage allmählich selbst nicht mehr so sicher bin. An die Hochzeitsrede des Pfarrers will ich lieber gar nicht denken.

Aber das Wetter ist herrlich. Um halb zehn bittet uns die Standesbeamtin in den Garten. Die ganz schicken Sachen heben Roni und ich uns für die Kirche und die anschließende Feier auf. Jetzt trage ich meinen alten Kordanzug und Roni das Kleid, das ich so an ihr mag.

Im Garten stehen noch immer die Bierbänke von gestern, auf denen jetzt unsere Verwandten Platz genommen haben. Die Zugangsbeschränkungen für den «engeren Familienkreis» sind aufgehoben – zugunsten eines simpleren Auswahlsystems: Wer es schafft, rechtzeitig anzureisen, ist dabei. Etwa achtzig Mitglieder meiner Sippe haben es geschafft. Der Großteil steht gerade hundert Kilometer vor München im Stau. Die anderen vierzig Gäste sind anscheinend Schaulustige.

Die Blaskapelle spielt den Hochzeitsmarsch von Mendelssohn-Bartholdy, Roni und ich nehmen vorn Platz. Und dann geht alles ganz schnell: Die Standesbeamtin hält eine Rede, in der sie kurz auf meine Tiefenwalder Wurzeln, den Umzug nach Bayern und die gesellschaftliche Bedeutung einer standesamtlich geschlossenen Ehe gegenüber der kirchlichen eingeht. Roni und ich erklären, dass wir heiraten wollen, und unterzeichnen die Papiere. Danach setzen unsere Trauzeugen ihre Unterschriften neben unsere, und Roni unterschreibt zum ersten Mal mit meinem Nachnamen. Ein paar Minuten später sind wir verheiratet. Ein wenig kommt es mir vor, als hätte ich gerade ein Haus gekauft oder einen Reisepass beantragt. Kaum zu glauben, aber jetzt freue ich mich doch auf die große Zeremonie in der Kirche.

Die Gäste sind erwartungsvoll sitzen geblieben. Regina piekt Knoll mit dem Ellbogen in die Seite. Der seufzt vernehmlich und steht von der Bierbank auf.

«Meine Oide hod gsogt, i soi – Jessas!» Er reibt sich den Fußspann und schaut vorwurfsvoll auf Regina hinunter. Die lächelt unerschütterlich. Knoll setzt erneut an – offenbar soll der große Schweiger eine Rede halten.

«I ois da Brautvada wui bloß a paar Worte sogn.» Ein Blick zu Regina, dann schaut er Roni und mich an. «I bin aa froh, wie des ois kemma is.» Er wendet sich an die Gäste: «Jetzat saufma des Brautpaar zamm.» Und zuletzt an die Kellner: «Mir kennts no a Hoibe bringa!»

Dann nickt er Regina zu und setzt sich wieder. Immerhin – das Wesentliche ist gesagt. Die Blaskapelle spielt noch einen Marsch, und nachdem uns die Beamtin die Urkunden ausgehändigt hat, verschwinden die Brautjungfern mit Roni im Haus, um sie umzustylen. Roni drückt mir noch den Brautstrauß in die Hand und bittet mich mit ernstem Blick, gut darauf aufzupassen. Dann zerren ihre Brautjungfern sie ins Ankleidezimmer. Angeblich passt sie plötzlich nicht mehr in ihr Hochzeitskleid und braucht Hilfe – eine Naht muss aufgetrennt werden. Außerdem erfordert die «Hochsteckfrisur» die Anwesenheit möglichst vieler Freundinnen.

Ich kann mich selbst anziehen. Nur bei den Manschettenknöpfen geht mir Jochen zur Hand. «Alter, wer hat dir denn dieses scharfe Teil angedreht?», fragt er. «John Travolta?»

«Sagen wir: Olivia Newton-John.»

Für die Garderobe brauche ich keine fünfzehn Minuten. Jochen schlägt vor, noch einen durchzuziehen, um die Zeit totzuschlagen. Aber ich will nicht beim Jawort laut loskichern oder vor lauter Durst das Taufbecken austrinken. Ich lehne ab. Stattdessen überreiche ich ihm die Trauringe. Er hat sie sich verdient.

«Soll ich auch den Brautstrauß nehmen?»

«Von mir aus.»

Wie schön, dass Jochen sich jetzt um alles kümmert.

Um zehn Uhr machen sich die ersten Familienmitglieder auf den Weg zur Kirche. Bloß die Juroren sind immer noch nicht da. Regina beschließt, noch eine halbe Stunde auf sie zu warten. Meine Eltern, Knoll, Jochen und ich sollen ruhig vorausgehen. Roni will lieber mit dem Auto fahren – getrennt von mir. Die Tradition verlangt anscheinend, dass der Bräutigam die Braut erst am Altar in voller Montur erblicken darf. Wahrscheinlich, weil die Männer angesichts des Unausweichlichen früher öfter mal abgehauen sind. Das wird mir nicht passieren.

Die Kirche von Dumbling liegt am Ende einer kleinen Allee. Sie hat, wie alle bayerischen Modelle, einen Zwiebelturm und bietet etwa zweihundert Gläubigen Platz. Ich werfe einen Blick hinein: viel Gold, ein großes Taufbecken, Heiligenbilder, eine Kanzel, von der man herunterpredigen kann, und ein schwerer Altar, vor dem seltsamerweise zwei Fernsehhocker mit grünem Plüschbezug stehen. Trotz des sommerlichen Wetters ist es in der Kirche kühl. Deshalb warte ich lieber draußen.

Eben ist der Charterbus aus Tiefenwalde angekommen. Mein Teil der Familie hat sich bald mit dem von Roni durchmischt. Wer zu wem gehört, lässt sich nur noch anhand von Tracht und Anzügen feststellen. Damit es nicht so aussieht, als sei meine Verwandtschaft zahlenmäßig überlegen, hat Knoll seine Blaskapelle mitgebracht. Verwandte und Freunde, die sich länger nicht gesehen oder gestern erst kennengelernt haben, fallen sich in die Arme, die Erwachsenen scherzen, die Kinder spielen, die Männer stehen bei den Männern, die Frauen bei den Frauen – wie in der Grundschule.

Um halb elf tritt der Priester aus der Kirche. Er trägt jetzt eine weiße Stola und ein wallendes weißes Messgewand. Knoll begrüßt er mit Handschlag, mir zwinkert er spitzbübisch zu. «Wo is denn die Roni?»

«Die kommt gleich», antworte ich fest. Irgendwie ist mir ein bisschen mulmig dabei.

Der Priester schüttelt missbilligend den Kopf. «Ja wia? Um eiwe leitn die Glockn, um zwoiwe leitn die Glockn. Sonst wissa die Leit ned, ab wanns ko Weißwurscht essn soin. Da ko si koana nix ausnehma.»

Jaja, Roni wird schon nicht ihre Hochzeit verpassen.

Erst mal zu den Jungs. Mike trägt eine schwarze Fliege, Carsten den karierten Anzug seines Großvaters. Knoll hat sich zur Feier des Tages eine riesige weiße Feder an den Hut gesteckt. Er ist ja auch der Häuptling.

«Sie haben ja eine Lederhose an», bemerkt Cousin Mike.

«Wos soi i sonst oaziagn?»

Urs und James, die auch Lederhosen tragen, gratulieren mir zu meinen Anzug.

«Beautiful!», meint James, der sich die Blüte einer Papageienblume an den bestickten Hosenträger geklemmt hat.

Um Viertel vor elf läuten die Glocken, und die Hochzeitsgäste marschieren in die Kirche. Roni ist immer noch nicht da, und auch von Regina fehlt jede Spur. Selbst Knoll geht jetzt unruhig auf dem Parkplatz auf und ab.

Der Priester schaut auf die Uhr. «Scheins dess die Braut verzogn hom.»

«Die ist doch schon verzogen, sonst wäre sie wohl pünktlich.»

Er räuspert sich. «A Braut-ent-fia-rung! Des is a oida boarischer Brauch.» Er erklärt mir, dass sich traditionell ein paar Spezln des Bräutigams die Braut schnappen und sie in ein nahes Lokal entführen. Wenn der Bräutigam sie gefunden hat, kann er sie gegen den Brautstrauß einlösen. Oder er bezahlt die Zeche der Entführer, wird verkleidet und muss ein paar alberne Aufgaben absolvieren.

Ich hätte es mir ja denken können. Eine ganz normale Hochzeit wäre auch zu schön gewesen.

Knoll kommt dazu. «Die Roni kimmt zschbaad», brummt er.

«Nein, offenbar ist sie entführt worden. Weißt du etwas darüber?» Knoll runzelt die Stirn.

«Sei kos scho. Is a oida Brauch.»

Der Priester grinst schadenfroh über beide Ohren. «Du soitst di spuaten. Und i brauch no die Ringe, ge. Zum Seign.»

«Die hat Jochen.»

«Wea?»

«Der Kommunist.»

«I sieg hia koan Kommunist ned.»

Jochen! Der steckt also dahinter. Deshalb wollte er unbedingt den Brautstrauß haben. Wahrscheinlich sitzt er jetzt mit Roni irgendwo in der Kneipe und füllt sie ab. Wenn der jetzt meine Hochzeit platzenlässt, braucht er sich nicht mehr in München blicken lassen!

Ich drehe suchend den Kopf. Dann wende ich mich an den Priester. So wie der grinst, steckt er mit Jochen unter einer Decke. «Wenn Sie mir sagen, wo ich die Braut finde, lege ich hundert Euro in Ihren Klingelbeutel.»

«Die san meist ned weit weg. I daad moi im Trachtlerhof schaugn. Wos soi i den Gästn sogn?»

«Was sagt denn die Tradition?»

«Meist hoifa die beim Suachan.»

Ich werfe einen Blick in die Kirche: Die Bänke sind voll besetzt mit Gästen und neugierigen Dumblingern. Auch meine Freunde aus Berlin und meine evangelische Familie aus Tiefenwalde haben bereits Platz genommen. Beide würden sonst kaum freiwillig eine katholische Kirche betreten. Außer vielleicht im Italien-Urlaub. Und jetzt muss ich sie bitten, noch mal rauszugehen und mir bei der Suche nach meiner Braut zu helfen? Das ist mir etwas unangenehm.

Wie es die Tradition verlangt, sitzen die Berliner und Tiefenwalder auf einer Seite, die Bayern auf der anderen. Nur in der ersten Reihe sind fast noch alle Plätze frei. Dort hocken bislang nur meine Mutter, mein Vater und meine Oma. Die drehen sich um und sehen mich fragend an.

Begleitet von dem feixenden Priester, schreite ich schweren Herzens durch den Mittelgang nach vorn. Die Blumenkinder Jenny und Benny kommen mit ihren Körbchen voller Blüten zu mir gerannt. «Wo ist denn deine Frau?», will Jenny wissen. «Ist die ausgebüxt?»

«Die pflückt bestimmt noch Fleischpflanzen für heute Abend», vermutet Benny.

«Die Braut kommt immer zu spät», erklärt ihnen meine Oma. «Das erhöht die Vorfreude.»

«Nein», sage ich. «Roni ist entführt worden.» Meine Oma schlägt die Hände vor dem Mund zusammen. Ich nicke. Dann reiße ich mich zusammen und tue, was getan werden muss: Ich stelle mich vor den Altar. Mit Hilfe des Priesters bitte ich um Ruhe. Dann erhebe ich die Stimme.

«Hallo, wie schön, dass ihr alle da seid. Es geht auch gleich los. Sobald die Braut hier ist. So wie es aussieht, ist sie entführt worden.»

Ein Raunen geht durch die Gäste. Ich hebe die Hände.

«Ist schon okay, die sitzt irgendwo in der Kneipe. Das ist anscheinend ein bayerischer Brauch.»

Diesmal geht das Raunen nur durch die Hälfte der Kirche, in der die Tiefenwalder und die Berliner sitzen. Der Rest grinst wissend.

«Macht euch keine Sorgen, das ist echt völlig normal. Vielleicht könnt ihr mir ja beim Suchen helfen.»

Ratlose Gesichter. Kann ich gut verstehen. Ich kann ja selbst nicht glauben, was hier gerade abgeht.

In dem Moment höre ich vor der Kirche Reifen quietschen, dann Knolls Stimme, die «Jetzat!» ruft. Ich schaue zum Eingang. Die Flügeltüren werden aufgestoßen. Da ist Jan, der Nunja stützt. Und endlich Roni! Meine Roni. In einem schlichten, hochgeschlossenen Meisterwerk aus weißem Satin. Dazu trägt sie feine Handschuhe, die bis zu ihren Ellbogen reichen. Sie sieht atemberaubend aus und irrsinnig elegant. Nunja hat die Vorlage von Christoph nur noch besser gemacht. In der rechten Hand hält Roni den Brautstrauß. Der Priester schaut mich an und grinst. «Do hod i di schee darbleckt, ge?»

Mir doch egal, ich habe nur noch Augen und Ohren für meine wunderschöne Braut.

Die Gäste haben sich automatisch erhoben. Der Orgelspieler schlägt daraufhin die ersten Takte des Hochzeitsmarsches an, hört aber sofort auf, als der Priester ihm mit der flachen Hand den Ton abschneidet. Es ist zwei vor elf. Und die Schwiegermutter fehlt auch noch.

Die Gäste setzen sich wieder. Roni steht mit Knoll ein wenig unentschlossen im Eingang. Jenny und Benny zupfen den Blumen die Blüten ab und rufen laut lachend in die Stille: «Sie liebt ihn, sie liebt ihn nicht.»

Ronis Blick gleitet suchend über die Bänke, bleibt an mir hängen, streift meinen Anzug. Ihre tollen Augen werden noch ein bisschen größer. Ihr Lächeln auch. Dann schlagen die Kirchenglocken endlich elf Uhr. Sobald sie verklungen sind, wird Knoll Roni durch den Mittelgang zum Altar führen, ganz gleich, ob Regina da ist oder nicht.

Aber die wird doch die Hochzeit ihrer Tochter nicht für einen Gartenpreis sausenlassen!

Ich wende mich an den Priester. «Wird die Schwiegermutter hier vielleicht auch entführt?» Aber der schüttelt nur den Kopf und raunt: «Mia san ned lebensmiad.»

Ein letzter Glockenschlag, dann ist es still. Ich sehe den Priester an. Der nickt mir zu und deutet mit dem Zeigefinger auf einen der grünen Fußhocker. Ich setze mich drauf. Er räuspert sich und murmelt: «Knian.» Ach so.

Die Orgel setzt wieder ein. Ich drehe mich um.

Unendlich langsam führt Knoll Roni durch den Gang zum Altar, derart schleppend, dass die Blumenkinder so tun, als würden sie die beiden von hinten anschieben. Aber Knoll und Roni wollen ja nur Zeit für Regina schinden.

Vorn angekommen, übernimmt der Priester Ronis Hand. Sie kniet sich neben mich. Jochen gibt dem Priester die Ringe, der drapiert sie auf einem Kissen. Als der letzte Orgelton verhallt, wird es still in der Kirche.

«Ich dachte schon, du wärst entführt worden», flüstere ich meiner Braut zu. Sie lächelt.

«Werde ich vielleicht auch noch. Aber erst, wenn wir verheiratet sind.» Dann schaut sie auf meine Krawatte. «R – wie Roni», flüstert sie.

«Gefällt dir mein Anzug?», frage ich

Sie nickt. «Böse Menschen kennen keinen Flieder.»

«Pscht!», macht der Priester, und wir blicken nach vorn. Ist ja wie in der Schule.

«Schee, des fast oi da san», sagt er, breitet die Arme aus und segnet die Anwesenden, «aa die wo koa Katholiken san». Dann beten alle gemeinsam das Vaterunser. Die erste Zeile klingt auf Bairisch etwa so:

«Unsa Vadta im Himmei, gheiligt soi wearn dei Name.»

Im Gemurmel jedoch fügen sich Norddeutsch und Bairisch ausnahmsweise nahezu reibungslos ineinander. Ich sehe, dass Roni ihre Lippen bewegt. Auch ich erinnere mich noch an die Worte und spreche sie im Geiste mit. Hört ja keiner.

Nach dem Vaterunser segnet der Priester die Ringe. Dann wendet er sich an uns: «Mia san hoit hia zamm' kimma, um die Roni und den Waschtl in den heiligen, katholischen Bund der Ehe zu bringa.» Er räuspert sich. «Seids freindlich zueinand'. Bleibts offen fia des, wos ia morgn sei kennts. Engts aich ned ei, gebts einanda die Freiheit, die ia brauchts. Allmächdga, eaboam di unsa.»

Nanu? Worte wie «Freiheit» hätte ich von einem katholischen Priester nicht erwartet. Der Rest der Gemeinde offenbar schon, denn von hinten höre ich aus vielen Mündern ein routiniertes «Herr, erbarme dich unser».

«Wenn mia amoi grantlig san, zoag uns an Weg. Wenn mia uns amoi ned einig san, loss ned zua, des die Freid om Zammsein eastickt wead. Wenn mia auf de Gant kemma, loss uns zammhoitn. In guadn wie in schlechtn Zeitn. Christus, eaboam di unsa.»

Das kann ich unterschreiben. Deshalb murmele ich leise mit den anderen: «Christus, erbarme dich unser.»

Der Priester sieht mich erstaunt an und flüstert: «Des brauchst fei ned sogn, ge!» Dann spricht er laut weiter. «Schenkst uns a Zeit und a Fantasie, ge; damit mia einand die Liab bringa kenna. Huifst uns, einanda zu liabn, wenn mia uns ned donach fuin. Und gibst uns an Vertraun in einand, wenn mia zweifein. Herr, eaboam di unsa.»

Nicht dass ich jetzt Katholik werden will, dennoch stimme ich wie von selbst ein, als die Gemeinde zum dritten Mal bittet: «Herr, erbarme dich unser.»

Der Priester schaut mich an und nickt kaum merklich. Vor der Kirche hupt ein Auto. Kurz darauf wird die Kirchentür aufgestoßen. Alle Köpfe drehen sich um.

Im Eingang steht Regina.

«Mama!», ruft Roni erleichtert. «Wir haben gerade von dir gesprochen. Wo warst du denn?»

«Nicht da, wo ich sein sollte», sagt Regina und eilt zum Altar. «Darf ich?»

Sie nimmt dem Priester das Mikrophon aus der Hand.

«Mia hom hoit an Gastredner», verkündet er und tritt einen Schritt beiseite, neben mich.

Regina wendet sich an die Gemeinde. «Entschuldigt bitte, dass ich zu spät bin», beginnt sie. «Ich hatte alles so gut geplant, aber dann sind die Juroren nicht ...» Sie bricht mitten im Satz ab und schaut Roni an. «Ach, was rede ich! Du bist mir wichtiger als jeder Preis der Welt, du bist der größte Preis, den ich je bekommen habe.»

Der Priester beugt sich zu mir und flüstert: «Bis auf den Saupreiß, ge?»

Ich mache «Pscht!», Regina spricht weiter: «Ich habe gesehen, wie du krabbeln gelernt hast, wie du angefangen hast zu laufen. Habe deinen ersten Liebeskummer miterlebt, und jetzt stehst du hier und wirst heiraten.» Sie seufzt. «Das ist gar nicht so leicht für eine Mutter. Vielleicht bin ich auch deshalb ein bisschen spät dran. Ich konnte mich einfach nicht überwinden. Denn heute ist der Tag, an dem ich dich abgeben muss.» Sie zögert. «Das habe ich zumindest bis eben gedacht. Dann ist mir eingefallen, dass ich ja eher etwas dazubekomme.»

Der Priester deutet mit dem Finger auf mich. Ich ignoriere ihn. Regina öffnet die Arme zur Gemeinde. «Eine so große Familie, wie ich sie mir immer gewünscht habe.»

Als sie sich Roni und mir zuwendet, sehe ich, dass in ihren Augen Tränen stehen.

«Ihr beide seht toll zusammen aus: schöner als jeder Garten der Welt – auch mit dem Flieder. Ich wünsche euch, dass ihr so bleibt, so verliebt, wie Knoll und ich es noch immer sind.» Ein leises Kichern geht durch die Dumblinger Reihen. Knoll errötet und blickt angestrengt nach unten. Meine Eltern sehen sich an, als täten sie das zum ersten Mal.

Regina holt tief Luft.

«Und ich wünsche mir ein Enkelkind!»

«Mama!»

Jemand fängt an zu klatschen, die anderen fallen ein. Der Priester lässt es geschehen. Dann geleitet er Regina in die erste Reihe zu Knoll. Der reicht ihr sein kariertes Stofftaschentuch. Sie schnäuzt sich herzhaft.

In dem Moment steht mein Vater auf und räuspert sich.

«Ich würde auch gern noch etwas sagen.»

War ja klar. Zumindest mir. Der Priester schaut ihn verdutzt an.

«Jo einglich hoitst die Redn im Trachtlerhof –»

Doch da hat sich mein Vater schon das Mikrophon gegriffen. «Butzi, Roni, ich freue mich für euch. Insbesondere freue ich mich natürlich über meine einzige Schwiegertochter. Butzi, Sebastian, dir wollte ich heute eigentlich sagen, dass du das Beste bist, was mir in meinem Leben passiert ist. Aber das kann ich leider nicht.»

Ich horche auf. Mein Vater schaut in die erste Kirchenbank, als er weiterspricht: «Das Beste, was mir in meinem ganzen Leben passiert ist, ist deine Mutter. Das muss man auch mal so sagen dürfen.»

«Jawui!», ruft ein älterer Herr aus den hinteren Reihen und fängt an zu klatschen. Die Dumblinger und Tiefenwalder fallen erneut ein. Hier wird ja mehr geklatscht als in einem Gospel-Gottesdienst.

Der Priester nimmt meinem Vater das Mikrophon aus der Hand, bevor der noch «Oh happy day» anstimmt, und bittet um Ruhe. Mein Vater setzt sich wieder neben meine Mutter. Die ergreift seine Hand. Der Priester nickt in ihre Richtung.

«Wennst passt, mog i aa no wos sogn.»

Zum Glück ist er Profi und liest nur noch eine kurze Stelle aus der Bibel, in der es darum geht, dass wir ohne die Liebe eigentlich nichts haben und dass Gott diese Liebe ist – kein zorniger alter Mann, der «von da Woiken mit Blitzerln weaft», sondern ein Gefühl der Güte, das wir in uns tragen. Darauf singen wir noch ein paar Kirchenlieder, die mir nicht so gut gefallen, sagen noch ein paarmal gemeinsam «Herr erbarme dich», und plötzlich ist er da, der große Moment.

Der Priester fragt: «Wuits aich liabn und ochten und aich die Treue hoitn, jen Dog?»

Es kribbelt in meinem Bauch. Roni und ich antworten gleichzeitig: «Ja, ich will.»

«Seids bereit, die Kinder oazunehma, die wo Gott aich schenka wui, und s' im Geist Christi und von da Kirchn zu erziehen?»

Der Priester sieht mich an. Ich zögere. Das hatten wir doch geklärt. Warum muss er jetzt schon wieder damit anfangen?

Von rechts höre ich Ronis «Ja, ich will». Ich versuche es mit einem Nicken. Reicht nicht. «Und da Herr?», hakt der Priester nach. Roni pikt mir mit dem Ellbogen in die Seite.

«Ja», sage ich. Ein Lächeln zieht über sein Gesicht.

«Des is schee.» Er macht eine rhetorische Pause. Dann wendet er sich an mich und fährt fort: «Nehmens Ia Braut ois Frau und versprechens, iha die Trei zu hoidn in guadn ois wia in schlechdn Dogen, in Gsundheit und Krankheit, sie zu liaben, zu ochdn und zu ehrn, bis des da Dod aich scheidet?»

Ich sage: «Ja, ich will.»

Meine Hand zittert, als ich den Ring von dem Kissen nehme. Hoffentlich fällt mir der jetzt nicht noch herunter und verschwindet auf ewig in den Katakomben der Dumblinger Kirche! Roni schaut mich an und streckt ihre Hand aus. Der Ring passt. Ich will meine Braut küssen.

«Naaa», mahnt der Priester. «Noch hods ned ja gsogd!»

Mit lauter Stimme ruft Roni «Ja, ich will» und steckt mir meinen Ring an.

Der Pfarrer holt tief Luft, blickt in die Gemeinde und breitet die Arme aus. «Und so froag i: Hot oana wos dageing, des die zwoa den hoalgen Bund der Ehe eingenga? So soi ea jetzat sprecha oder auf ewg schweing.»

Ich dachte, diese Phrase gibt es bloß in Romantic Comedys,

in denen dann irgendeine Ex die Hochzeit in letzter Sekunde platzenlässt.

«Ja, hier, ich!», ruft eine Stimme aus dem Gang. Roni und ich drehen uns um.

Da steht Christoph. Triumphierend schwenkt er das Original-Hochzeitskleid aus seiner Kollektion, als wäre er ein Ritter und dies der Preis, den er für Prinzessin Roni entrichten muss. Seine Augen flackern. Jetzt ist er wohl endgültig durchgedreht.

Ich will aufstehen, aber der Pfarrer legt mir sachte die Hand auf die Schulter. Er wirft Christoph einen ernsten Blick zu. «Und wea san jetzat Sie?»

«Chris, Modedesigner, Paris-Nepal-New York. Hi!»

Der Pfarrer rollt mit den Augen.

«Und Hea Paris-Nepal-Nujork, wos homs zu sogn?»

«Das Kleid, ich habe das Kleid gebracht, extra mit dem ersten Flieger aus Paris.» Christoph deutet mit dem ausgestreckten Zeigefinger auf mich. «Er hat das nicht geschafft. Ich bin der Richt–»

Der Priester schneidet ihm das Wort ab.

«Des is schee, oba wia S' seing kenna, hod die Braut scho a Kleid.»

Jetzt zeigt Christoph auf Roni. «Aber sie gehört mir!»

«Naaa», sagt der Pfarrer. «Die Roni gheat si soiba und dem Herrn. Wenn S' jetzat bittschee geing, sonst loss i Eahna nauswerfa.»

Wie am Junggesellenabend sprintet Christoph völlig überraschend los. Auf den Altar zu. Wieder hält ihn niemand auf.

Bis auf Knolls Faust.

Es knackt trocken, und mein Widersacher sackt auf Höhe der ersten Reihe in sich zusammen.

«Neiglaufa», brummt Knoll unschuldig und beugt sich über Christoph, der wieder den Klängen einer fernen Sitar zu lauschen scheint.

Mein Vater beginnt zu klatschen, hört aber sofort auf, als ihn der Priester mahnend anschaut. Urs ist aufgestanden, er legt sich meinen Erzfeind über die Schulter und trägt ihn durch den Mittelgang nach draußen.

Roni schüttelt den Kopf, als sei sie gerade aus einem bösen Traum erwacht. «Was war das denn jetzt?»

Der Priester seufzt. «Am Herrgott sei Tierpark is groß, da had so a Aff aa leichd Platz.»

Er nimmt Ronis Hand und legt sie in meine.

«Auf dess Güte und Treue einand begegna, Gerechtigkoat und Frieden si busseln. Hiamit erklea i aich zu Mo und Frau, im Name des Vaders, des Sohnes und des hoalgen Geists.»

Dann küssen Roni und ich uns endlich; nicht wie Friede und Gerechtigkeit, sondern etwas leidenschaftlicher. Und länger.

NO WAS

(hochdeutsch: Nachtrag)

Plötzlich dreht Roni den Kopf weg und presst ihre Hand vor den Mund. Ihr Gesicht ist käsebleich. Mit blassen Lippen unterdrückt sie einen Rülpser. Hallo? Den Hochzeitskuss hatte ich mir etwas romantischer vorgestellt.

Ronis Augen rasen von links nach rechts, als suchte sie nach einem Fluchtweg. Die eine Hand weiter vor dem Mund, die andere am Bauch, stürzt sie durch den Mittelgang, macht kehrt, biegt ab in Richtung Beichtstuhl. Der schwere Vorhang fällt hinter ihr zu. Was wird das denn jetzt? Eigentlich rennen die Bräute doch vor dem Jawort davon – Würgegeräusche zerreißen die erschrockene Stille. Anscheinend ist Roni die Aufregung auf den Magen geschlagen.

Pietätvoll orgelt der Organist drauflos, um das Fiasko zu übertönen. Ich renne zum Beichtstuhl. Da taucht Ronis Spitzenhandschuh hinter dem Vorhang auf und schlägt ihn zurück. Roni wankt eher auf mich zu, als dass sie geht. Ich nehme sie in den Arm. Sie wischt sich über den Mund, ihre Wangen sehen noch immer blass aus, aber ihre Augen strahlen. Ihre Lippen formen Worte, die ich nicht verstehen kann, weil die Orgel so laut spielt.

«Wie bitte?», rufe ich.

Meine Braut legt ihre Hände wie einen Trichter um den Mund. Das muss der Organist gesehen haben, denn plötzlich verstummt die Musik.

Und Roni brüllt in die ehrwürdige Stille:

«Ich glaub, du hast mir ein Brötchen in den Ofen geschoben.»

DANK

Tausend Dank an alle Menschen, die mir geholfen haben, dieses Buch zu schreiben, indem sie sich einfach so verhalten haben wie immer. Für erstes Feedback sowie Hilfe beim Umgang mit der bairischen und der deutschen Sprache danke ich Johannes Waechter, Daniela Ptok, Bastian Obermayer, Enno Kapitza und Onkel Matthi. Ich möchte meinen Bruder und Trauzeugen Fabian grüßen, der einen erstklassigen Junggesellenabschied organisiert hat, und gestehen, dass ich heimlich seine Sprüche verwende.

Besonders danke ich meiner Lektorin Katja Sämann, die gelesen, gekürzt und gewürzt hat wie keine Zweite. Ich halte sie für die beste Lektorin aller Zeiten (den Satz streicht sie eh raus).

Am meisten danke ich meiner Frau Uli. Ohne sie wäre dieses Buch nie entstanden. Nicht bloß, weil sie mich geheiratet hat – sie kann auch noch lächeln, wenn ich einen Gag zum fünften Mal erzähle, und erträgt es, dass ich monatelang nur ein Buch im Kopf habe. Ich danke ihr dafür, dass sie mich motiviert, inspiriert, mir den Rücken stärkt und gleichzeitig freihält.

In diesem Sinn auch danke an Fritzi für jede Nacht, die sie fast durchschläft.